Florence Juares

Der Freund meines

Freundes

2. Auflage

ISBN: 9783757815196

Florence Juares
c/o Werneburger Internet Marketing und
Publikations-Service
Philipp-Kühner-Straße 2
99817 Eisenach

Texte: © 2023 Florence Juares

Covergestaltung: Marita Jaekel

Im wahren Leben bitte: Sex mit Respekt und Kondomen.
www.bzga.de

Herstellung und Verlag: BoD – Books on Demand,
Norderstedt

Eins

»Hallo, Christoph. Das ist Daniel«, war das Erste, was ich hörte, als ich mich zu meinem besten Freund an den Tisch in unserer Stammkneipe setzte und »Hallo« war alles, was ich darauf sagen konnte. Daniel lächelte mich unsicher an und fuhr sich durch die dunklen Haare. »Chris sagte schon, dass du nicht viel redest«, meinte er und fuhr sich nervös über den schlanken Nacken.

Ich verkniff es mir, zu schnaufen. *Wie auffällig er in Chris' Beuteschema passt*, dachte ich und strich mir eine Strähne meiner fast schulterlangen Haare hinter das Ohr. Eine Geste, die meinen musternden Blick auf Chris verdecken sollte. Er war ein schöner Mann. Irgendwie war er das schon immer gewesen. Gut gebaut, dank intensivem Training, mit rehbraunen Augen und dunklem Haar. Ein echter Magnet. Sowohl für Männer als auch für Frauen, die für ihn jedoch noch nie Thema waren.

Ich seufzte leise und lehnte mich etwas im Stuhl zurück. Vielleicht waren wir genau wegen dieses Beuteschemas so gute Freunde. Wir waren beide schwul, wir sahen beide nicht schlecht aus und verstanden uns bestens. Doch während er absolut hervorragend in mein Beuteschema fiel, fiel ich, ganz offensichtlich, mit meinen blonden Haaren und grünen Augen nicht in seins. Verstohlen sah ich zu Daniel.

Vor Jahren hatte es mich noch geärgert, dass ich so offensichtlich nicht sein Typ war. Doch nachdem Chris nach zwei Jahren Abstinenz angefangen hatte, sich einen Typen nach dem anderen und in immer kürzeren Abständen aufzureißen, war ich ehrlich froh drum. Eigentlich verhielt er sich seit der Trennung von seinem langjährigen Freund Joel vor fast fünf Jahren so. Der Grund, warum sie fortan getrennte Wege gingen, blieb ihr Geheimnis. Ich wusste nur, dass es mit einem hässlichen Streit geendet hatte.

»Schlecht geschlafen? Du siehst aus, als wäre dir eine Laus über die Leber gelaufen«, riss mich Chris' amüsierte Stimme abrupt aus meinen Gedanken.

»Was? Nein!«, antwortete ich hektisch, bevor mir der Sinn des Satzes bewusst wurde. Nur kurz sah ich nach Daniel, doch der saß nicht mehr auf seinem Stuhl und Chris deutete in Richtung der Toiletten. »Nein. Es ist alles gut, nur …« Nachdenklich sah ich auf die Tischplatte und strich mit den Fingern über die unzähligen Kerben im Holz.

»Was, nur?«, hakte Chris nach und ich schnaufte ergeben.

»Der wievielte Typ ist das dieses Jahr schon? Es ist gerade einmal Juni und ich habe bereits den Namen deines ersten Kerls vom Januar vergessen«, murmelte ich und sah zu den Toilettenräumen. Daniel würde jeden Moment wiederkommen und ich wollte dieses Gespräch unter gar keinen Umständen in seiner Nähe weiterführen.

»Nur, weil du noch keinen Freund hattest«, meinte Chris mürrisch und ich sah ihn schockiert an. Das war ja wohl nicht zu vergleichen.

»Was hat das damit zu tun?«, fragte ich gereizt und hasste das entstehende, wissende Lächeln auf seinen Lippen sofort.

»Na, wenn du schon keinen Sex hast, muss ich wenigstens für etwas Ausgleich sorgen.«

Ich schnappte nach Luft, doch noch bevor ich eine wütende Erwiderung geben konnte, tauchte Daniel bereits wieder in meinem Augenwinkel auf und ich biss mir auf die Zunge, gönnte mir nur einen wütenden Blick auf Chris.

»Alles klar?«, wollte Daniel wissen und Chris antwortete für uns beide mit einem Kopfnicken.

Ich schwieg, lehnte mich im Stuhl zurück und verfolgte den Rest des Abends, wie Chris und Daniel sich gegenseitig mit vielsagenden Blicken und kleinen Berührungen anheizten. Bei dem Anblick versank ich in meinen trüben Gedanken. Vielleicht hatte Chris ja recht. Vielleicht war ich einfach etwas prüde und ließ mir mit meinen 26 Jahren zu viel Zeit mit dem Sex. Aber deswegen musste er noch lange nicht meine Abstinenz ausgleichen.

»Außerdem gibt es da jemanden. Er heißt James«, platzte es plötzlich aus mir heraus und die beiden verwirrt auf mich starrenden

Gesichter sagten mir, dass mein Satz nicht zu ihrem aktuellen Gespräch gepasst hatte.

»Wirklich?«, fragte Daniel schließlich und ich verzog den Mund ob des ungläubigen Untertons.

»Ja, wirklich«, knurrte ich leise, verschränkte demonstrativ die Arme und lehnte mich zurück.

Mein Blick suchte Chris'. Ich hoffte, wenigstens von meinem besten Freund etwas Bestätigung zu bekommen, doch der starrte mich einfach nur an. Im selben Moment fragte ich mich, warum ich dieses Thema nicht früher angeschnitten hatte. Irgendetwas hatte mich abgehalten, Chris davon zu erzählen. Und dieses Etwas ärgerte mich jetzt zusätzlich.

»Na danke auch«, maulte ich nach endlos scheinenden Sekunden, schnappte mir meine Jacke und verließ das Lokal.

Ich war sauer und enttäuscht und Chris konnte das ruhig wissen.

Mit wütenden Schritten lief ich durch die kleine Innenstadt, wollte nur nach Hause und mich beruhigen. Ich konnte mir nicht erklären, warum ich so sehr aus der Haut gefahren und einfach abgehauen bin. Das war doch sonst nicht meine Art.

Das sich wiederholende Vibrieren meines Handys in der Jackentasche signalisierte mir einen Anruf. Ich kannte Chris gut und wusste, dass ihm die Situation schon jetzt leidtat, und sicher wollte er sich bei mir entschuldigen, doch ich wollte einfach noch etwas schmollen. Sein ungläubiger Blick hatte mich wirklich verletzt und ich wollte, dass er das auch spürte.

Natürlich hätte ich ans Handy gehen und ihm sagen können, wie es mir ging, doch ich wusste genau, würde ich jetzt Chris' Stimme hören, würde ich ihm sofort verzeihen und vielleicht sogar wieder umdrehen, um den Rest des Abends mit den beiden zu verbringen. Aber die Blicke von Daniel, die zweifellos nach meiner Aktion gekommen wären, wollte ich mir nun wirklich nicht geben. Außerdem grämte ich mich noch immer über meine Verschwiegenheit meinem besten Freund gegenüber.

Nach zwei missglückten Versuchen der Kontaktaufnahme folgte eine Nachricht im Messenger, danach war Ruhe. Ein kurzes Lächeln zuckte über meine Lippen. Aufdringlich war Chris wirklich noch nie gewesen. Wohl eine seiner besten Eigenschaften. Mit ihm hatte man seinen Freiraum. Ergeben schnaufend zog ich nun doch mein Handy hervor und sah nach der Nachricht, als ich über den Hügel mit den Bahnschienen lief, die unser winzig wirkendes Taucha in zwei Teile schnitt.

Im oberen Teil der Kleinstadt war die Wohnsiedlung mit einem kleinen Supermarkt und vielen Spielplätzen in den Hinterhöfen, die vorrangig aus Mehrfamilienhäusern und kleinen, frei stehenden Häuschen bestand. Dazu ein paar Gärten und Garagenanlagen. Der untere Teil bestand praktisch nur aus der Innenstadt, die auf einem kleineren Hügel lag und von einer Einbahnstraße und kleinen Gassen umspannt wurde. Dort waren auch unser Standesamt und das Schlösschen. Nur ein paar schmale Straßen schlossen sich an und führten zu einer weiteren, viel kleineren Wohnsiedlung mit ebenso kleinen Raps- und Maisfeldern.

Ein kleiner Ententeich, hinter dem, nach ein paar kräftigen Bäumen, das Freibad und die Festwiese kamen, lag an der einzigen großen Kreuzung. Nur wenige Menschen wohnten in der Innenstadt, meist über ihren Geschäften. So wirkte unsere Stadt mehr wie ein kleines Dorf. Charmant, aber eben winzig. Dies wurde besonders deutlich, wenn man aus Leipzig, unserer Nachbarstadt, kam.

Ich sah auf das Telefon und las mir die Nachricht noch einmal durch, in der Chris gestand, dass seine Reaktion blöd war und er sich für mich freute. Danach folgte ein Emoticon in Form eines gestreckten Daumens und die Bitte, dass wir doch später noch mal in Ruhe telefonieren könnten.

Ohne Antwort ließ ich das Telefon zurückgleiten, denn ich wusste, dass Chris mit Daniel heute Abend alle Hände voll zu tun haben würde, und da wollte ich ganz bestimmt nicht stören. Es reichte mir, dass ich vor knapp zehn Jahren Schuld an einem abgebrochenen Schäferstündchen gewesen war. Nie wieder war ich mit Chris und seinem Freund zelten gewesen. Auch wenn ich mir einredete, dass Chris entsetzlich gestöhnt hatte und ich davon ausging, dass er Schmerzen haben musste, hätte ich mich vielleicht bemerkbar machen sollen, bevor ich ins Zelt geplatzt war.

Gott! Ich war damals furchtbar naiv. Ein Schauer lief mir noch heute über den Rücken, wenn ich an die zwei ineinander verschlungenen Leiber dachte und ich versank langsam in weitere Erinnerungen von damals. Ich wusste noch genau, wie wir das erste Mal aufeinandertrafen.

~ * ~

Meine Schwester hatte mit sechzehn ihren ersten festen Freund, wesentlich älter und mit besonders »coolen« Freunden. Was auch der Grund war, warum ich sie nicht allein zum ersten Treffen mit dieser Gruppe gehen lassen konnte. Zwar war ich nur ein Jahr älter als sie, dennoch sah ich es als meine Aufgabe, sie zu beschützen und ihren Freund ganz genau im Auge zu behalten.

Den ganzen Weg über hatte ich auf sie eingeredet, dass das eine blöde Idee war, sich auf einen Volljährigen einzulassen, doch sie hatte mich einfach ignoriert, und als wir ankamen, standen da fünf Typen herum. Alle um die zwanzig und überwiegend dunkel und in Leder gekleidet. Sofort schmiegte sie sich in die Arme des größten Typen mit langen, ungepflegt aussehenden, blonden Haaren und einer Bandweste mit unzähligen Aufnähern.

Zu dem Zeitpunkt war ich mir sicher, dass er in einer Motorradgang sein müsste und Tankstellen ausraubte. Später stellte sich heraus, dass er wirklich nur auf Musik stand und sehr gesetzestreu war.

Zwei weitere Jungs begrüßten sie und die letzten beiden grinsten mich breit an, so als ob sie irgendein Geheimnis über mich wussten und mir dies auch signalisieren wollten. Unangenehme Schauer gingen durch meinen Körper.

»Das ist Christoph, mein Bruder«, wurde ich in einem Ton vorgestellt, der pures Missfallen an meiner Anwesenheit zum Ausdruck brachte, und ich erntete ein lautes Johlen.

»Eh, Chris! Da ist dein guter Zwilling!«, spottete der junge Mann, der meine Schwester im Arm hielt und ich fühlte mich unglaublich blamiert.

Chris hingegen blieb gelassen, musterte mich und legte dann den Arm um den anderen dunkelhaarigen Jungen neben ihn, der mich ebenfalls wissend angesehen hatte. Mein Herz begann zu rasen und setzte für einen Schlag aus, als Chris ihn zu sich zog und sie sich gierig küssten. Erneut tönte lautes Rufen durch die Gruppe, ehe sie sich, nach Beendigung des Kusses, in Richtung Schwimmbad aufmachten.

Mit einem flauen Gefühl im Magen und die Hände tief in den Hosentaschen vergraben, folgte ich der Gruppe, die sich lachend unterhielt. Meine Schwester hatte mich schon vergessen und nur noch Augen für diesen, mir wirklich unsympathischen Typen. Immer wieder sah Chris über seine Schulter zu mir und ließ sich dann mit seinem Freund zurückfallen.

»Mach dir keine Sorgen. Wir sagen es keinem«, begann er leise, fast schon sanft und ich sah ihn teils wütend, teils fragend an.

»Was sagt ihr keinem? Dass ich dem Heavy Metal-Typen da vorne nicht einen Zentimeter über den Weg traue?«, konterte ich mit einem leichten Knurren und hörte ein herzhaftes Lachen neben mir. Rein und klar. Meine Wut verflog beinahe sofort und mein Herz begann zu rasen.

»Das kann ich sogar verstehen. Keiner traut Tom weiter, als er spucken kann. Und glaub mir, das ist nicht sehr weit«, schob er nach. Nun musste auch ich lachen. »Nein im Ernst. Du hast dich noch nicht geoutet, oder?«

Schockiert blieb ich stehen und starrte Chris an.

»Woher …«, begann ich, doch ich unterbrach mich sofort wieder und folgte weiterhin der Gruppe.

»Sagen wir mal, man erkennt sich untereinander«, beteiligte sich der dunkelhaarige Junge, der sich mir kurz als Joel vorstellte, am Gespräch und strich sich seine langen Haare über die Schulter nach vorn. Dabei wirkte er unheimlich grazil.

Joel war das einzige Kind einer französischstämmigen Familie und lebte den schwarzen Lebensstil durch und durch. Glänzende, tiefschwarze Haare, blasser Teint und eine Eleganz in allem was er tat, die ich bis heute kein zweites Mal gesehen habe. Dazu dieser ganz spezielle Duft von Patschuli an seiner schwarzen Kleidung.

»Aber ihr sagt es keinem, oder?«, meinte ich aus einem Impuls heraus und sah die beiden nervös an, beobachtete, wie Chris wieder seinen Arm um seinen Freund legte und ihm zärtlich die Schläfe küsste. Selten hatte ich eine solch liebevolle Geste gesehen. Sie war so anders als der raue Kuss zuvor. Viel intimer. Und in diesem Moment war es mir peinlich, ein Teil des Szenarios zu sein.

»Keinem. Es sollte deine Entscheidung sein, wann du wem etwas über dich preisgibst«, murmelte er dabei in das lange Haar und schloss die Augen, als er einen erneuten Kuss darauf setzte.

~ * ~

Erschrocken zuckte ich zusammen, als mir der Schlüssel aus der Hand gefallen und auf den Steinstufen meines Wohnhauses aufgekommen war.

»Alter Träumer«, tadelte ich mich leise und hob den Schlüssel auf, um die Haustür zu öffnen.

Ich trat in das Haus und öffnete meinen Briefkasten, entnahm die Werbung und ließ sie ungesehen in den Korb für das Altpapier vor meinen Füßen fallen. Ein kurzer Blick huschte über die übriggebliebene Post und ich stieg die Stufen des Treppenhauses zu meiner Wohnung hinauf. Die Briefe legte ich auf die Kommode neben der Tür, die Jacke wanderte an ihren Haken und die Schuhe neben die Kommode.

Mit zwei Schritten hatte ich den nur knapp einen Meter schmalen, aber gut sechs Meter langen Flur durchquert und stand in meiner Küche. Ein Griff zum Spülbecken und ich füllte das Glas mit Wasser, das ich in wenigen Zügen austrank und anschließend wieder zurück in die Spüle stellte. Dabei genügte ein schneller Blick auf die Uhr, um festzustellen, dass ich mit dem angebrochenen Abend nichts mehr anfangen konnte.

Also ging ich duschen und legte mich mit meinem Handy ins Bett, um noch ein wenig mit James zu schreiben. Er war Abteilungsleiter in einem Auslandssitz einer englischen Firma. Vor ein paar Jahren war er als Mitarbeiter in einem Großraumbüro zum Abteilungsleiter befördert und in diese Zweigstelle in unserer Stadt versetzt worden. Kurze Zeit später hatte er sich auf einer Singlebörse für Schwule, Lesben, Transgender und Bisexuelle angemeldet und mich vor drei Monaten auf dieser Plattform angeschrieben. Ich war zögerlich auf sein Angebot, uns zu treffen, eingegangen, doch es hatte gleich zwischen uns gefunkt.

Eine neue Nachricht kam von Chris. Er schrieb, dass er mit Daniel am kommenden Wochenende auf das Sommerfest in der Stadt gehen wollte und ob ich nicht Lust hätte, mitzukommen, gern auch mit meinem Freund. Daneben ein zwinkerndes Smiley. Nach einigen Momenten entschied ich mich dazu, zurückzuschreiben. Ich bestätigte mein Kommen und versprach, James zu fragen. Nach einem neuerlichen gestreckten Daumen schrieb ich James an, der nicht ganz begeistert war, dennoch versprach, mitzukommen.

Zufrieden legte ich das Handy weg und schlief kurz vor Mitternacht ein.

~ * ~

Der nächste Morgen kam früh und ich stand murrend auf. Langsam und gähnend ging ich ins Bad und danach in die Küche, um mir einen Kaffee aufzusetzen. Mit dem Kaffee setzte ich mich an den rustikalen Schreibtisch, der in der kleinen Nische hinter dem Balkon stand. Unter erneutem Gähnen schaltete ich den Computer an und wartete, bis er hochgefahren war. In der Zwischenzeit schlürfte ich an meinem Kaffee und rieb mir den letzten Schlaf aus den Augen. Kurz nach neun klingelte das Telefon.

»Morgen, Basti«, sagte ich und bekam ein plattes »Moin« zurück.

Basti, der eigentlich Sebastian hieß, war einer der Jungs aus der »coolen« Gruppe gewesen und später für ein Studium an die Küste hochgezogen, das er jedoch nach wenigen Monaten für Frau und Kind eingetauscht hatte. Eher durch Zufall hatten wir uns auf einem Seminar unserer Firma, eine große Versicherung, in der ich als einer von vielen Datenerfassern arbeitete, wieder getroffen und hielten seitdem regelmäßig Kontakt.

»Du hast bald Urlaub, wa?«, fragte er und ich schnaufte.

»Endlich. Ich kann die ganzen Daten grade nicht mehr sehen«, sagte ich und trank noch etwas Kaffee.

»Du kannst das wenigstens von zu Hause machen. Ich muss mich jeden Morgen auch noch anziehen. Verstehst du? Jeden Morgen!«

Ich lachte herzhaft und dankte meinem Chef innerlich für meinen sehr flexiblen Arbeitsvertrag. Ein Tele-Arbeitsplatz war keine Selbstverständlichkeit und ich war froh, einen bekommen zu haben und von Zuhause arbeiten zu können. So konnte ich mir die zwei Stunden, die ich jeden Morgen und Abend benötigte, um in der Rushhour zur Firma oder nach Hause zu kommen, sparen.

»Ob du es glaubst, oder nicht!? Ich auch«, scherzte ich.

Wir plauderten noch ein paar Minuten und legten dann auf. Meine Programme für die elektronische Datenerfassung waren hochgefahren und ich meldete mich an, um mit meiner Arbeit zu beginnen. Auch wenn meine Hauptaufgabe darin bestand, Daten vom Papier in ein Datenblatt zu übertragen und so Kundenkonten zu erstellen, mochte ich meine Arbeit. Durch sie konnte ich mir auch meine 60 Quadratmeter große Wohnung leisten, da das Gebäude der Versicherung gehörte, die diese Wohnungen für ihre Mitarbeiter und deren Familien hatte bauen lassen. Heute würde ich noch in die dreißig Kilometer entfernte Zweigstelle meiner Firma fahren, um die Akten zurückzugeben und mir neue Arbeit mitzunehmen. Mein Arbeitstag war also gesichert.

Zwei

Die restlichen Tage bis zum Wochenende vergingen schneller, als ich es gehofft hatte und Samstagnachmittag klingelte es an meiner Tür. Ich öffnete mit einem Tastendruck die Haustür und lehnte meine Wohnungstür an, damit ich mich im Bad fertig anziehen konnte. James kannte meine Schwierigkeiten mit der Pünktlichkeit und würde mir sicher wieder einen Vortrag halten. Immerhin kannte er mich jetzt schon acht Wochen.

»Du bist noch nicht fertig?«, hörte ich seine leicht genervte Stimme aus dem Flur und schloss meine Hose, als ich aus dem Bad kam und ihn schnell küsste.

»Ich bin gleich so weit«, versprach ich und löste mich, um mir das Shirt über den Kopf zu ziehen.

Einen Moment lang sah ich James an. Er war als Kind mit seinen Eltern aus England gekommen und hatte noch immer diese besondere, britische Art an sich, was sich zum Teil in seiner Kleidung und seinem Verhalten zeigte. Alles sehr klassisch und korrekt. Sanft strich ich ihm über den Arm.

»Wir wollten viertel vier los, nicht halb. Du weißt, dass 33 der Zug von Leipzig durchfährt und wir dann ewig am Bahnübergang warten müssen, weil der noch im Bahnhof hält«, mahnte er.

Ich löste mich von ihm, steckte mir etwas Geld in die Hosentasche. Insgeheim musste ich ihm recht geben.

»Wir können ja los!«, sagte ich und griff meinen Wohnungsschlüssel.

Zusammen gingen wir die wenigen hundert Meter in die Innenstadt. Zum Glück mussten wir nicht auf den Zug warten, das hätte er mir den ganzen Abend vorgehalten, und trafen auf dem

Marktplatz auf Daniel und Chris, der entspannt an einer halbhohen Mauer lehnte, ein Bein angestellt, beide Hände in den Hosentaschen. Daniel hingegen saß auf der Mauer und beobachtete das Treiben auf dem Marktplatz. Mit James an der Hand ging ich auf die beiden zu, begrüßte sie und stellte sie einander vor. Hier zwischen den vielen Menschen machte es mir nicht viel aus, meinen Freund an der Hand zu halten. Kaum einer würde uns hier beachten. Sonst war ich doch eher vorsichtig, was meine Sexualität anging. Chris musterte ihn skeptisch und schlang dann einen Arm um meine Schultern, um mir zuflüstern zu können.

»Du stehst also auf Ältere?«, witzelte er, ehe er mich losließ und wir zusammen über das Fest gingen, das sich über den Markt, die kleinen Straßen drumherum und die Festwiese vor meinem alten Gymnasium erstreckte. Ich lief mit James hinter Daniel und Chris und kam nicht umhin, sie zu beobachten.

»Was ist los?«, fragte James und streichelte mit seinem Daumen über meinen Handrücken.

Sanft lächelte ich ihn an.

»Es ist komisch. Früher hat er immer Körperkontakt mit seinem Freund gesucht und jedem gezeigt, dass er vergeben ist«, meinte ich und sah auf Chris, der wieder beide Hände in den Hosentaschen stecken hatte. Gleichzeitig spürte ich, wie James' Griff fester wurde.

»Vielleicht haben sie gerade etwas Streit?«

Ich nickte leicht.

»Möglich wäre es«, gestand ich und lief etwas näher neben ihm.

»Lass uns etwas Spaß mit ihnen haben. Vielleicht entspannen sie sich dann.«

Ich sah, wie James kurz seine Zähne aufeinanderbiss und dann nickte. Meine Hand löste sich aus seiner und ich ging zu Chris und Daniel, fragte sie, ob wir uns auf der Festwiese mit ein paar Fahrgeschäften die Zeit vertreiben wollten. Chris grinste mich an und Daniel hob abwehrend die Hände.

»Da wird mir ganz schnell schlecht«, entschuldigte er sich.

Mit James und Chris bestieg ich das einzige Fahrgeschäft, das für Erwachsene war. Es bestand aus Zweiergondeln, die sich durch die Fliehkraft auf der Bodenplatte drehten. Dazu lief laute Discomusik. Ich saß mit James in der Gondel, die Chris gegenüberstand, und war richtig aufgeregt. Es war lange her, dass ich damit gefahren war.

Durch die Musik verstand ich James' Worte nur sehr schwer und als das Startsignal ertönte, war es für Bedenken zu spät. Schnell nahmen wir Fahrt auf und ich genoss das Adrenalin, das durch meine Adern peitschte. Mit einem Seitenblick erkannte ich, dass auch James seinen Spaß hatte. Ich war zufrieden.

Zweieinhalb Minuten später wankte James an meinem Arm die schmalen Metallstufen herunter und ich stützte ihn, so gut es meine eigenen, weichen Beine zuließen. Noch immer pumpte das Adrenalin durch meine Venen. Chris stand bereits unten und riss johlend die Arme in die Luft. Ich war mir sicher, keiner der Anwesenden würde uns glauben, dass wir alle um die dreißig waren. James hielt sich an einem Pfosten fest und sah mich an.

»Ich liebe dich«, flüsterte er und ich küsste ihn im Rausch als Antwort fest auf die Lippen. Sofort ging er auf den Kuss ein und erst das gerufene »Nehmt euch ein Zimmer!« von Daniel ließ mich verlegen von James ablassen.

Entschuldigend blickte ich zu Daniel und sah in Chris' Gesicht einen Ausdruck, den ich so noch nie an ihm gesehen hatte. Ich zog meine Augenbrauen zusammen und wollte ihn darauf ansprechen, doch Daniel umfing meinen Arm und grinste mich verschmitzt an.

»Lasst uns was trinken«, erklärte Chris nüchtern und ging auf das Bierzelt zu. Daniel folgte ihm.

»Das können wir ja heute Abend fortführen«, schnurrte James mir ins Ohr und ich sah ihn nachdenklich an. Hatte er denn die schlechte Stimmung nicht bemerkt?

»Lass uns erst mal etwas trinken und ein wenig herunterfahren«, gab ich zurück und folgte meinem besten Freund ins Zelt.

Schon bald saßen wir an einem langen Tisch und tranken und hatten unseren Spaß.

»Hey. Wollen wir noch an die Schießbude?«, wollte Chris wissen und ich hob die Hände.

»Danke, nein. Nachdem ich beim letzten Mal fast den Besitzer getroffen habe, lass ich lieber die Finger davon«, erklärte ich und auch Daniel verneinte. James hingegen schien begeistert und verschwand mit Chris aus dem Zelt.

»Du kennst Chris doch gut«, fing Daniel an und sah in sein Glas. Kurz nickte ich. »Denkst du, dass das mit uns gut geht? Er wirkt so distanziert, und was man so über ihn sagt, ist auch nicht besonders schön.«

Erneut nickte ich und lächelte dann aufmunternd.

»Chris ist ein guter Kerl. Er ist ehrlich und sucht einfach noch immer den Richtigen. Es stimmt, dass er schon viele Beziehungen hatte, aber ich bin davon überzeugt, dass er sich ändern wird, wenn er weiß, dass du der Richtige für ihn bist. Er hat hohe Ansprüche und will einfach, dass es passt …«, begann ich und sah auf mein Glas, das ich in meinen Fingern drehte. »Ich kann es ehrlich gesagt ganz gut verstehen, was man über ihn sagt. Dass er angeblich nur auf schnelle Nummern aus wäre. Aber er ist auch nur auf der Suche nach ein bisschen Glück«, meinte ich und sah Daniel an, der mich etwas anlächelte.

»Du bist wirklich ein guter Freund.«

»Na, Schatz?«, wurde ich schnurrend angesprochen und James ließ sich neben mir auf die Bank nieder. Ein wenig verzog ich das Gesicht.

»Entschuldige. Uns sind auf dem Weg zur Schießbude ein paar Liköre über den Weg gelaufen«, murmelte Chris und wirkte angefressen.

»Was?«, fragte ich nach und bekam schon einen feuchten Kuss aufs Ohr gedrückt. »Lass uns doch hier verschwinden. Ich will dir unbedingt etwas zeigen«, gurrte James mir ins Ohr und ich verstand sofort, was er wollte.

»Das haben wir doch schon besprochen«, murrte ich leise und schob ihn etwas von mir.

James schnaufte. »Ich weiß. Du willst es langsam angehen. Aber mal ehrlich: Sechs Wochen lang nur mit der Hand oder dem Mund?« Eng zog ich meine Brauen zusammen und fixierte James.

»Ich will mir eben erst sicher sein. Außerdem … bestimmt nicht in deinem Zustand«, knurrte ich, bemühte mich dennoch um eine leise Stimme und sah auf die Reste in meinem Glas. Das Thema ging nun wirklich niemanden etwas an.

»Dann trink du noch ein bisschen mehr, damit du etwas locker wirst«, flüsterte er und legte mir seine warme Hand weit oben auf den Oberschenkel.

Entsetzt sah ich ihn an. Das konnte doch nicht sein Ernst sein. Seine Hand strich weiter hinauf und ich erhob mich umständlich, als sie in meinem Schritt ankam.

»Es ist spät. Ich werde dann nach Hause gehen«, meinte ich und stieg über die Bank. Schnell grüßte ich Daniel und Chris, der mich wieder mit diesem Blick ansah, den ich nicht verstand. »Und du nüchterst dich aus!«

Ich verließ die Festwiese, um nach Hause zu laufen.

Es war mir entsetzlich peinlich, dass mein Problem so öffentlich besprochen wurde. Diese Wut in mir konnte auch eine Nachricht von James nicht verringern, in der er sich entschuldigte und versprach, morgen zum Frühstück mit Brötchen vor meiner Tür zu stehen. Ich antwortete nicht und bekam im Laufe der Nacht noch sieben weitere Nachrichten und vier Anrufe, die ich allesamt ignorierte. Ich brauchte einfach etwas Zeit, um darüber in Ruhe nachzudenken. Ich hatte es mir gerade auf dem Balkon gemütlich gemacht, als es an der Tür klingelte. Mein Blick huschte beim Aufstehen zur Uhr. *Wer kommt schon nachts um vier zu Besuch?*, dachte ich und ging an die Tür. Es war James. Er bat um ein Gespräch und ich schnaufte, ließ ihn jedoch herein.

»Du solltest doch erst nüchtern werden«, gab ich zu bedenken, als er oben ankam und er nickte nur.

»Ich weiß, aber ich konnte nicht schlafen, ohne das mit dir geklärt zu haben.«

Erneut schnaufte ich und ließ ihn rein. Zusammen setzten wir uns auf die Couch und ich war bereit, mir alles anzuhören, was er mir zu sagen hatte.

»Ich war ein Idiot«, begann er und ich verkniff mir eine Bestätigung. »Ich liebe dich, Christoph, und ich will dir nahe sein«, flüsterte er und strich mir sanft über die Wange und in den Nacken.

»Sind wir uns nicht nahe?«, fragte ich und erhielt ein trauriges Lächeln.

»Ich will dir noch näher sein. So nahe, wie kein anderer. Ich möchte dir so gern etwas zeigen, was dir mit Sicherheit gefallen wird.«

Nachdenklich presste ich meine Lippen aufeinander und schüttelte den Kopf.

»Ich kann mich nicht dazu zwingen. Sicher möchte ich mit dir schlafen, aber da ist etwas, was mich davon abhält«, gestand ich und spürte, wie James näher an mich rutschte und mich in seine Arme nahm.

19

»Was hält dich davon ab? Bestimmt kann ich es aus dem Weg räumen.«

Da war es wieder. Das beklemmende Gefühl in meiner Brust.

»Bitte dränge mich nicht«, raunte ich und sah ihn ernst an. »Das, was wir haben, was wir miteinander machen, ist doch gut, oder?«, wollte ich wissen und James nickte, doch sein Blick sagte mir, dass ihm das nicht mehr reichte. »Sex soll doch Spaß machen. Denkst du, es gefällt mir, wenn ich es einfach über mich ergehen lasse?«

James schüttelte enttäuscht den Kopf und ich nickte. Er hatte ganz offensichtlich eine andere Reaktion erhofft.

»Aber es ist wirklich schwer für mich. Wenn wir es uns mit der Hand machen, kommt der Wunsch in mir hoch, dich endlich zu nehmen.«

Ich zog den Kopf zurück. »Und was wäre, wenn ich gar nicht unten sein will?«, fragte ich, obwohl mich diese Vorstellung schon immer mehr angemacht hat.

»Du darfst auch gerne auf mir sitzen«, scherzte James und ich verzog das Gesicht.

»Ich finde das nicht witzig, James.«

Er nickte und entschuldigte sich kleinlaut.

»Ich halte mich zurück«, versprach er und küsste mich sanft. Ebenso ging ich auf den Kuss ein und strich ihm durch seine dunklen Haare. Seine Arme umfingen mich und pressten mich an ihn. Schnell wurde unser Kuss intensiver und James strich mir über den Rücken. Ich bekam eine Gänsehaut und seufzte entspannt. Es war so viel schöner, wenn man sich Zeit zum Fühlen ließ. Dennoch löste ich mich schließlich und James strich mir über die Wange.

»Du bist noch immer angetrunken«, flüsterte ich und er nickte.

»Dann lass uns das hier beenden«, meinte ich und erhob mich.

Die leichte Erregung in James Schoß war mir dabei nicht entgangen. Mit deutlichem Widerwillen erhob James sich und ich brachte ihn zur Tür. Er musste gehen, dessen war ich mir sicher. Wenn er blieb, würde es nur wieder auf einen Versuch hinauslaufen, den ich jetzt einfach nicht wollte.

~ * ~

James ging und ich legte mich ins Bett, schloss die Augen und schlief sofort ein. Als ich das nächste Mal erwachte, stellte ich mit einem Blick auf die Uhr fest, dass ich bis zum nächsten Mittag durchgeschlafen hatte. Auf meinem Handy waren fünf neue Nachrichten von James und eine von Chris, der nur wissen wollte, ob alles okay sei. Ich schickte eine kurze Nachricht, dass ich mich mit James ausgesprochen hatte und mir heute einen ruhigen Tag machen würde, ehe ich die Nachrichten von James las und auch ihm einen kurzen Text schrieb, dass ich mich heute auf dem Balkon entspannen wollte. Anschließend legte ich mein Handy unter mein Kopfkissen und ging duschen. Heute wollte ich einfach mit keinem mehr reden. Ich zog mir eine Badeshorts an und legte mich auf den Liegestuhl auf meinem Balkon. Sofort schloss ich die Augen und döste noch etwas vor mich hin. Ich wusste, die nächste Woche würde anstrengend werden, da es die letzte Woche vor meinem Urlaub war.

Drei

Und ich sollte recht behalten. Ich arbeitete täglich fast elf Stunden, um meinen Schreibtisch vor dem Urlaub leer zu bekommen. James hatte dafür viel Verständnis. Obwohl er selbst lange arbeiten musste, kam er abends zu mir und kümmerte sich um das Abendessen. Und ich war ihm sehr dankbar dafür. Fast jede Nacht schlief er bei mir und in fast genauso vielen Nächten waren wir uns nahe. Auch wenn ich müde war, schaffte er es, mich dazu zu überreden.

Gierig küsste ich ihn und massierte sein Glied. Seine Geräusche hallten von den Wänden meines Schlafzimmers wider und ich stöhnte leise, als seine Hand schneller wurde und mich zum Höhepunkt trieb. Auch James kam. Kurz genoss ich das Gefühl und spürte gleich darauf den unermüdlichen Kuss, der mich schnaufen ließ. James drängte mich in die Kissen zurück und rieb sich leicht an mir. Doch während meine Erregung abebbte, schien er noch nicht genug zu haben.

Seine Hand strich über meine Seite und massierte meinen unteren Rücken. Nur langsam wurde mir bewusst, was hier gerade geschah und ich löste mich aus dem Kuss.

»James«, sagte ich, doch meine Stimme klang nicht so mahnend, wie ich es gern gehabt hätte.

James küsste mein Brustbein und leckte an einer meiner Brustwarzen. Ich murrte und versuchte ihn davon abzuhalten. Das war eine der Stellen, an der ich eine feuchte Zunge nicht mochte.

»Das reicht!«, meinte ich in schärferem Ton und schob ihn etwas von mir. Einen Moment lang sah er mich fast schon wütend an, ehe er sich erhob.

»Ich gehe duschen«, sagte er und ich hörte den enttäuschten Ton heraus.

Ich zog mir meine Shorts und ein Shirt über und wartete im Flur auf ihn. Es dauerte keine fünf Minuten, bis er das Bad wieder verließ. Mein Blick wurde weit, als er fertig angezogen aus dem Bad kam und zur Wohnungstür ging.

»Willst du gehen?«

»Wenn ich bleibe, bedränge ich dich nur wieder. Außerdem muss ich morgen Abend für eine Woche auf ein Seminar. Dafür muss ich noch packen.«

Nervös kaute ich auf meiner Unterlippe, sagte jedoch nichts. Mit einem flüchtigen Abschiedskuss verschwand James aus meiner Wohnung und ich lehnte mich an die Tür, als sie geschlossen war.

»Es kann doch nicht alles daran hängen«, murmelte ich und strich mir mit beiden Händen durch das Gesicht, ehe ich mich frisch machte und ins Bett legte. Tief vergrub ich meine Nase in das Kissen. Es roch noch etwas nach James. Meine Gedanken kreisten um dieses eine Thema und James' Blick und ich schnaufte leise. Sicher würde ich in den zwei Wochen Urlaub eine Lösung für mein Problem finden.

~ * ~

Doch vier Tage lang fand ich keine Lösung. Jeden Tag hatte ich mit James telefoniert, und so sehr wir uns auch bemühten, wir landeten am Ende immer wieder bei diesem einen Thema. Am Donnerstagabend eskalierte es. James gestand mir, dass er nicht mehr lange warten konnte, dass Sex für ihn zu einer funktionierenden Beziehung dazugehörte und er immer öfter an meiner Liebe zu ihm zweifelte. Zumindest das Letzte konnte ich ihm an diesem Abend ausreden. Dennoch war mir, mehr als deutlich, bewusst geworden, dass ich schnell eine Idee brauchte, um dieses Thema aus der Welt zu schaffen. Sonst würde meine Beziehung zu James zerbrechen.

~ * ~

Nervös nahm ich das Telefon in die Hand und sah einige Augenblicke unsicher auf die gewählte Nummer, ehe ich den Knopf mit dem grünen Telefon betätigte. Es dauerte nur Sekunden, bis das erste Rufzeichen ertönte, doch es fühlte sich wie eine Ewigkeit an. Jedes Tuten trieb eine neue Welle Adrenalin durch meine Venen. Das müde klingende »Hallo?« ließ mich zusammenzucken und für einen Moment überlegte ich, einfach wieder aufzulegen. Doch genauso schnell wurde mir bewusst, dass Chris meine Nummer auf dem Display sehen würde und ich nun in den sauren Apfel beißen musste.

»Hey«, begann ich unsicher und strich mir verlegen über den Nacken.

»Ist was passiert?«

Chris klang mit einem Mal ein ganzes Stück wacher und ebenso besorgter. Ein Lächeln huschte über meine Lippen. Genau wegen solcher kleinen Aufmerksamkeiten mochte ich ihn so sehr.

»Mir geht es gut«, beschwichtigte ich und atmete einmal tief durch.

»Und warum klingst du dann, als müsstest du mir eine Hiobsbotschaft übermitteln?«, wollte er wissen und ich presste die Lippen aufeinander, blieb lange Sekunden still. »Christoph, bitte. Sag mir, was los ist. Erst die Szene in der Kneipe, dann dein komisches Verhalten in der Stadt und jetzt dieser Anruf um drei Uhr morgens. Ich mache mir langsam wirklich Sorgen um dich, Junge.«

Noch einmal atmete ich durch und kaute auf meiner Unterlippe herum.

»Das ist mir total peinlich. So kenne ich mich gar nicht. Ich fühle mich wie ein Weichei«, sagte ich, ohne irgendetwas zu erklären.

Für eine Zeit herrschte Stille zwischen uns und ich bildete mir ein, Chris denken hören zu können.

»Weißt du …«, fing er an und ich lauschte auf. Seine Stimme war ruhig, fast etwas betrübt. »Was hältst du davon, wenn du morgen ein paar Flaschen Bier mitbringst, wir uns bei mir zusammen auf die Couch hocken und du mir mal erzählst, was da für ein Chaos in dir los ist?«

Erneut musste ich kurz lächeln. Er war so ein guter Freund.

»Das klingt nach einer tollen Idee«, bestätigte ich.

Nach einer kurzen Verabschiedung legte ich auf und sah noch etwas auf das Display, bis die Nummer verschwunden war. Obwohl ich Chris nichts von meinen Bedenken gesagt hatte, bekam ich das Gefühl, mir wäre bereits ein großer Teil der Last abgenommen wurden. Langsam entspannte ich mich und ging endlich schlafen.

Die Sonne, die auf mein Gesicht fiel, weckte mich und je wacher ich wurde, desto deutlicher wurde mir mein nächtliches Telefonat und dessen Konsequenzen bewusst. Murrend rieb ich mein Gesicht ins Kissen, ehe ich mich träge erhob und ins Bad ging.

Mein Blick auf die Uhr im Flur verdeutlichte mir, dass ich zu wenig geschlafen hatte und ich ermahnte mich, den Tag ruhig angehen zu lassen. Der Abend würde anstrengend genug werden. Ich zog mich aus und stellte mich unter die Dusche, ließ mir mit geschlossenen Augen für etliche Minuten das warme Wasser über den Hinterkopf laufen. Doch eine richtige Entspannung wollte sich nicht einstellen. Ich duschte fertig und ging mich anziehen.

Während ich meine Socken anzog, warf ich einen Blick auf mein Handy, das auf dem Bett lag und eine Nachricht anzeigte.

Neugierig griff ich nach dem Gerät und las die SMS von Chris, in der er fragte, ob wir heute Abend zusammen Pizza essen wollten. In meinem Kopf bildete sich bereits ein Bild, wie wir zwei auf seiner Couch saßen, die Beine auf dem kleinen Tisch übereinandergeschlagen. Dabei tranken wir Bier und aßen Pizza. In einer solch entspannten Atmosphäre würde ich mich ihm sicher erklären können, hoffte ich.

Wird schon schiefgehen, dachte ich mir und wollte mir so etwas Mut zusprechen. Leider ohne nennenswerten Erfolg.

Kopfschüttelnd verwarf ich jeden unsicheren Gedanken, zog mich an und machte mich auf den Weg zum nächsten Supermarkt. Ich genoss das Wetter. Es war wieder ein herrlicher Sommertag und die Temperaturen stiegen, bis es über Mittag richtig heiß werden würde. In diesem Moment fasste ich den Entschluss, mir noch etwas Obst mitzunehmen und mich am Nachmittag mit einem Obstsalat auf meinem kleinen Balkon in die Sonne zu legen.

Mit diesem Plan im Hinterkopf kaufte ich ein und machte mich anschließend beschwingt auf den Heimweg. Dabei beantwortete ich Chris' Nachricht und meine Gedanken wanderten erneut zum Abend. Ich hoffte, dass Chris mich nicht für eine eiserne Jungfer halten würde. Ich wollte nicht, dass er mich in Zukunft anders ansah.

Tief atmete ich durch und redete mir gut zu. Chris war mein bester Freund. Er würde sich mit Sicherheit nicht über mein Problem lustig machen. Er würde verstehen, was in mir vorging. Zuhause stellte ich das Bier kalt, schnippelte das Obst klein, machte es mir auf dem Liegestuhl bequem und genoss den Nachmittag in der Sonne. Hin und wieder schrieb ich mit James und schickte mir mit Chris alberne Sprüche und witzige Bilder hin und her.

~ * ~

Der Abend kam und ich erhob mich aus meiner entspannten Lage. Ich wollte noch mal duschen. Die Sonnenmilch und der Schweiß mussten von meiner Haut, bevor ich zu Chris ging. Die Balkontür würde ich offenlassen. *In der vierten Etage steigt kein Dieb mehr über den Balkon ein*, dachte ich und ging ins Bad, um mich gründlich zu waschen.

Eine Nachricht lockte meine Aufmerksamkeit und ich stieg aus der Wanne und griff mit feuchten Fingern nach dem Handy. Chris hatte die Pizzen im Ofen. Gleich danach kam noch ein Bild von ihm, grinsend, vor dem Ofen mit den beiden Pizzen darin, an. Ich lächelte. Chris konnte so kindisch sein. Ich hatte also zwanzig Minuten. Schnell zog ich mir frische Kleidung an und holte das Bier aus dem Kühlschrank. Dann machte ich mich auf den Weg und lief zu dem kleinen Zweiparteienhaus, in dem Chris mit seiner Vermieterin und deren Enkeltochter lebte. Die beiden im Erdgeschoss, er in der ersten Etage. Ich klingelte und die Haustür wurde geöffnet. Das laute Summen störte mich, wie jedes Mal. Den Kopf schüttelnd stieg ich die wenigen Stufen hinauf und sah Chris im Türrahmen angelehnt stehen.

»Einen Tisch für zwei«, scherzte ich und Chris verzog die Lippen.

»Das ist jetzt etwas ungünstig. Ich habe in diesem überaus teuren und angesehenen Etablissement nur noch eine Couch frei.«

Ich zog meine Schuhe aus, ehe ich gespielt enttäuscht an ihm vorbeiging.

»Dann gibt es eben kein Trinkgeld.«

Chris schloss hinter mir die Tür und ich folgte ihm in die Küche, um das Bier aus meiner Tasche zu holen und zwei Flaschen kalt zu stellen.

»Setz dich ruhig schon. Bin gleich da«, meinte er mit einem Blick in den Ofen und ich nahm die beiden verbliebenen Flaschen mit ins Wohnzimmer. Chris hatte hier eine kleine Bar von seinem Großvater stehen. Daraus holte ich zwei Gläser und einen Flaschenöffner und setzte mich entspannt auf die dunkle Stoffcouch. Zischend sprangen die Kronkorken von den Flaschen und ich goss den Gerstensaft in die Gläser, als ich Chris im Augenwinkel mit den Pizzen kommen sah. Er setzte sich neben mich und reichte mir meinen Teller. Wie einstudiert lehnten wir uns zurück, setzten den Teller auf die Oberschenkel und überschlugen die Beine auf dem Couchtisch. Zusammen aßen wir die Pizzen, tranken Bier und unterhielten uns über die verschiedensten Dinge. Chris erzählte mir von einem Klienten seines Chefs, der wohl sehr alt war und es offenbar nicht verstand, dass nicht mehr nur Frauen den Job eines Sekretärs in einer Anwaltskanzlei übernahmen.

»Immer wieder machte er Andeutungen und verglich mich mit einer Frau. Angeblich würde mir ein Kostümchen auch gut stehen und so was. Bis der Chef ihm dann klargemacht hat, dass er sich rechtlich auf dünnem Eis befand und es schnell zu einer Anzeige wegen Beleidigung kommen könnte. Ich meine, ich mache ja kein Hehl um meine Sexualität. In der Kanzlei wissen es alle. Aber so was … Bloß gut, dass ich jetzt ein langes Wochenende habe. Du hast nächste Woche auch noch Urlaub, oder?«

Ich nickte nur und schluckte eilig hinunter.

»Bei solchen Typen hat man dann auch etwas Erholung nötig«, murrte ich.

Chris nickte, trank sein Bier aus und erhob sich, um unsere Teller abzuräumen.

»Aber ich glaube, gerade solche Menschen lernen es nie. Sie benehmen sich daneben und denken, ihr Lebensstil sei das Nonplusultra. Wenn er dann noch erfahren hätte, dass ich auf Kerle stehe …«, rief er aus der Küche und lachte freudlos, als er zurückkam.

»Außerdem hast du dann mehr Zeit für Tom. Nein, warte. Daniel?«

Er nickte und ich erkannte, dass Daniel kein gutes Thema war.

Vier

»Also … Was ist los?«, fragte Chris und sah mich neugierig an. »Es geht um James, oder?«

Ertappt schürzte ich meine Lippen und wandte den Blick ab. Chris nickte nur und sah mich dann durchdringend an. »Es geht um den Sex.« Es war keine Frage, dennoch nickte ich.

»Es ist nur …«, begann ich und sah ihn an. Ich wollte nicht so weich wirken, wie ich mich gerade fühlte, denn ich hasste das Gefühl. »Ich möchte gern, weiß aber nicht, wie. Das klingt albern für einen Sechsundzwanzigjährigen, oder?«

Über mich selbst amüsiert, lachte ich auf und lehnte mich an die weiche Rückenlehne der Couch. Für einen Moment war es ganz still in der Wohnung. Ich legte meinen Kopf in den Nacken und schloss die Augen.

»So etwas dachte ich mir schon«, ließ Chris verlauten und ich sah ihn überrascht an. Interessiert setzte ich mich aufrecht hin, als er in seine Hosentasche griff. »Nimm auf alle Fälle ein Kondom und viel Gleitcreme. Das macht es am Anfang wesentlich leichter«, erklärte er mir in einem Plauderton, als würden wir über den Aufbau eines Regals sprechen, und legte ein Kondom vor mich auf den Tisch. »Weißt du schon, was dir lieber ist?«, wollte er wissen, doch ich sah ihn nur stumm an.

Natürlich hatte ich schon darüber nachgedacht und Fantasien entwickelt.

»Ich habe sogar schon darüber nachgedacht, ob es nicht besser wäre, mit einem Freund zu … na ja, üben.«

Nun war es an Chris, mich stumm anzustarren.

»Üben?«, wollte er mit Unglauben in der Stimme wissen und ich nickte verlegen. Wenn er es sagte, dann hörte es sich wirklich furchtbar albern an.

»Vergiss das einfach. Das ist 'ne blöde Idee«, murmelte ich hastig und stand auf. Die Situation war mir entsetzlich peinlich.

»Hast du denn einen solchen Freund?« Seine Stimme hielt mich auf. Irgendetwas an seinem Unterton ließ mich weniger an Flucht denken und trieb meinen Puls in die Höhe. »Hast du jemanden, dem du so sehr vertraust, dass du mit ihm schlafen könntest, ohne die Freundschaft zu ruinieren?«

Langsam drehte ich mich zu ihm um. Ich musste zugeben, dass er damit einen wunden Punkt getroffen hatte. Meine Haut begann zu kribbeln. Mehr als ein Kopfschütteln brachte ich jedoch nicht fertig und richtete mein Blick auf den matten Bildschirm des Fernsehers, bereit für jedes Urteil, das Chris nun über mich fällen würde, als er aufstand und auf mich zukam.

»Dann nimm mich!«

Entsetzt wandte ich mich ihm zu und wusste, dass ich ihn anstarrte. Und dieses Starren wandelte sich in Unglauben, als ich das ehrliche Lächeln auf seinen Lippen sah.

»Wenn du dich schon mit jemandem ausprobieren willst, dann doch lieber mit jemandem, der diskret sein kann und auf den du dich verlassen kannst, wenn es ernst wird.«

Kräftig schluckte ich gegen den Kloß in meinem Hals an und versuchte, meinen schnellen Herzschlag zu beruhigen. Nervöser, als dieses Angebot, machte mich der aufkommende Wunsch in mir, es einfach anzunehmen.

»Was kann schon groß passieren?«, fragte er und ich fühlte mich umgarnt.

»Was passieren kann?« Meine Stimme zitterte. »Unsere Freundschaft könnte daran zerbrechen. Wir könnten in einen ernsten Konflikt …«

Weiter kam ich nicht. Chris hatte mich an sich gezogen und seine Lippen auf meine gepresst. Er küsste mich so zärtlich, wie ich es ihm als dem Draufgänger, der er seit drei Jahren für mich war, gar nicht zugetraut hatte. Seine Lippen waren warm und weich an meinen und ehe ich wieder an die Konsequenzen denken konnte, schloss ich die

Augen, legte meine Arme um ihn und bewegte meine Lippen gegen seine.

Auch wenn es sich etwas seltsam anfühlte, seinen besten Freund zu küssen, hörte ich nicht auf. Seine Hand wanderte über meinen Rücken und er knabberte an meiner Unterlippe. Ich musste zugeben, dass mir diese Dominanz gefiel. Er würde mich führen und ich war ehrlich dankbar dafür. Seine Finger wanderten höher, strichen über meinen Nacken.

Ergeben seufzte ich und lehnte mich gegen ihn, krallte meine Finger in sein Hemd. Ich wollte mehr. Für einen Moment hoffte ich, dass es mir nicht zum Verhängnis wurde, dass er mir schon immer gefiel, doch ich verschob den Gedanken und ließ meine Zungenspitze sanft über seine Unterlippe streichen. Nur Augenblicke später traf ich auf seine Zähne und seine Zunge, die meine weich umgarnte, sie streichelte. Ich schmeckte das Bier und eine Spur der Pizza.

Einen Moment später löste Chris sich von mir, nur so weit, dass ich ihn ansehen konnte. Seine Augen zeigten ein Verlangen, das mir ein prickelndes Gefühl im Magen bescherte.

»War es gut bis jetzt?«, wollte er im Flüsterton wissen und ich nickte leicht. Es war nicht so, dass ich noch nie geküsst hätte.

»Ich habe schon mehr gemacht als das«, drängte es ungewohnt provokativ aus mir und lockte das spielerische Lächeln auf Chris' Lippen, das er immer zeigte, wenn er mit einem seiner Typen für ein Schäferstündchen verschwand. Das Prickeln in meinem Magen nahm ein wenig ab und auch Chris verlor sein Lächeln, sah mich besorgter an.

»Hey. Sieh mich nicht so an. Wenn du das hier nicht möchtest, ist das völlig in Ordnung. Ich möchte nicht, dass du dich zu etwas zwingst, was du nicht willst.«

Seine Stimme war leise und sanft, und dass er mich zärtlich streichelte, unterstrich seine Aussage. Zu gern hätte ich meine Wange in seine warme Handfläche geschmiegt. Dennoch haderte ich mit mir.

»Ich will schon«, murmelte ich und bekam ein sanftes Lächeln geschenkt.

»Dann lass dich fallen. Ich passe auf dich auf. Wir müssen uns nichts beweisen.«

Wie recht er doch hatte. Beruhigend strichen seine Finger über meinen Hals und meine Schultern und ich entspannte mich wieder.

An meinen Oberarmen zog er mich sanft mit sich auf die Couch und begann, mich erneut zu küssen. Seine Hände strichen über meine Arme und meine Brust. Meine Finger taten es ihm gleich und begannen, sein Hemd zu öffnen.

Für den Bruchteil eines Augenblicks fragte ich mich, warum er zu einem lockeren Treffen ein Hemd trug, doch als seine Fingerspitzen unter meinem Shirt über meine Haut glitten, war der Gedanke schon wieder verworfen. Gierig küsste ich Chris und drängte mich ihm und seinen geschickten Fingern entgegen. Für ihn offenbar das Zeichen, mir das Shirt über den Kopf zu ziehen und meine Lippen gleich wieder zu vereinnahmen.

Ich strich ihm das Hemd von den Schultern, ertastete glatt rasierte, warme Haut und spürte den schnellen Herzschlag in seiner Brust. Die Aufregung stieg in mir und mischte sich mit Neugier. Auch wenn meine Fantasien mit Chris schon Jahre zurücklagen, wollte ich nun immer drängender wissen, wie es sich wirklich anfühlte, mit ihm zu schlafen. Seine Hände strichen über meine Seiten, meinen Rücken und zogen mich fest in seine Arme und an seine Brust. Diese besitzergreifende Geste ließ mich erschaudern. So wollte ich immer berührt werden.

Nur weil ich schwul bin, wollte ich nicht wie ein zerbrechliches Wesen behandelt werden. Ermutigt griff ich nach seiner dunklen Mähne, ließ meine Finger durch sie hindurchgleiten und griff fest hinein. Chris' erregtes Keuchen ließ auch meine Erregung wachsen. Sein Griff um mich wurde enger, unsere Körper drängten sich einander entgegen und mit mir im Arm lehnte er sich auf der Couch zurück.

»Hier habe ich es noch mit keinem gemacht«, kam es mit rauer Stimme von Chris und ich war der Meinung, einen amüsierten Unterton gehört zu haben. Leicht schmunzelte ich.

»Dann ist das ja eine Premiere«, spöttelte ich, ehe ein angetanes Seufzen das Amüsement aus meiner Kehle wischte.

Heiße Lippen strichen über meinen Hals. Eine neue Welle der Erregung erfasste mich, als den Lippen eine freche Zungenspitze folgte und die Haut unter meinem Ohr so sanft berührte, dass ich Gänsehaut bekam. All das, all diese Berührungen waren mir bei weitem nicht unbekannt, doch in diesem Moment fühlte es sich anders an. *Sicher liegt das nur an seiner Erfahrung*, dachte ich und spürte im nächsten Moment, wie unsere Knie aneinander rieben, als Chris unsere Beine verschränkte.

»Möchtest du beides ausprobieren?«, raunte mir seine tiefe Stimme ins Ohr und ich konnte ein Stöhnen nicht mehr unterdrücken.

Ich wusste nicht, woher dieses Verlangen kam und wo meine ganzen Zweifel geblieben waren. Alles in mir schrie laut und gierig »Ja«. Vorsichtig hob ich meinen Kopf und sah Chris an. Da war es wieder, dieses fremdartige Lächeln, das ich nicht deuten konnte und das mir gleichzeitig so sehr gefiel. Sanfte Finger strichen mir über die Schläfe in die Haare. Dem Drang zu widerstehen, meinen Kopf in seine große Hand zu schmiegen, war unmöglich. Dabei schloss ich leicht die Augen, wollte jede Berührung genießen und auskosten.

Das Lächeln wurde größer und erneut verband er uns zu einem Kuss, der immer leidenschaftlicher wurde, und je gieriger der Kuss wurde, desto gieriger wurde auch ich. Ich wollte mehr und löste meine Lippen schwerfällig von seinen, um sie auf sein Kinn zu setzen. Langsam glitt ich über seine Haut, wanderte über seine Kehle, die vibrierte, als Chris leise stöhnte. Er legte den Kopf in den Nacken und bot mir mehr dieser köstlichen Haut dar, die ich nun auch mit meiner Zunge kostete und dabei tiefer wanderte. Ein erneutes Stöhnen war mein Lohn und ich setzte meinen Weg fort, wollte mehr. Mehr Geräusche, mehr Herzschlag, mehr Geschmack.

»Gott! Christoph«, keuchte er gequält und ich ließ meine Zungenspitze noch langsamer auf der feinen Linie zwischen seinen dezenten Bauchmuskeln entlanggleiten, ehe ich neckend in seinen Nabel eintauchte.

Eine Hand griff nach mir und die Bauchdecke unter meinen Lippen hob und senkte sich schnell. Ich liebkoste die Haut unter dem Nabel ausgiebig und strich mit einer Hand über seinen Bauch und seine Brust, während die andere sich an der Schnalle seines Gürtels bemühte. Immer wieder streifte mein Arm dabei die verdeckte Erregung und Chris schob seine Beine auseinander, um sich Linderung zu verschaffen.

Schnell hatte ich den Gürtel gelöst und die Hose geöffnet. Ich spürte den Blick auf mir, als ich die Hose tiefer schob und die Spitze der harten Erregung mit meinen Lippen umfing. Der Griff in meinem Haar wurde fester, das Stöhnen erklang rau in meinen Ohren, fast schon gelöst.

Hatte ich für einen Augenblick befürchtet, Chris könnte mich fest in seinen Schoß schieben, war ich ehrlich erleichtert, dass dem nicht so war. Stattdessen strichen zittrige Finger durch mein Haar, schienen mich ermutigen zu wollen und mir, neben Chris' erregenden Lauten, zu zeigen, wie sehr es ihm gefiel. Langsam saugte ich an dem heißen Fleisch, umfing es mit einer Hand und strich sanft mit dem Daumen die Unterseite auf und ab.

Ich nahm mir Zeit dafür. Wollte hören, spüren, was Chris gefiel und was nicht. Er sollte nicht glauben, dass ich gänzlich unerfahren sei. Noch ein wenig weiter nahm ich seinen Penis auf, saugte sanft und strich mit der Zunge massierend auf und ab.

Den Fuß, der sich an meinem Oberschenkel entlang schob, spürte ich durch meine Konzentration nur am Rande. Erst als er sein Ziel erreicht hatte und begann, meine eigene Erregung zu streicheln und zu reizen, schenkte ich ihm meine Aufmerksamkeit. Ich löste mich von meinem Tun und stöhnte leise. Zwei Hände griffen in meinen Nacken, deuteten mir an, höher zu kommen. Ich folgte.

Ein Kuss empfing mich, der mir vor Leidenschaft fast den Atem raubte und ich ging keuchend darauf ein, rieb mich an dem erhitzten Körper unter mir und wand mich unter den zarten Berührungen seiner Fingerspitzen, die meinen Rücken hinabglitten. An meinen Hüften angekommen, wanderten seine Hände nach vorn und ich hob mein Becken.

Nervosität stieg in mir auf, denn ich wusste, dass es nicht dabei bleiben würde, dass wir uns gegenseitig mit der Hand befriedigten. Das Gefühl wurde stärker, als Chris mir die Hose samt Shorts herunterschob und mit seinen Fingern hauchzart über meinen unteren Rücken strich.

Fünf

»Schhh«, kam es so sanft von ihm, dass ich mich sofort wieder entspannte. Weitere Küsse auf meine Lippen folgten. Sanft und beruhigend. Seine Hand blieb bewegungslos liegen. »Ich weiß, wie du dich jetzt fühlst«, wisperte er und küsste mich weiter, strich mit seinen Fingern langsam über meinen ganzen Rücken und meinen Po. »Wir machen, was du möchtest und wie du es möchtest.«

Da war es wieder. Das Angebot, ihn zu nehmen. Chris hatte mir immer einen mehr dominanten Eindruck gemacht, war er es doch gewesen, der seine neuen Liebschaften vorstellte, seinen Willen zwar ohne Zwang, aber doch vehement durchgesetzt und am Ende all die Beziehungen beendet hatte.

»Du machst das aber nicht meinetwegen, oder?«, rutschte es mir heraus und ich erntete einen weiteren Blick, den ich nur schwer zuordnen konnte.

»Traust du mir zu, dass ich so einseitig bin?«, kam es als Gegenfrage und ich sah beschämt auf seine gut definierte Brust.

»Es fällt mir schwer, zu glauben, dass du es bist, der sich nehmen lässt.«

Meine Stimme war nur ein Murmeln und wurde von dem plötzlichen Lachen fast verschluckt. Irritiert sah ich Chris an, der sich auf seine Unterarme stützte und mir seinen Kopf entgegenschob, um nahe an meinen Lippen zu flüstern.

»Ich lasse mich nicht von jedem nehmen. Das bedarf Vertrauen, das nicht leicht zu bekommen ist. Aber dir vertraue ich. Ich weiß, dass du nichts tun wirst, was mich verletzen würde.«

Scheinbar war das Thema damit für ihn erledigt, denn er legte seine Hand auf meinen Hinterkopf und zog mich in einen neuen Kuss. Chris lehnte sich zurück und zog mich auf sich, ehe er sich mit

Schwung auf mich drehte, sich auf meinen Hüften aufsetzte und mich herausfordernd ansah. Mehr als ein Nicken brachte ich nicht zustande, wusste selbst nicht, was ich gerade zugestimmt hatte und nahm mir vor, mich einfach vertrauensvoll in seine erfahrenen Hände zu begeben.

Sein Lächeln wurde breiter und er küsste mich erneut. Ich spürte, wie er uns gänzlich auszog und ich half ihm nur allzu gern dabei. Ich hörte etwas rascheln und das Reißen von dünner Folie. Mein Herz raste und mein Atem stockte, als ich seine warmen Finger an meiner Erregung spürte. Geschickt zog er mir ein Kondom über und griff nach einer meiner Hände, bestrich die Finger großzügig mit einer kühlen Creme und führte sie zu seinem Steißbein.

»Einen nach dem anderen«, flüsterte er und heiße Wellen liefen durch meinen Körper.

Seine dunkle Stimme in meinem Ohr, sein heißer Atem auf meinem Gesicht und diese Worte, erregten mich und machten mich zittrig. Langsam strich ich mit einem Finger über den lockenden Muskelring und drückte dagegen, bis er nachgab und mein Finger von einer unerwarteten Hitze empfangen wurde.

Ich keuchte und küsste Chris gierig, schob meinen Finger weiter und fing sein Stöhnen mit Genuss ab. Die ersten Bewegungen waren noch langsam, doch schon bald stieß ich meinen Finger in den willigen Leib und zog ihn zurück, um erneut zuzustoßen.

»Mehr«, stöhnte Chris und ich führte den zweiten Finger ein, stieß weiter zu und nahm, als die Muskeln sich spürbar lockerten, einen dritten hinzu. Chris stöhnte hemmungslos und ich tat es ihm gleich. Aus einem Impuls heraus entzog ich meine Finger und verstrich die Reste der Creme auf dem feuchten Kondom, ehe ich Chris' Becken auf meine Erregung senkte.

»Ganz langsam«, mahnte er und ich hörte an seiner Stimmlage, wie sehr er mit sich kämpfte, um nicht zu früh seinen Kopf auszuschalten und mich meinem Schicksal zu überlassen.

Ich folgte der Order, drängte mein Glied an den gedehnten Muskelring und schob mich langsam durch ihn hindurch. Die Enge ließ mich schwindeln und den Wunsch in mir aufkeimen, sie schnellstmöglich um meine gesamte Erregung zu spüren. Dennoch schob ich mich langsam weiter, bis es nur noch schwer weiterging und ein Zischen von Chris mich innehalten ließ.

Noch bevor ich fragen konnte, schüttelte er mit dem Kopf und richtete sich auf. Ein neues Lächeln breitete sich auf seinen Lippen aus.

»Wenn du mich küssen willst, solltest du herkommen.«

Ich erwiderte das Lächeln und setzte mich auf. Es hatte etwas Spielerisches, etwas, das mir in der Situation half. Zärtlich küsste und streichelte ich ihn, während er mein Glied umfasste und sich langsam ganz darauf niederließ. Tief drang ich in ihn ein und hielt mich stöhnend an seinem Oberkörper fest. Obwohl sich unsere Lippen berührten, küssten wir uns nicht. Zu sehr war ich von dem Gefühl eingenommen, meiner Lust Gehör zu verschaffen. An Chris' Lauten erkannte ich, dass es ihm ähnlich ging.

Einen Moment lang saß er ruhig auf mir und ließ mir Zeit, mich an diese Enge und Hitze zu gewöhnen, ehe er mich ansah. Seine Augen hatten einen wunderbaren Glanz bekommen, seine Haare hingen wild an seinem Kopf und sein Gesicht hatte einen Ausdruck, der mich völlig einnahm. Insgeheim hoffte ich, nur halb so verführerisch auszusehen, wie Chris es in diesem Moment tat.

»Drehen wir uns um.«

Es war nur ein Flüstern, doch es turnte mich mehr an, als jeder erotische Film, den ich mir in meiner Pubertät angesehen hatte. Erneut folgte ich und brachte Chris unter mich.

Ein Gefühl von Dominanz durchlief mich und ich streichelte über seinen Oberschenkel, ehe ich meinen Arm unter sein Knie schob, es so anhob und mich langsam zurückzog, um ein wenig schneller wieder in ihn zu stoßen. Unter genussvollen Geräuschen legte Chris den Kopf zurück und ich beobachtete ihn, leckte mir dabei über die Lippen und erhöhte das Tempo meiner Stöße. Ich wollte ihn hemmungslos sehen, wollte seine letzte Kontrolle wegwischen.

Schneller und fester stieß ich in ihn, ließ meiner Lust freien Lauf und ergötzte mich an Chris' Zügellosigkeit. Schamlos verlangte er mehr und ich gab, was ich konnte. Dabei liebkoste ich seinen Hals ausgiebig, bis mein Höhepunkt mich überrollte und ich mich ergoss. Weiter stieß ich in den sich windenden Körper und massierte seinen Penis, bis auch Chris unter einem tiefen Stöhnen kam. Die plötzlichen Kontraktionen verlängerten meinen Höhepunkt und mir liefen heiße und kalte Schauer über den Körper.

Ich nahm mir ein paar Minuten, in denen Chris und ich uns zärtlich streichelten, um mich etwas zu beruhigen, ehe ich mich langsam zurückzog und von dem störenden Gummi befreite. Im Augenwinkel sah ich, wie Chris sich aufsetzte und mir nur Sekunden später ein Taschentuch reichte.

Ich säuberte mich und wickelte das Kondom ein. Mein Blick wanderte zu Chris herüber und bevor ich es mich versah, küsste er mich. Lange und sanft. Ich genoss es und verbot der Frage nach der Bedeutung dieser zärtlichen Küsse, länger als einen Moment zu verweilen.

»Wir sollten duschen«, flüsterte er amüsiert und stand auf, lief nackt durch das Wohnzimmer und drehte sich beim Gehen um. »Und ich muss dringend was trinken.«

Chris zwinkerte mir zu und ging in die Küche. Auch ich stand auf, lief mit wackligen Knien zum Bad. Dort stellte ich mich in die kleine, quadratische Dusche und ließ mir das Wasser über den Körper laufen. *Gott! Ich fühle mich total high*, dachte ich und lehnte meinen Kopf an die kalten Fliesen. Wenn Sex immer so wirkte, wollte ich es wieder und wieder tun. Die Selbstbefriedigungen und die gegenseitige Masturbation mit James hatten sich zwar gut, aber nicht so gut wie das hier angefühlt.

Ich war verwirrt. In meiner Fantasie war ich es gewesen, der empfangen hatte, doch nun, nach diesem Erlebnis, waren all meine Vorstellungen über den Haufen geworfen.

Energisch schüttelte ich den Kopf und wusch mich, ehe ich nach nur wenigen Minuten wieder aus der Dusche stieg und mich abtrocknete. Als ich mir die Haare trocken gerieben hatte, sah ich auf und stutzte. Chris stand vor mir und sah mich mit diesem Blick an, den ich einfach nicht deuten konnte. Er hatte ihn schon bei unserem Abend auf dem Sommerfest gezeigt und auch gestern Abend und es störte mich ungemein, dass ich meinen besten Freund nicht ganz verstand.

»Ich dachte, wir duschen zusammen«, durchbrach er meine Gedanken und mir wurde schlagartig wieder warm.

»Und ich dachte, weil die Dusche so klein ist …«

Aber jeder beginnende Protest wurde im Keim erstickt, als Chris mich umarmte, seinen nackten, noch immer ein wenig erregten

Körper an mich presste und in mein Ohr flüsterte: »Ich denke, wir passen da zu zweit rein.«

Heiße Schauer liefen mir über den Rücken und ich nickte nur, löste mich von Chris und trat in die Dusche zurück. Mein Handtuch fiel achtlos auf den Boden. Er folgte mir und schob die Plastikwand hinter sich zu. So nahe bei ihm zu sein in diesem engen, kleinen Raum, in dem noch immer etwas Wasserdampf hing, hatte etwas ganz Eigenes und sehr Anregendes. Zu gern hätte ich mich an ihn gepresst und diesen Rausch, der noch immer in meinen Venen durch meinen Körper strömte, erneuert, doch mein Verstand drängte sich stetig in den Vordergrund.

Chris war mein bester Freund, nicht mein fester Freund oder mein Partner. Ich konnte mit ihm doch nicht so ungeniert umgehen, das eben Erlebte nicht wiederholen. Mich nicht lustvoll an ihn drängen, ihn wild küssen und noch einmal heißen, hemmungslosen Sex haben. Mein Körper kribbelte aufgeregt und ich versuchte, die erregenden Gedanken zu verdrängen. Immerhin war ich nackt und würde eine neuerliche Erregung schwer verstecken können.

Abgesehen davon, dass es der zweite Betrug an James wäre. Oder zählten da die Nächte? Ich lehnte mich an die kalte Wand und sah Chris gedankenverloren dabei zu, wie er das Wasser einstellte und sich wusch.

Er seifte sich ein und strich sich dabei in kreisenden Bewegungen über die breite Brust und den flachen Bauch, bevor seine Hände tiefer glitten und auch seine Hüften und seine Genitalien einseifte. Mir fiel auf, wie gründlich er vorging und ich bekam ein neues Bild von dem Aufreißer, den er für mich verkörperte. Er dachte beim Sex an Kondome und kümmerte sich um ausreichend Intimpflege. Langsam wurde mir klar, dass er zwar leidenschaftlich und spontan, jedoch nicht kopflos war, und ich begann mich zu schämen.

»Wenn du so guckst, glaube ich, dir was angetan zu haben«, riss mich Chris' Stimme zurück und ich sah ihn an.

Seine Haare klebten in seinem Gesicht und erinnerten mich an die unzähligen Sommertage, an denen wir am See waren und erst spätabends erschöpft und keuchend aus dem Wasser kamen. Langsam kam er mir näher und ich spürte die Wärme seines Körpers, ohne dass er mich berührte. Mein Puls schoss in die Höhe.

»Bereust du es?«

Diese Frage traf mich wie ein Schlag.

»Nein«, schoss es lauter aus mir heraus, als ich wollte und ich griff nach seiner Schulter, damit er nicht so einfach gehen konnte, doch er machte keine Anstalten.

»Warum siehst du dann aus, als ob du es bereust?«, fragte er leiser, besorgter und kam mir so nahe, dass ich seine Haut auf meiner bereits erwartete. Sanft strich ich über seine Schulter.

»Weil ich dich falsch eingeschätzt und für einen gedankenlosen Typen im Bett gehalten habe und mich jetzt dafür schäme«, flüsterte ich, hoffte jedoch, dass meine Stimme vom Rauschen des Wassers übertönt wurde.

»Das ist aber nicht alles, oder?«

Chris klang lauernd. Seine Stimme war wieder tief und ein wenig rau.

»Nein«, gestand ich leise. Ich schloss meine Augen und lehnte meinen Hinterkopf ergeben an die Fliesen. »Ich bin total high und will nicht, dass es vergeht.«

Keine Sekunde später spürte ich seine warmen Lippen auf meinen, seinen heißen Körper an meinem und jeder trübe Gedanke war aus meinem Kopf vertrieben. Es war mir egal, dass ich betrog und es war mir egal, dass es mein bester Freund war, den ich begehrte. Ich wollte Chris spüren - an jedem Zentimeter meines Körpers. Und ich wollte ihn jetzt. Chris schien es nicht anders zu gehen, denn er presste mich mit seinem Körper an die Wand und rieb sich an mir.

Ich stöhnte in den wilden Kuss und fuhr mit meinen Fingernägeln über seinen Rücken, drängte ihn so noch enger an mich. Seine harte Erregung rieb an meiner und ich fühlte, wie ein neuer Rausch sich in mir aufbaute. Mein Verstand setzte aus. Ich wollte Sex. Wilden, hemmungslosen Sex.

»Ich habe kein Kondom hier und wenn du so weitermachst ...«, kam es, unterbrochen von leisem Stöhnen, von Chris und er küsste mich gierig.

Seine Hände drängten sich zwischen mein Becken und die Wand, pressten meinen Unterleib an seinen. Wir waren beide vollkommen scharf aufeinander.

»Ist mir egal«, platzte es aus mir heraus und ich rieb mich an dem erhitzten Körper vor mir.

Chris antwortete mir keuchend, doch ich verstand ihn nicht. Zu laut war die Geräuschkulisse in der kleinen Dusche und mein Verstand war bereits zu weit weg. Mit einem Ruck hob er mich an und ich schlang meine Beine um seine Hüften. Mit den Fingern ging ich immer wieder durch sein nasses Haar, fuhr mit den Fingernägeln über seinen Rücken und wollte ihn erneut küssen, doch er entzog sich mir. Irritiert sah ich Chris an.

»Lass mir vorerst noch einen Funken Verstand, kleine Raubkatze.« Ein Lächeln umspielte sein Gesicht und ich kam nicht umhin, es zu erwidern. Er küsste mich sanft und nahm der Leidenschaft ihre Geschwindigkeit. Ich spürte einen Finger an meinem Eingang und war erstaunt, wie sanft er durch den Muskelring drang. Ein seltsam ungewohntes Gefühl entstand, als der Finger sich bewegte, doch da war kein Schmerz, wie ich es immer befürchtet hatte.

Dem ersten folgte ein zweiter und das seltsame Gefühl wandelte sich schnell in pure Lust. Ich hörte Chris unterdrückt keuchen und war dankbar für diese Aufopferung und Disziplin. Ein dritter Finger folgte und ich stöhnte hemmungslos an seine Schulter. Chris zu küssen schien mir unmöglich. Zu gefangen war ich in diesem erregenden Gefühl, das die warmen Finger in mir auslösten, wenn sie sich bewegten.

Nach ein paar Stößen wurden die Bewegungen fahriger und Chris murmelte mir hektisch eine Entschuldigung ins Ohr, ehe er seine Finger entzog und mich absetzte. Alles drehte sich in meinem Kopf und ich war heilfroh, dass Chris eine Antirutschmatte in der Dusche hatte, sonst wäre ich sicher einfach zu Boden gegangen.

Mit zittrigen Händen wurde ich umgedreht und legte meine Stirn an die kalten, beschlagenen Fliesen. Erneut säuselte Chris etwas Unverständliches in mein Ohr, ehe er mir in das Ohrläppchen biss. Ich keuchte willig, doch Chris löste sich ein wenig von mir. Irritiert sah ich auf, aber Chris schenkte dem keine Aufmerksamkeit. Er griff meine Hand und zog mich mit sich aus der Dusche und dem Bad in die gegenüberliegende Küche. Ohne ein Wort zu verlieren, setzte er mich auf den großen Küchentisch aus Vollholz. Erneut sah ich ihn an, bis er seinen Blick auf mich richtete.

»Ich will dich küssen«, war alles, was er herausbrachte, ehe er seine Hände an meinen Hinterkopf legte und mich leidenschaftlich küsste.

Ich erwiderte den Kuss, umfing seine Taille und zog ihn zwischen meine Beine. Meine Erregung rieb an seinem Bauch und ich keuchte. Mit einem kurzen, aber kräftigen Ruck zog er mich näher an die Tischkante, drängte mich mit seinem Gewicht zurück. Die Kälte der glatten Tischplatte war ein zusätzlicher Reiz. Seine Hände wanderten über meinen Körper und massierten meinen Unterleib. Erneut hörte ich das Geräusch von Folie. Ich stöhnte gequält und jammerte leise. Chris hingegen rieb sich noch ein paar Mal an mir, ehe er in mich eindrang. Ganz vorsichtig, und doch spürte ich die Leidenschaft, die in ihm kochte. Erleichterung verließ meine Kehle und ich umklammerte Chris mit Armen und Beinen, spürte seine Stöße mit dem ganzen Körper und fing seine Geräusche in gierigen Küssen ein. Chris wurde schneller und härter in seinen Bewegungen und ich wusste, dass es nicht mehr lange dauern würde.

Mein Blick suchte Chris' und was ich sah, nahm mir für einen Moment den Atem. Nasse Strähnen hingen an seinem geröteten Gesicht. Seine Augen waren halb geschlossen, die Brauen leicht zusammengezogen. Feine Tropfen glitten an seinem Körper hinab und ich erschauderte, als ich sah, wie er sich zwischen meinen Beinen bewegte.

Als ich wieder aufsah, erkannte ich, dass er mich beobachtet hatte, und sein spielerisches Lächeln trieb mir neue Schauer über den Körper. Ich lehnte mich zurück, griff dabei nach Chris' Kopf und zog ihn fest auf mich, um ihn innig zu küssen. Eine freche Hand umfing meine Erregung und massierte sie. Es brauchte nur wenige Striche, bis ich stöhnend meinen Höhepunkt erreichte.

Alles in mir zog sich zusammen und ich spürte die schnellen Stöße nur noch intensiver, bis Chris in mir kam. Ich hörte seinen hektischen Atem, wie ich meinen in meiner Brust spürte, und genoss das leichte Gefühl, den Rausch in meinem Körper. Es schien, als wollte sich keiner von uns bewegen. Es war fantastisch.

Sechs

Nach einer gefühlten Ewigkeit murmelte Chris etwas Unverständliches an meine Brust und ich begriff, dass ich kurz davor war, einzuschlafen. Ganz langsam zog er sich aus mir zurück und half mir auf meine müden Beine. Ohne nachzudenken, ließ ich mich in sein nur zwei Meter breites Schlafzimmer, das an sein Wohnzimmer angrenzte, und in sein Bett führen. Es war an drei Seiten von den Zimmerwänden eingefasst. Ich legte mich hin und spürte noch, wie Chris sich an meinen Rücken drängte, uns zudeckte und mich mit seinen Armen fest umfing. Der sanfte Kuss in den Nacken ließ mich lächeln, ehe ich in den Schlaf sank.

~ * ~

Der nächste Morgen weckte mich mit sanften Sonnenstrahlen und ich öffnete blinzelnd meine Augen. Schwerfällig drehte ich mich um und bemerkte, dass ich wohl die halbe Nacht in dieser Position geschlafen haben musste.

»Na, auch schon wach?«, erklang es leise und ich öffnete meine Augen erneut.

»Jetzt ja. Aber ich will nicht aufstehen«, gestand ich und outete mich einmal mehr als Morgenmuffel.

»Das ist jetzt aber ganz blöd. Immerhin liegst du auf meinem Arm und ich muss echt dringend ins Bad«, meinte Chris und ich schloss die Augen.

»Dein Problem«, murmelte ich und spürte das Schulterzucken neben mir.

»Okay. Aber in wenigen Minuten ist es dein Problem.«

Träge setzte ich mich auf und öffnete die Augen. Chris stieg aus dem Bett und holte sich eine frische Unterhose, ehe er das Zimmer verließ. Müde folgte ich seinem Beispiel und erhob mich, trat aus dem Schlaf- ins Wohnzimmer und besah mir meine herumliegende Kleidung.

Ich hatte mit meinem besten Freund geschlafen. Zweimal. Ein schlechtes Gewissen wollte sich jedoch nicht einstellen. Mit einer seltsamen Mischung aus Scham und Befriedigung suchte ich meine Kleider zusammen und zog mich an. Dann ging ich in die Küche, setzte mich, wie immer, wenn ich in diesem Raum war und nichts zu tun hatte, auf das breite Fensterbrett und beobachtete Chris, wie er aus dem Bad kam und Kaffee aufsetzte. Er benutzte eine dieser kleinen Metallkannen, in die man Wasser und das Kaffeepulver einfüllte und dann auf dem Herd kochte. Furchtbar umständlich für zwei Tassen Kaffee, wie ich fand, aber der Kaffee war lecker.

»Was ist los?«, fragte Chris und goss uns Kaffee ein.

»Keine Ahnung«, erwiderte ich und rieb mir den Nacken. »Ich bin total unausgeschlafen und fühle mich gleichzeitig tiefenentspannt.«

Chris lehnte sich neben mich an das Fensterbrett und grinste.

»Das ist der Kater nach dem Rausch«, erklärte er mir mit einer großen Geste und verstellter Stimme.

Ich lachte leise und schüttelte den Kopf. »Du bist ein Idiot!«

Chris lehnte sich zurück und nickte eifrig. »Na, das auf jeden Fall«, spöttelte er und wir tranken unseren Kaffee.

Immer wieder wanderte mein Blick zu ihm und mir wurde klar, dass sich doch etwas zwischen uns verändert hatte. Ich wusste nur noch nicht, ob ich das für gut oder für bedenklich befinden sollte.

Mein Blick fiel auf die Uhr über der Tür.

»Shit! Ich muss los«, fluchte ich und rutschte vom Fensterbrett. So schnell es ging, trank ich meinen Kaffee und stellte die Tasse in die Spüle. Ich lief in den Flur und trat in meine Schuhe, während ich mir die dünne Jacke über den Arm warf.

»He, morgen sollen über dreißig Grad werden. See?«, wurde ich gefragt und nickte, ohne weiter nachzudenken.

»Na klar!«

Ich verschwand mit einem kurzen Gruß aus der Wohnung.

Aufgrund des Zeitmangels entschied ich mich dafür, die wenigen Haltestellen mit dem nächsten Bus in die Stadt zu fahren. Nur wenige Minuten später stieg ich am Marktplatz aus und sah mich um.

»Du bist spät«, hörte ich James neben mir und ich versuchte, ihn mit einem Lächeln zu besänftigen.

»Tut mir leid. Ich habe verschlafen«, gestand ich und suchte mit meiner Hand schüchtern die seine.

Auch jetzt nagte das Gewissen noch nicht wegen des Betruges an mir. Es fühlte sich nicht ganz richtig an, aber eben auch nicht vollkommen falsch. Es war seltsam. Wortlos gingen wir auf den Markt und sahen uns die Töpferwaren an. Eigentlich nichts, was mich großartig interessierte, aber für James wollte ich mal nicht so sein.

»Chris will morgen an den See«, begann ich und James schüttelte gleich energisch den Kopf.

»Keine Zeit.«

Ich nickte. »Dabei wollte ich dir gerne den See zeigen«, murmelte ich und erntete einen fast schon schockierten Blick.

»Du willst doch da nicht etwa allein hin. Wenn der seinen Typen mitbringt, bist du da doch bloß das dritte Rad am Wagen. Überhaupt. Du solltest bei dem echt vorsichtig sein. Nachher vergeht der sich noch an dir.«

Mit einer unbekannten Wut löste ich mich von James und trat einen Schritt zurück.

»Du redest hier über meinen besten Freund wie über einen Schwerverbrecher«, rief ich entrüstet, bemühte mich dann aber um einen angemesseneren Ton. Die umstehenden Leute mussten nicht wissen, worum es hier ging. »Wir kennen uns seit vielen Jahren und nie hat er auch nur etwas in der Richtung versucht. Außerdem solltest du wissen, dass ich gar nicht sein Typ bin«, murrte ich und beobachtete James' Reaktion genau.

»Ich meine es nicht so. Aber er sieht dich so seltsam an«, lenkte er ein.

Schnaufend schüttelte ich den Kopf und ging wieder auf ihn zu.

»Selbst wenn … Blicke bedeuten doch noch lange nicht, dass ich mich in ihn verliebe. Ich liebe dich. Aber ich brauche auch jemanden, mit dem ich über Dinge reden kann, die ich einfach nicht mit dir besprechen will.« Ich war um eine sanfte Stimme bemüht und nahm

James Hände in meine. »Jeder braucht einen besten Freund. Auch ich!«

Ich lehnte mich an ihn und küsste ihn kurz auf die Lippen.

»Lass uns zu mir gehen. Ich möchte das hier wieder gutmachen«, raunte er mir zu und ich lächelte.

»Das musst du nicht.«

Doch James winkte ab und zusammen gingen wir die wenigen hundert Meter zu seiner Wohnung. Vor der Tür trat ich mir die Schuhe von den Füßen und ging in die offene Wohnküche. James hatte keinen richtigen Flur. Entspannt seufzend ließ ich mich auf die weiche Couch unter der Treppe sinken und sah am Geländer vorbei an die Decke der zweiten Etage dieser Maisonettewohnung. Die Holzbalken waren die einzigen Spielereien in dieser Wohnung. Keine Bilder und kein Nippes standen offen herum, wie es bei mir der Fall war. Alles war klar und nüchtern eingerichtet und diente wohl mehr dazu, den Raum zu füllen, als ihn zu schmücken.

James legte großen Wert auf Ordnung und Sauberkeit. In manchen Dingen vielleicht etwas zu viel. Ein Kuss wurde mir auf die Stirn gesetzt und ich lächelte ein wenig.

»Möchtest du etwas trinken?«, fragte James mich und ich nickte.

Er ging und kam mit zwei kleinen Flaschen Wasser wieder, von denen er mir eine reichte. Genussvoll trank ich das kalte Wasser und seufzte dann zufrieden. James stellte seine Flasche auf einen Untersetzer auf den Couchtisch und beugte sich zu mir, um mich auf die Wange zu küssen. Ein Schauer lief mir über den Rücken. Noch immer war der Rausch der letzten Nacht in meinem Gedächtnis und mein Körper reagierte prompt. Ich drehte mich zu James und küsste ihn auf die Lippen. Er schmeckte nach den Hustenbonbons, die er so gern naschte und ein Lächeln huschte über mein Gesicht.

»Lass uns ins Bett gehen«, raunte er mir zu und strich mir mit lüsternem Blick über den Arm.

»Warum bleiben wir nicht einfach hier?«, fragte ich, wollte mich jetzt nicht erheben und die beginnende Stimmung unterbrechen, doch James sah mich mahnend an und mir wurde der Grund bewusst. Seine Couch sollte keinen Schaden nehmen.

Er nahm meine Hand und führte mich in die obere Etage, die sein Schlafzimmer darstellte. Mit einem verlangenden Kuss drängte er mich auf die Matratze, zog die Decke unter mir weg und stützte sich über mich. Ich seufzte leise und ging ihm durch das Haar. Bestimmt drängte er sich zwischen meine Beine und begann, sich an mir zu reiben. Neue Schauer durchliefen mich und ich zog an seinem Hemd. James jedoch nahm meine Hände aus dem Stoff und richtete sich auf. Er selbst knöpfte sich das Hemd auf und zog es sich aus, legte es vorsichtig über die Bettkante. Ich setzte mich auf und küsste seine Brust. Dafür strich er mir sanft über den Kopf. Meine Lippen glitten an seinem Körper hinab, folgten der Spur aus feinem Haar. Schnell öffnete ich die Hose und nahm James Glied zwischen meine Lippen.

Langsam saugte ich daran, wollte es so sehr genießen, wie in der letzten Nacht. Eine Hand griff nach meinem Kopf und drängte ihn tiefer. Ich nahm ihn weiter auf und strich mit einer Hand über den empfindlichen Schaft. James stöhnte rau und deutete mir mit mehr Druck auf den Hinterkopf an, was er wollte. Wie so oft löste ich mich in dem Moment, kurz bevor es unangenehm wurde, von ihm und küsste ihn auf die Lippen.

Er schob mich etwas von sich und zog mir das Shirt aus, ehe er mich in die Kissen zurückdrängte und mir mit wenigen Bewegungen auch Hose und Shorts ausgezogen hatte. Mich weiter küssend, legte er sich auf mich und rieb sich an mir. Mein Körper brannte, wollte das so schmerzlich Vermisste wieder erleben. Ich war hungrig und zog James fester auf mich.

»Ich will dich«, hörte ich James' Stimme und sah ihn an.

Ich wollte es auch. Oh, und wie ich es wollte, und doch kam ein beklemmendes Gefühl in mir auf. Es dauerte nur den Bruchteil einer Sekunde, bis ich zwei Finger in mir spürte. Leise keuchte ich und hielt mich an James' Schultern fest. Die Bewegungen der Finger waren schwerfällig und ein wenig unangenehm. Da war kein Gleitmittel und wenig Geduld. Ich biss mir auf die Unterlippe und griff zwischen meine Beine nach James' Hand.

»Du willst schon wieder nicht, oder?«, fragte er enttäuscht, doch ich schüttelte langsam den Kopf. Ich wollte es doch.

»Hast du ein Kondom und Gleitcreme da?«, wollte ich wissen und fühlte mich seltsam, danach fragen zu müssen.

Er nickte mit unterdrücktem Widerwillen und griff unter das Bett, um mir anschließend zwei Kondome und eine kleine Tube zu geben. Verwirrt sah ich ihn an und begriff erst Augenblicke später, dass er es wohl als meine Aufgabe ansah, mich um das Nötige zu kümmern. Ich setzte mich mit ihm auf und zog uns beiden ein Kondom über. Die Spannung in mir sank. Einmal mehr wurde mir bewusst, wie viel Wert James auf Sauberkeit legte. Bedächtig verteilte ich etwas von der Creme auf James' Erektion und sah ihn etwas hilflos an.

»Leg dich auf den Bauch«, meinte er.

Ich folgte James' Order und legte mich hin. Eine seiner Hände strich mir sanft über den Rücken und ich versuchte, mich zu entspannen. Ein feuchter Finger drang in mich ein und bewegte sich etwas, bevor ihm schnell ein zweiter und ein dritter folgte. Ob der Reizung stöhnte ich auf und krallte mich in das Laken.

Doch ich hatte kaum Zeit, mich daran zu gewöhnen, keine Zeit, es zu genießen. Es folgten ein paar Stöße, ehe die Finger mich verließen, mein Becken angehoben wurde und etwas Heißes in mich eindrang. Dumpf keuchte ich. Eine Mischung aus Reiz und Schmerz ging in Wellen durch mich hindurch und wurde von den beginnenden Stößen weiter angetrieben. Ich sah über meine Schulter, erkannte James nur schemenhaft und atmete hektisch.

»Ich will dich küssen«, raunte ich und erhielt darauf einen flüchtigen Kuss auf die Schulter. Kurz schnaufte ich enttäuscht.

James wurde schneller und griff nach meinem Glied, um es kräftig zu massieren. Leise stöhnte ich, bäumte mich ein wenig auf. Ich wollte mehr Körperkontakt, wollte mehr Zärtlichkeiten, mehr Zeit, um es zu genießen. Er massierte mich fester und nach wenigen Strichen kam ich, doch der Rausch, den ich in der Nacht gespürt hatte, blieb aus.

Nach weiteren Stößen kam auch James und zog sich nach einem tiefen Seufzen aus mir zurück. Ich fiel zur Seite und zog mir die Decke über den Körper. Aus irgendeinem Grund wollte ich nicht, dass er mich jetzt nackt sah. Stumm beobachtete ich, wie James sich säuberte und das Kondom entsorgte. Dann beugte er sich über mich und gab mir einen Kuss auf die Schläfe. Ich versuchte, nicht das Gesicht zu verziehen.

»Ich gehe schnell duschen«, erklärte er und stieg die Treppe hinunter.

Als die Badezimmertür zufiel, stand ich auf und befreite mich von dem Kondom. Ich zog meine Kleidung an und ging hinunter. Aus einem Impuls heraus verließ ich die Wohnung, zog meine Schuhe an und verschwand aus dem Haus. Meine Hände steckte ich tief in meine Hosentaschen und begab mich auf den Heimweg. Ich wusste nicht, woher das Gefühl kam, doch ich fühlte mich benutzt. Mein Blick fiel in das Schaufenster des Frisörs und ich blieb stehen, musterte mein Spiegelbild ausgiebig. Ich sah furchtbar aus. Meine Haare waren zerzaust und ich wirkte auf mich selbst irgendwie fertig. Mit nachdenklicher Miene zählte ich das Geld in meiner Tasche und entschied, dass ich etwas für mich tun musste. Entschlossen ging ich in den Laden und war ehrlich auf die Reaktionen meiner Freunde gespannt.

Sieben

Den nächsten Morgen empfing ich auf dem Balkon mit einer Tasse Tee, an dem ich immer wieder nippte. Ich mochte den Augenblick, wenn die Sonnenstrahlen durch die Baumkronen brachen. Geschlafen hatte ich in dieser Nacht nicht. Auch hatte ich es nicht gewagt, mein Handy anzusehen. Ganz sicher waren unzählige Anrufe und Nachrichten von James auf meinem Telefon, aber ich brachte es einfach nicht über mich, sie zu lesen und mich den Fragen – und vielleicht auch den Vorwürfen – zu meinem plötzlichen Verschwinden zu stellen.

Tief atmete ich durch und sah auf die Uhr. Ich hatte noch gute drei Stunden, bis Chris mich abholte und wir zu dem kleinen, etwas versteckt liegenden See ein Stück außerhalb von Taucha laufen würden. Genug Zeit für ein ausgiebiges Frühstück. Ich ging also in die Küche und nur wenige Minuten später konnte ich mein Frühstück genießen und anschließend eine Tasche für den Strand packen.

Kurz vor neun klingelte es an der Tür und ich hörte bereits Chris' seichten Spott, als ich die Haustür öffnete.

»Solltest du wirklich mal pünktlich …«

Der restliche Satz blieb aus, als ich aus dem Haus trat. Ich konnte sehen, wie Chris für einen Moment die Gesichtszüge entgleisten. Er fing sich aber überraschend schnell.

»Wer bist du denn und wo ist Christoph? Vielleicht kennst du ihn ja. Ist so ein Kleiner, mit blonden, langen Haaren«, meinte er spielerisch und sah sich schmunzelnd um. Dabei deutete er meine Körpergröße mit der flachen Hand an.

Ich grinste ihn nur an und ging zu ihm, gab ihm Zeit, mich und meine neue Frisur ausgiebig zu mustern. Mit einer gefächerten Hand griff er sanft in mein wesentlich kürzer gewordenes Haar, obwohl es mir noch immer über das Ohr hing, und hob es neugierig an. »Untercut steht dir und es ist schön, dich mal mit was Modernem zu sehen«, meinte er und strich noch ein paar Mal genauso sanft durch mein Haar. »Da muss ich mich aber erst mal dran gewöhnen.« Ich lachte. »Du hast heute den ganzen Tag dafür Zeit.« Chris nickte, zog seine Hand zurück und wir gingen los. Auf dem Weg redeten wir über Nichtigkeiten und alberten herum. Über unsere gemeinsame Nacht verloren wir kein Wort.

»Erinnerst du dich an den Typen, der die zweideutigen Anspielungen über mich und meinen Job gemacht hat?«, holte Chris meine Aufmerksamkeit wieder auf sich und ich nickte eifrig.

»Als ob man so was vergessen könnte.«

Chris lächelte schadenfroh.

»Der hat wohl beim Chef noch ein paar Dinge gesagt. Klischeehaftes Zeug über das Verhältnis zwischen Chef und Sekretärin und der Chef hat ihn gleich mal zurechtgewiesen. Konstantin arbeitet doch jetzt in der Buchhaltung. Er hat das mitbekommen und mir gleich geschrieben.«

Gespielt verzog ich den Mund.

»Konstantin ist ein Tratschweib«, murmelte ich.

Wenn ich ehrlich war, kannte ich Konstantin gar nicht, denn ich hatte ihn nie persönlich getroffen. Allerdings hatte ich mir aus Chris' Erzählungen ein Bild von diesem Mann gemacht. Ein Bild von einem hageren Mittdreißiger mit Dreitagebart, der gerne überall seine Augen und Ohren hatte, aber sonst ein netter, hilfsbereiter Typ zu sein schien. Chris lachte herzhaft und hielt sich den Bauch.

»Lass ihn das nur nicht hören. Konstantin legt viel Wert auf den Erhalt seines leicht dubiosen Rufs. Immerhin weiß keiner, woher er immerzu alles weiß, wo er doch überwiegend in seiner Abteilung ist«, mahnte er mich amüsiert und setzte seinen Rucksack ab, als wir am See ankamen.

Ich folgte seinem Beispiel und begann, meine Decke auf dem kleinen Stück Wiese auszubreiten, von dem aus es nur noch wenige Meter über den feinen, jedoch dunklen Sand zum Wasser ging. Ein Grund, warum dieser See nicht gut besucht war. Durch den dunklen Sand war der See immer recht warm und es hielten sich hartnäckige Gerüchte, dass dadurch Schlingpflanzen im tiefen Wasser wucherten, die Badegäste unter Wasser zogen. Totaler Quatsch, aber so blieb der See schön leer.

»Ich hab beim letzten Mal hier etwas entdeckt, das muss ich dir gleich zeigen«, beendete Chris endgültig unser Gesprächsthema und zog sich sein Shirt über den Kopf. Seine Schuhe und die Hose folgten.

Ich tat es ihm gleich, um dem ungeduldig wirkenden Mann zu folgen. Chris war wesentlich öfter hier als ich, um Bahnen durch den See zu ziehen.

Nun führte er mich an dem dicht bewachsenen Hügel mit Klippe am See entlang. Oben angekommen, grinste er mich verschmitzt an, ehe er loslief und von der Klippe sprang. Erschrocken hielt ich die Luft an, erkannte dann, dass Chris sich an einem Seil festhielt und damit pendelte. Am höchsten Punkt ließ er jubelnd los und fiel mit einem lauten Geräusch ins Wasser.

Eilig lief ich zur Kante der gut vier Meter hohen Klippe und beobachtete sein Auftauchen. Mein Herz raste. Direkt an der Felswand ragten abgebrochene Brocken spitz aus dem Wasser, weshalb das Springen von der Klippe eigentlich verboten war. Chris spritzte provokativ Wasser hoch und forderte mich auf, ihm zu folgen. Garantiert würde ich mich von ihm nicht als Feigling necken lassen. Diesen Sieg würde ich ihm nicht gönnen, dafür hatte ich in sportlichen Wettkämpfen schon zu oft gegen ihn verloren.

Mit Anlauf sprang ich von der Kante, griff nach dem Seil und ließ mich, so weit es ging, schwingen, bevor ich es losließ und zusammengekauert ins Wasser fiel. Als ich wieder auftauchte, pumpte das Adrenalin durch meine Venen und Chris wischte sich das Wasser aus dem Gesicht. Fast blind schlug er mit der Hand ins Wasser und ein Schwapp erwischte mich. Augenblicklich setzte ich zum Gegenschlag an und bald balgten wir uns wie kleine Kinder im Wasser, tauchten uns unter und spielten Fangen. Unser Lachen und die Geräusche des Wassers hallten von der Felswand zu uns zurück. Ich genoss es, hier zu sein.

Träge stieg ich nach einer gefühlten Ewigkeit aus dem See, ließ mich auf der Decke nieder und lehnte mich mit einem Seufzen auf meinen Unterarmen nach hinten. Entspannt hielt ich den Bauch in die Sonne, schloss die Augen und lauschte auf Chris' schwere

Atmung, als er sich zu mir gesellte und seinen Kopf, wie so oft, auf meine Knie bettete. »Heute macht mir die Wärme echt zu schaffen. Ich fühle mich wie ein alter Mann«, murmelte er und ich musste lachen.

»Du bist ein alter Mann«, spottete ich und bekam einen nicht ganz ernst gemeinten Schlag mit dem Ellenbogen an die Hüfte.

»Dann muss ich ja voll in dein Beuteschema fallen.«

Erneut lachte ich leise. »Schon immer.«

Die plötzlich eintretende Stille und das geringere Gewicht auf meinen Beinen ließen mich neugierig die Augen öffnen. Chris hatte sich aufgestützt und sah mich durchdringend an. Mir wurde mit einem Mal bewusst, was ich gerade gesagt hatte und ich wurde nervös. Nie hatten wir über äußerliche Vorlieben gesprochen. Warum auch immer. Es war einfach nie zum Thema geworden. Ich wusste nur durch seine vielen Affären, worauf er stand. Er jedoch wusste dahingehend nichts von meinen.

Verlegen presste ich meine Lippen aufeinander und fühlte mich plötzlich unwohl in der Situation. Irgendwie fühlte sich Chris' Nähe mit einem Mal seltsam, fast fremd an. Ich beobachtete jede seiner Bewegungen genau. Wie er sich aufsetzte, sich zu mir drehte, die Beine anzog und die Ellen auf die Knie stützte. Er schien auf eine weitere Erklärung zu warten und mich gleichzeitig streng zu mustern. Wieder war da noch ein anderer Blick. Einer, den ich einfach nicht wirklich einordnen konnte. Auch ich setzte mich aufrecht hin, wartete schüchtern auf das erste Wort, das die schwerer werdende Stimmung durchbrechen mochte.

»Hier also!«

Wie vom Donner gerührt fuhr ich zusammen und starrte James an, der sich mit großen Schritten auf uns zubewegte. Chris erhob sich und demonstrierte seine breite Brust. Beinahe sah er aus, als ob er sich auf einen Kampf vorbereitete. Ich stand erst auf, als James vor mir zum Stehen kam und mich ärgerlich ansah.

»Was machst du denn hier?«, fragte ich irritiert und James schnaufte genervt, verschränkte die Arme vor der Brust und starrte dann Chris dunkel an.

»Das ist ein Gespräch zwischen Christoph und mir.«

So viel Provokation hätte ich James nie zugetraut und doch baute er sich vor Chris auf. Nervös sah ich zwischen den beiden Männern hin und her und fühlte mich unangenehm hilflos. In diesem Moment traute ich beiden zu, dass sie aufeinander losgingen und sich prügelten.

»Ich bleibe in der Nähe«, kam es leise und drohend von Chris, und obwohl er weiterhin James ansah, wusste ich, dass es ein Angebot für mich war und nickte.

Als er ein paar Meter weiter zum See gegangen war, sah ich James an.

»Ich dachte, du hast keine Zeit.«

Ein besserer Einstieg fiel mir nicht ein und irgendetwas musste ich sagen.

»Und ich dachte, du liebst mich«, kam es als Antwort und ich sah irritiert auf, zog meine Brauen zusammen.

»Was soll das, James?«, fragte ich und spürte Wut in mir aufkeimen.

»Das sollte ich dich fragen. Immerhin bist du nach dem Sex abgehauen und hast dich nicht mehr gemeldet. Und jetzt finde ich dich hier … mit ihm!«

James war immer lauter geworden und zeigte mit einer großen Geste auf Chris, der uns mit harter Miene beobachtete. Ich versuchte, ruhig zu bleiben.

»Du bist doch gleich danach aus dem Bett verschwunden«, zischte ich und schüttelte den Kopf. »Er hat damit überhaupt nichts zu tun. Woher kommt nur diese immense Eifersucht, verdammt noch mal? Du wusstest, dass wir heute am See sind. Überhaupt. Wie hast du uns gefunden?«

Nur langsam nahm James die Hand runter und atmete durch.

»Ich habe mich durchgefragt. Gibt ja hier nur den einen See.« Stumm nickte ich. »Hast du eigentlich eine Ahnung, wie oft ich dich angerufen habe?«, wollte er wissen und ich sah auf den Boden.

»Ich habe mein Handy nicht mit. Ich wollte einfach grade nicht mit dir reden.«

»Aber mit ihm, oder was?«

Stöhnend wischte ich mir durch das Gesicht, wandte mich von James ab und ging ein paar Schritte. Dabei verbiss ich mir die Bestätigung auf seine Frage und drehte mich wieder zu ihm um.

»Du machst mich wahnsinnig mit deiner Eifersucht«, platzte es aus mir heraus. »Ich kenne Chris seit so vielen Jahren. Hätte ich eine

Beziehung mit ihm gewollt, hätte ich es längst versucht«, rief ich außer mir.

Ich wusste, dass es nur die halbe Wahrheit war, und hoffte inständig, nicht entlarvt zu werden. Von keinem der beiden. Chris bekam wieder einen seltsamen Blick, der mich zwang, kräftig zu schlucken. Nur leider erkannte ich dieses Mal sehr genau, was er bedeutete. Enttäuschung. Bittere Enttäuschung. Ein Kloß bildete sich in meinem Hals, mein Mund wurde trocken und ich bekam das Gefühl, sowohl Chris als auch James zutiefst belogen zu haben, und dieses Gefühl mischte sich mit meiner Wut zu bitterer Galle.

Chris kam auf uns zu und hob beschwichtigend die Hände.

»Es ist schon spät und ich muss morgen früh raus. Ich will nur meine Sachen holen und dann könnt ihr das hier in Ruhe klären«, beschwichtigte er und ich war entsetzt über die Gelassenheit, die in seiner Stimme lag und wie gut er seine Gefühle verstecken konnte. Er nahm seine Sachen und sah mich dann an.

»Und du kommst klar?«, fragte er, ohne James noch eines Blickes zu würdigen, und ich nickte. »Wenn er dir blöd kommt, klau ihm das Handy und ruf mich an!«

Erneut nickte ich und fühlte mich so miserabel wie schon lange nicht mehr. Ich log meinen besten Freund an und er stärkte mir dennoch den Rücken. Und das, obwohl er es vermutlich auch noch wusste. Mit einem Gruß verabschiedete Chris sich und ich blieb mit James zurück.

»Warum bist du verschwunden?«, fragte er und ich biss die Zähne aufeinander. Erneut kochte Wut in mir auf, die ich nur mit Mühe unterdrückte.

»Ich möchte das jetzt eigentlich nicht mit dir besprechen«, gab ich zähneknirschend zurück und suchte meine Kleidung zusammen, um mich von der Aggression in mir abzulenken und mich anzuziehen. Trotz der heftigen Gefühle in mir, war es mir mehr als unangenehm, dass James mich halbnackt sah.

»Und was hast du mit deinen Haaren gemacht?«

Irritiert sah ich auf. »Was hat das damit zu tun?«

James seufzte und verschränkte die Arme vor der Brust. »Frauen ändern doch auch ihre Frisuren, wenn sie einen neuen Typen haben.«

Plötzlich riss mein Geduldsfaden und ich trieb meine Faust unkontrolliert gegen seinen Kiefer. James stolperte zurück und keuchte, ich schüttelte meine vor Schmerz pochende Hand, hielt sie mit der anderen fest und sah ihn wütend an.

»Ich habe mir das mit dir wirklich anders vorgestellt. Ich dachte, dass man sich beim ersten Mal Zeit lässt, um es zu genießen. Ich dachte, Sex besteht aus mehr Zärtlichkeiten. Und vergleich mich nicht mit einer Frau«, rief ich all meinen angestauten Frust heraus, wie es mir in den Kopf kam, und klemmte meine schmerzende Hand in meine Achsel. Dabei war ich mir nicht sicher, ob das Gesagte überhaupt einen Sinn ergeben hatte. James rieb sich den geröteten Kiefer.

»Was willst du eigentlich? Du hattest deinen Höhepunkt. Darum geht's doch. Um den Sex an sich«, erklärte er mir und ich spürte, wie meine angespannten Gesichtszüge entglitten und ich James ungläubig anstarrte.

Vor meinem inneren Auge flackerten die Erinnerungen an die Nacht mit Chris auf. An die unzähligen Zärtlichkeiten und die vielen sanften Küsse. Es ging bei ihm nicht nur um den Höhepunkt. Zumindest hatte ich nicht das Gefühl. Entsetzt über James' Auffassung, schüttelte ich den Kopf.

»Du bist mir wirklich wichtig, James, aber ich werde jetzt nach Hause gehen. Ruf mich bitte erst an, wenn du deine Einstellung überdacht hast«, murmelte ich leise.

Meine Stimme hatte kaum noch Kraft. Damit nahm ich meine Tasche und meine Decke und ging an James vorbei, ohne ihn noch einmal anzusehen. Ein Teil von mir hoffte, dass er mich ernst nahm und über unsere Situation nachdachte. Ich jedenfalls tat es.

Auf dem Heimweg und den restlichen Abend dachte ich über James und mich nach. Über unsere Beziehung. Ich wusste, dass es in seinem Arbeitsleben immer straff organisiert zuging. Er hatte nicht die Zeit, Dinge unnötig in die Länge zu ziehen. Aber ich war kein Teil seines Arbeitslebens. Zumindest hatte ich das gehofft.

Zischend legte ich mir das Küchentuch mit einem Kühlpad auf die Hand. Es war bereits das zweite, doch der Schmerz ließ nicht nach, konzentrierte sich zunehmend auf den Mittelfinger, der mittlerweile geschwollen war und langsam einen Bluterguss ausbildete. Ganz offensichtlich war James' Kiefer massiver als gedacht und nun hatte ich mir den Finger verletzt. Ich war genervt.

Acht

Mit der Linken griff ich nach dem Handy, löschte alle Nachrichten von James ungelesen. Seit dem Streit am See hatte er mir nicht mehr geschrieben und die Vorwürfe in den Nachrichten davor wollte ich nicht lesen. Unsicher wählte ich mit links Chris' Nummer und hoffte, dass er abhob. Nach wenigen Rufzeichen hörte ich seine Stimme und sofort ging es mir besser.

»Ich hab James eine reingehauen«, sagte ich nüchtern.

»Du hast was?«, fragte er entsetzt nach und ich glaubte, zu hören, wie Chris sich aufsetzte. Ich wiederholte meine Aussage und für einen Moment trat Schweigen ein.

»Geht's dir jetzt besser?« Ich senkte den Blick auf meine Hand.

»Überhaupt nicht«, gestand ich. Mir ging es nicht besser. Im Gegenteil. Mir war hundeelend und zum Heulen. »Kannst du vorbeikommen?«, fragte ich leise und rechnete schon mit einer Absage.

»Na klar. Gib mir eine halbe Stunde.«

Damit legte er auf und ich ließ den Hörer sinken, starrte noch eine Weile auf das Display, bis es dunkel wurde.

In was habe ich mich da nur reingeritten?, fragte ich mich selbst. Ich war mir einfach nicht mehr sicher. Weder darüber, dass ich James liebte, noch darüber, dass es bei Chris nicht der Fall war.

Kurz nach halb zehn klingelte es an der Tür und etwa eine halbe Minute später stand Chris vor mir. Wortlos ließ ich ihn eintreten und schloss die Tür hinter ihm.

»Wie geht es dir?«, wurde ich gefragt und lächelte matt.

»Furchtbar«, antwortete ich und ging ins Wohnzimmer, setzte mich dort in den Sessel, schloss die Augen und rieb mir die Stirn.

Ich konnte hören, wie Chris seine Schuhe auszog und mir folgte. Dabei schaltete er die kleine Lampe neben dem Fernseher ein. Erst jetzt bemerkte ich, dass ich bis jetzt im Dunkeln gesessen hatte. Er hockte sich vor mich, nahm das Kühlpad von meiner Hand und besah sich die Schwellung.

»Kannst du den Finger bewegen?«, fragte er und ich versuchte, die Hand zu schließen, was durch die Schwellung und die Schmerzen nur sehr schwer und nicht vollständig gelang.

»Ging schon besser«, zischte ich.

Die Berührung des Fingers schmerzte erheblich, auch wenn das sanfte Streicheln mich etwas ablenkte. Chris gab einen überlegenden Laut von sich.

»Das sollte sich auf jeden Fall ein Arzt ansehen. Nicht, dass du dich ernsthaft verletzt hast.« Nur kurz dachte ich darüber nach, nickte dann jedoch. »Ich fahre dich ins Krankenhaus«, hörte ich und ließ mich stumm auf die Beine ziehen.

Da ich bis auf meine Hausschuhe nur Schuhe zum Schnüren besaß, ging ich so, wie ich war, und eben in den Hausschuhen, aus der Wohnung und zu dem blauen Trabant mit ausstellbaren Fenstern hinten, wie sie Ende der Achtzigerjahre gebaut wurden. Schon als Kind hatte Chris mit seinem Vater daran geschraubt.

Zu seinem 19. Geburtstag hatte Chris sich den Führerschein zum Geschenk gemacht. Lange hatte er dafür gespart und am Tag nach seinem Geburtstag mit der Theorie begonnen. Sein Vater hatte ihn angehalten, die Prüfungen auch zu bestehen und war dabei ungewohnt streng gewesen. Zumindest empfand ich es damals so.

Als Chris dann die kleine Plastikkarte in den Händen hielt, nahm ihn sein Vater zur Seite, redete ihm fast eine Stunde lang ins Gewissen und schenkte ihm dann diesen Wagen. Das war das einzige Mal, dass ich Chris habe weinen sehen. Seither hat er viel an dem Wagen gemacht, und das sah man. Chris hatte versucht, ihn originalgetreu zu erhalten. Nur an den Scheinwerfern mit ›Angel-Eyes‹ war er nicht vorbeigekommen.

»Setz dich ruhig schon mal ins Auto. Ich schnalle dich gleich an«, gab mir Chris zu verstehen und ich nickte flüchtig.

Meine Hand legte ich mir an die Schulter, um nicht irgendwo anzuecken, dann stieg ich ein und schnallte mich umständlich an.

Auch wenn Chris mir anderes sagte, ich wollte einfach nicht schwächer wirken, als ich es eh schon tat.

»Warum bist du eigentlich mit dem Auto gekommen?«

»Ich wollte eben schnell bei dir sein. Am Telefon klangst du wie ein Häufchen Elend.«

Ein Lächeln zuckte über meine Lippen. Er war so ein verdammt guter Freund. Und ich?

Wir brauchten fast eine halbe Stunde, bis wir an der Notaufnahme des nächstgelegenen Krankenhauses in Leipzig ankamen und Chris den Motor stoppte. Ich stieg aus und ging mit ihm ins Gebäude. An der Anmeldung erklärte ich kurz, was passiert war und wurde gebeten, einige Zettel auszufüllen und zu unterschreiben, während wir im Wartebereich Platz nahmen. Meinen Sonntagabend hatte ich mir definitiv anders vorgestellt. Schnaufend ließ ich mich auf einen der Plastikstühle sinken und überlegte, wie ich mit links leserlich in die kleinen Zeilen schreiben sollte, als Chris mir schon das Klemmbrett und den Stift abnahm, sich neben mich setzte und zu schreiben begann.

»Name des Sterbenden?«, fragte er mit ernster Stimme, musste dann aber schmunzeln.

Ein Blick von mir genügte jedoch, um ihm meine momentane Abneigung gegenüber dieser Art Witze deutlich zu machen. Er nickte stumm, begann dann den Anmeldebogen sachlich vorzulesen und ich beantwortete seine Fragen. Er schrieb alles wortgetreu und sehr sauber auf.

»Nur unterschreiben musst du selbst«, sagte er und hielt mir das Brett und den Stift hin. Mit Daumen und Zeigefinger der rechten Hand nahm ich den Stift und unterschrieb die Blätter. Dabei sah meine Unterschrift eher wie die Malversuche eines Dreijährigen aus. Chris gab das Klemmbrett und den Stift an der Anmeldung zurück und brachte auf dem Rückweg zwei Pappbecher voll Wasser mit.

Nach knapp zwei Stunden auf diesem immer unbequemer werdenden Stuhl wurde ich endlich aufgerufen. Wie selbstverständlich Chris mit mir in das Behandlungszimmer kam, ließ mich lächeln.

»Was führt Sie zu mir?«, fragte die Ärztin und deutete auf einen Stuhl neben ihrem Schreibtisch. Ich setzte mich und legte meine verletzte Hand auf die Tischplatte.

»Ich habe meinem Freund eine reingehauen«, fasste ich mich kurz und sofort sah sie sich nach Chris um, der nur grinsend den Kopf schüttelte. »Nicht ihm«, bestätigte ich und sie sah sich meine Hand an, während ich ihr unter Schmerzen versuchte, den genauen Vorgang zu erklären.

»Ich gebe Ihnen jetzt erst mal was gegen die Schmerzen. Die Hand müssen wir auf jeden Fall röntgen. Ich vermute, Sie haben sich den Finger gebrochen. Genaueres kann ich aber erst sagen, wenn Sie aus der Radiologie zurück sind.«

Ich krempelte meinen Ärmel hoch und eine Schwester spritzte mir ein schnell wirkendes Schmerzmittel in die Vene. Die Wirkung spürte ich fast sofort. Ich wurde seltsam diesig im Kopf und mein Finger tat weniger weh.

»Sie gehen hier raus und halten sich rechts. Dann kommen Sie direkt zu Radiologie. Ich sage Bescheid, dass Sie kommen.«

Ich nickte und ging mit Chris den beschriebenen Weg, meldete mich beim Röntgen an und setzte mich in den Wartebereich der Radiologie.

»Zeig mal her!«, murmelte Chris und nahm meine Hand in seine, um sie vorsichtig zu begutachten. Alles, was ich wahrnahm, erschien wie durch Watte. »Sieht gar nicht aus wie gebrochen«, flüsterte er skeptisch.

Ich antwortete nicht, genoss einfach die sanften Berührungen, die Wärme und Chris' Sorge um mich.

Minuten später rief mich ein Pfleger auf und ich folgte ihm in einen Raum, in der dann meine Hand geröntgt wurde. Ich hörte ihm nur mit einem halben Ohr zu. Zu sehr hing ich noch bei den vergangenen Zärtlichkeiten und fragte mich einmal mehr, warum ich so seltsam auf Chris reagierte. Vielleicht lag es daran, dass er mein bester Freund war, doch dann hätte ich schon eher so reagiert.

Vielleicht lag es daran, dass ich mit ihm geschlafen hatte. Mein Körper erinnerte sich an diese eine Nacht und sprang jetzt auf jede Berührung an. Warum aber reagierte ich dann auf James nicht so? Oder vielleicht, und dieser Gedanke erschien mir wesentlich wahrscheinlicher, lag es auch an den Schmerzmitteln, die durch meine Adern flossen und mich ein gutes Stück benebelten.

»Sie sind fertig und können zurück«, meinte der Herr Pfleger und ich ging zu dem Zimmer zurück, in dem die Ärztin mich empfangen hatte. Chris war, wie immer, an meiner Seite und lächelte freundlich, als die Frau den Raum wieder betrat. Ein paar Klicks am PC folgten.

»Sie haben eine unverschobene Schrägfraktur des Fingermittelglieds des Mittelfingers. Aber der Finger ist stabil und mit einer Schiene, viel Ruhe und eventueller Physiotherapie sind Sie in vier bis sechs Wochen wieder fit.«

Ich starrte sie an. Sie lächelte und eine Schwester holte eine Schiene. Die Behandlung schmerzte dann doch noch sehr und ich biss die Zähne aufeinander, bis das nachgespritzte Schmerzmittel wirkte und die Schiene zusätzlich mit einer Binde fixiert wurde.

»Fertig. Sie können jetzt nach Hause. Haben Sie jemanden, der Sie heute Nacht etwas beobachten kann?« Ich schüttelte den Kopf und hörte, dass Chris sich zu Wort meldete.

»Er schläft heute bei mir.«

Die Ärztin nickte nur und gab mir den Brief für meinen Hausarzt in die Hand.

»In einer Woche sollten Sie noch mal bei Ihrem Hausarzt vorstellig werden. Er verschreibt Ihnen dann auch zu gegebener Zeit die Physiotherapie, falls sie nötig sein sollte. Sollte heute Nacht etwas sein, kommen Sie direkt wieder hierher. Ansonsten gehen Sie zu Ihrem Hausarzt. Gute Besserung.«

Damit verabschiedete sie uns und ich folgte Chris zu seinem Wagen. Die Schmerzmittel machten mich furchtbar träge im Denken und ich bekam die Fahrt nur noch durch das rhythmische Geräusch des Zweitakters und am Rande mit. Leise öffnete Chris die Tür zu seiner Wohnung und ich trat ein und schüttelte mir die Hausschuhe von den Füßen, ehe ich müde durch das Wohnzimmer wankte und in sein Schlafzimmer ging. Erschöpft zog ich mich umständlich bis auf die Unterhose aus und kuschelte mich in sein Kissen.

Chris' Körpergeruch stieg mir in die Nase und ich brauchte nur ein paar Sekunden, um in einen ersten Dämmerschlaf zu fallen. Wie aus weiter Ferne hörte ich, wie Chris sich auszog und sich eng an mich schmiegte. Sein warmer, halbnackter Körper fühlte sich gut an meinem Rücken an. Leise flüsterte er noch etwas, das ich nicht mehr richtig verstand, doch es klang nach liebevollem Spott. Es folgte ein sanfter Kuss in meinen Nacken und ich sank in einen tiefen Schlaf.

~ * ~

Der nächste Morgen begann mit dem Geruch von frischem Kaffee und Brötchen. Langsam öffnete ich die Augen und drehte mich auf den Rücken. Ich war allein im Bett und sah mir die Schiene an, die meinen Mittel- und Ringfinger umfasste. Leise seufzte ich, als ich mir den Spott vorstellte, der mich erwarten würde, wenn ich auf Arbeit erzählte, wie es zu dem Bruch kam. Dazu kam, dass ich mir eine gute Ausrede einfallen lassen musste, was James anging. Auf Arbeit wusste niemand etwas von meiner Homosexualität und das sollte, nach Möglichkeit, auch so bleiben. Ich schwang die Beine aus dem Bett und stand auf, zog ein Shirt über den Kopf und ging barfuß in die Küche. Chris musterte mich kurz und wandte sich dann dem Kaffee zu.

»Gut geschlafen?«, wurde ich gefragt.

»Ja«, war meine knappe Antwort und ich ging zum Fensterbrett, hievte mich schwerfällig hinauf und lehnte mich an die Scheibe. Noch einmal schloss ich die Augen. Zu meiner morgenmuffligen Art kamen nun noch die Schmerzmittel dazu, die mir das Wachwerden zusätzlich erschwerten.

»Nach dem Frühstück helfe ich dir beim Anziehen. Danach muss ich schnell noch was erledigen. Bleibst du zum Mittag?«

Ich nickte und sah Chris dabei zu, wie er wortlos ein Brötchen aufschnitt und mir den Teller reichte. Diese ganz besondere Art gefiel mir an ihm. Er half den Menschen in seiner Umgebung, ohne dass sie das Gefühl bekamen, er würde mit ihnen mehr Arbeit haben. So auch bei mir. Alles zwischen uns schien auf angenehme Weise selbstverständlich. So war es schon immer. Wir aßen zusammen Frühstück, dann half Chris mir, mich anzuziehen.

»Es kann ein paar Stunden dauern«, sagte er und griff nach einem Beutel und seinem Schlüssel.

Mit einer Handbewegung verabschiedete er sich und verließ die Wohnung. Für einige Sekunden sann ich der Stille nach, dann beschloss ich, mich nützlich zu machen. Ich räumte den Geschirrspüler ein und schaltete ihn an, räumte den Tisch ab und ging ins Wohnzimmer, um mein Handy zu holen. Doch der Griff in die Jackentasche brachte nichts hervor. Nervös suchte ich in meiner Hose und noch einmal in der Jacke. Dort fand ich lediglich mein Portemonnaie und meinen Schlüssel.

Angestrengt dachte ich nach, nahm dann Chris' Zweitschlüssel und ging in meinen Hausschuhen aus der Wohnung. Ein Blick genügte, um zu wissen, dass Chris mit dem Auto weg war, welches sonst immer auf dem selbst gepflasterten Stellplatz im Garten stand. Mein Weg führte mich zu meinem Wohnhaus.

Erst als ich meine Wohnungstür aufschloss, kam mir der Gedanke, dass James hier hätte auf mich warten können. Ich erschauderte und suchte eilig mein Telefon, steckte es ein und verschwand, so schnell ich konnte, wieder. James wollte ich jetzt auf keinen Fall über den Weg laufen. Ich rannte fast auf dem Weg zurück zu Chris' Wohnung, und als ich die Wohnungstür mit dem Rücken ins Schloss gedrückt hatte, fiel ein Teil der Anspannung von mir ab.

Erst jetzt schaffte ich es, auf mein Telefon zu sehen. Eine einzige Nachricht von James war darauf. Laut Zeitstempel gerade erst empfangen.

Es tut mir leid.

Mehr stand nicht darin. Eine Entschuldigung, wie sie einfacher nicht hätte sein können. Ich starrte auf das Display, sah zu, wie es dunkel wurde und ich mich im Glas spiegelte. Immer wieder sah ich mit einem Druck auf den seitlichen Knopf zu, wie Zeit verstrich, ohne mich regen zu können. Das lähmende Gefühl saß tief. Und doch glaubte ich, dass eine Last von mir gefallen war.

Eine Stunde verging. Fast zwei.

Langsam löste ich mich von der Tür und der Hoffnung, ich würde noch eine Erklärung bekommen und ging in die Küche. Chris würde sicher noch Zeit brauchen, ich jedoch brauchte etwas zu essen und etwas, das mich ablenkte. Im Küchenschrank fand ich eine Dose Ravioli. Nichts, was ich mit Vorliebe aß, doch es würde schnell gehen und seinen Zweck erfüllen.

Mit einigen Mühen öffnete ich die Dose und verfluchte innerlich James, den Bruch und mich selbst. Wütend schnaufte ich, zwang mich dann aber, mich darauf zu konzentrieren, die Ravioli in einen kleinen Topf zu schütten und ihnen beim Kochen zuzusehen. Ein paar Mal atmete ich tief durch. Der allgegenwärtige Duft von Chris stieg mir in die Nase. Sein Parfum, sein Shampoo, sein Waschmittel, sein Körpergeruch. Alles zusammen. Und diese Mischung beruhigte mich.

»Hey, Träumer«, wurde ich aus meiner Fantasiewelt gerissen und sah erschrocken zu Chris, der im Türrahmen lehnte und mich angrinste. Mir selbst war nicht aufgefallen, dass ich die Augen geschlossen hatte. »Was gibt's denn heute, Schatz?«, fragte er mit spielerischem Unterton, ehe er zu mir kam, seinen Arm um meine Schultern legte und in den Topf sah. »Hmm, Kohle. Mein Lieblingsessen.«

Die Ironie tropfte förmlich aus seiner Stimme und ich sah beschämt auf das angebrannte Essen. Stumm schaltete ich den Herd aus und schob den Topf zur Seite. Plötzlich spürte ich Chris' Lippen auf meinem Haar. Er küsste mich nicht, dennoch hielt ich die Luft an.

»Mach dir keinen Kopf«, flüsterte er zärtlich und zog mich nur ein wenig enger an sich. »Ich habe uns in weiser Voraussicht was vom Chinesen mitgebracht. Lass den doofen Topf einfach stehen, damit ich dich armes, verletztes Tier auf die Couch bringen und pflegen kann.«

Mein Herz raste und ich ließ den Topf, wie er war. Mein Körper war auf eine Weise angespannt, über die ich mir jetzt lieber keine Gedanken machen wollte.

Chris folgend, setzte ich mich ins Wohnzimmer und aß das mitgebrachte Essen, obwohl mein Appetit gerade jetzt zu wünschen übrig ließ.

»Wo warst du eigentlich?«, fragte ich, um das Schweigen zu brechen, sah aber weiter auf mein Essen.

»Bei Daniel.« Der Ton, mit dem er mir antwortete, reichte mir, um zu verstehen, was passiert war.

»Du hast deine Sachen geholt?«, wollte ich wissen und sah aus dem Augenwinkel, wie Chris den Kopf schüttelte.

»Hatte keine bei ihm. Habe ihm nur ein Shirt und seine Sonnenbrille zurückgebracht.«

Ich nickte und aß still weiter. Ein Teil in mir wollte ihm sagen, wie leid mir die Trennung tat. Ein anderer Teil wollte das Thema ›Daniel‹ einfach abhaken. Offenbar ging es Chris ähnlich, denn er fragte plötzlich nach James. Ich zuckte zusammen; fast hätte ich mich am Essen verschluckt und versuchte, mich zu beruhigen.

»Ich hatte ihm gesagt, er soll sich melden, wenn er etwas nachgedacht hat.« Ich sah auf mein Telefon. Nichts. »Offensichtlich denkt er noch nach.«

Meine Stimme war bitter und ich sah wieder auf das Essen. Chris fuhr mit einer Hand sanft durch mein Haar, streichelte meine Schläfe und spendete mir durch diese Geste unendlich viel Trost.

»Wenn er über dich nachdenken muss, hat er dich gar nicht verdient«, flüsterte er, stellte sein und mein Essen weg, ehe er beide Arme um mich legte und mich fest an sich zog.

Diese Worte streichelten meine Seele und taten mir gut. Sofort drängte ich mich an ihn, wollte mich an seiner Brust und in seinen Armen verstecken. Vor dem Chaos in mir und vor James. Vor allem vor James.

Vorsichtig erwiderte ich die Umarmung, strich über seinen Rücken. An meiner Stirn spürte ich seinen schnellen Herzschlag. Die Situation war so fremd wie sie angenehm war. Nie hatte ich mit Chris so zusammengesessen. Selbst nachdem sich Joel überraschend von ihm getrennt hatte, waren wir nicht so eng zusammen. Meist saßen wir auf irgendwelchen Bordsteinen und ich habe ihm beim Schweigen zugesehen. Doch wir lagen uns nie so im Arm. In meinem Kopf schwirrten hunderte von Gedanken, Fragen und Spekulationen herum und ich wusste, ich musste ihnen irgendwie Luft machen. Mit der linken Hand griff ich fest in Chris' Shirt. Er durfte jetzt auf keinen Fall aufstehen und gehen.

»Ich habe mit James geschlafen«, begann ich und spürte sofort, wie er angespannt wurde und sein Herz noch etwas schneller schlug.

»Und?«, fragte er recht tonlos.

»Es war …« Ich überlegte, wie ich es beschreiben sollte. »Anders.« Weiter suchte ich Schutz bei Chris.

»Anders als was?« Seine Stimme zitterte leicht und ich zog ihn weiter an mich heran. Einerseits fühlte ich mich schrecklich, immerhin hatte ich meinen Freund hintergangen und betrogen. Andererseits fühlte ich mich unendlich wohl. Hier bei Chris, in seinen Armen, war meine Welt in Ordnung. »Christoph.« Chris löste sich von mir, sah mich ernst an. »Was ist passiert?«

Ich konnte seine Gedanken an seinem Blick ablesen und schüttelte leicht den Kopf.

»Er hat mir nichts angetan«, beruhigte ich ihn und lächelte etwas. »Es war nur nicht, wie ich mir erhofft habe«, meinte ich und strich mir durch den Nacken.

Leise erzählte ich ihm, was passiert war und wie ich klammheimlich die Wohnung verlassen hatte. Chris konnte ich in diesem Moment nicht ansehen. Zu sehr genierte ich mich. Einige Sekunden herrschte eine schwere Stille zwischen uns. Eine, die mir die Luft abschnürte.

»Habe ich dir ein falsches Bild vermittelt?« Ich stockte und sah Chris entsetzt an. Er hatte seinen Blick fest auf mich gerichtet und dachte angestrengt nach. »Ich dachte, er wäre liebevoller zu dir.«

Nachdenklich verzog ich das Gesicht.

»Es war ... schnell. Irgendwie war es nur Sex.«

Ich wusste nicht, wie ich es anders beschreiben sollte und schämte mich gleichzeitig. Chris ballte seine Hände zu Fäusten.

»Selbst 'ne schnelle Nummer kann gut sein.« Seine Stimme vibrierte vor unterdrückter Wut. »Du hast Leidenschaft verdient und jemanden, der ...«

Mit einem Ruck stand er auf und fuhr sich mit beiden Händen durch die Haare, ehe er tief durchatmete und im Wohnzimmer herumlief. Ich beobachtete dieses Verhalten skeptisch. So aufgebracht hatte ich Chris noch nie gesehen. Er erinnerte mich an ein Tier im Käfig.

»Es tut mir leid, Christoph«, meinte er dann und sah mich an. »Ich hatte mir geschworen, mich niemals in eine andere Beziehung einzumischen. Ich wollte niemals meine Meinung zu anderen Paaren preisgeben, weil es mich im Grunde nichts angeht, ganz gleich, wie gut oder beschissen ich manche Einstellung finde. Aber ich muss dir das jetzt sagen, sonst platzt mir der Kragen!«

Still starrte ich ihn an und kam mir vor wie das berühmte Kaninchen vor der Schlange. Bloß nicht bewegen, sonst würde ich einfach verschlungen werden.

»Ich dachte wirklich, James wäre ein guter Typ. Ich dachte, er würde gut auf dich aufpassen, geduldig sein und dir das geben, was du verdienst. Aber wenn ich das so höre, ist er doch nur einer von denen, die sich an ihrem Partner bedienen und nicht auf den anderen achten. Er hat sich selbst ein schönes Erlebnis verschafft und du bist zwar gekommen, hattest aber keinen echten Höhepunkt, richtig?«

Verlegen senkte ich den Kopf. *Mit dir war es schöner*, dachte ich für mich und fühlte mich gleich noch schlechter.

»Kein Wunder, dass du ihm eine reingehauen hast.« Ich sah auf und Chris sah mich wütend an. »Der hat nichts anderes verdient«, murmelte er und ich wusste, dass ich spätestens jetzt hätte aufspringen und meinen Partner in Schutz nehmen müssen, doch mir war nicht danach. Chris hatte ja recht. Irgendwie.

»Vergiss es einfach«, murmelte ich. »Ich warte einfach ab, was er mir zu sagen hat und entscheide dann, wie es weitergehen soll.«

Damit schloss ich das Thema, nahm die Essensverpackungen und brachte alles in die Küche.

Neun

Chris blieb im Wohnzimmer und hin und wieder bildete ich mir ein, ihn vor sich hinbrüten zu hören, wie in der Nacht am Telefon. Ich versteckte mich in der Küche und räumte auf. Zum einen, weil ich mich nützlich machen wollte. Zum anderen, weil ich mich nicht ins Wohnzimmer traute. Immer mal wieder sah ich auf mein Telefon, hoffte, eine richtungsweisende Nachricht von James zu bekommen, und wurde jedes Mal enttäuscht. Nur die Zeit verging.

Ich hörte Schritte und schloss den Hängeschrank leise, ehe ich über die Schulter sah. Chris stand, die Hände in den Taschen vergraben, im Raum und schien betrübt.

»Tut mir leid, was ich grade im Wohnzimmer gesagt habe«, meinte er und ich drehte mich ganz zu ihm um, lehnte mich an die Arbeitsplatte.

»Es ist deine Meinung und jeder hat das Recht, seine Meinung kundzutun.« Innerlich lobte ich mich für meine Diplomatie. »Es klang nur so, als ob du mir ein besserer Freund wärst.«

Ich biss mir auf die Zunge. Das hatte ich nicht sagen wollen. Sofort schoss eine Welle Adrenalin durch meine Venen und Chris grinste kurz.

»Wäre ich. Aber das tut nichts zur Sache. Ich hätte mich einfach nicht so sehr bei euch einmischen sollen. Dafür, und für meinen Ausbruch vorhin, wollte ich mich entschuldigen.«

»Nein«, hielt ich ihn auf und bekam seine ganze Aufmerksamkeit geschenkt. »Hättest du dich nicht eingemischt, hätte ich vielleicht geglaubt, dass jeder Sex so wäre, wie mit James, und dann hätte ich nach ihm nie wieder mit jemandem schlafen wollen … Eigentlich bin ich dir sehr dankbar.«

Stille breitete sich aus. *Was habe ich da gerade gesagt? Ich müsste anders reagieren, oder?* Meine Gedanken schweiften ab, bis der leise Gong der Küchenuhr mich zurückholte und mir bewusst machte, dass es bereits zwanzig Uhr war. Über Stunden war ich Chris aus dem Weg gegangen. Nervös sah ich zu dem Mann, der mich offensichtlich die ganze Zeit über beobachtet hatte.

»Vielleicht könnte ich diese Nacht noch hier schlafen? Nur zur Sicherheit«, fragte ich leise und mit einem Zittern in der Stimme und erhielt einen kurzen, aber irritierten Blick. Ich verstand nicht, wieso solche Sätze aus meinem Mund kamen und es machte mich unsicher.

»Das Schmerzmittel sollte dir aber keine Probleme mehr machen.«

Ich schüttelte den Kopf. »Tut es auch nicht …«

»Warum möchtest du dann hierbleiben?«

Chris' Blick wurde dunkler und er trat nahe an mich heran. Mein Herz begann zu rasen, mein Atem wurde flach und die feinen Härchen auf meinen Armen stellten sich auf.

»Weil ich nicht nach Hause möchte. Vielleicht steht James vor der Tür und wartet auf mich und ich habe gerade nicht das Bedürfnis, ihn zu sehen«, log ich.

Noch einen Schritt kam Chris näher und ich befürchtete, dass er meinen hektischen Puls an meinem Hals sehen konnte.

»Das ist aber nicht alles, oder?« Seine Stimme war tief und lauernd geworden und trieb mir mit diesen Worten heiße Schauer über den Rücken. Eine Antwort gab ich allerdings nicht. »Dann bleib. Ich muss nur morgen früh zur Arbeit«, sagte er und ich konnte seinen Atem auf meiner Haut spüren.

»Dann gehe ich jetzt duschen und anschließend ins Bett. Bin auch schon müde«, flüsterte ich hektisch und spürte, wie bei dem Gedanken an die Dusche mein Blut in die Leisten sackte. Langsam, um ihn nicht zu berühren, drängte ich mich an Chris vorbei und ging ins Bad.

Obwohl es noch zu früh war, um schlafen zu gehen, täuschte ich meinem Körper Müdigkeit vor. Ich musste einfach von Chris weg. Sonst wäre ich … Ich atmete durch. Der Sex mit ihm war nur zum Üben, ein Experiment. Ich durfte ihm nicht zu nahekommen, musste unsere Freundschaft erhalten. Es kostete mich viel Kraft, um die Gedanken an den ersten heißen Kuss und seine Folgen zu verdrängen.

Umständlich zog ich mich aus und stieg in die Dusche. Ein Blick an mir herunter verdeutlichte mir: Ich hatte ein Problem!

Eilig stellte ich das Wasser an und versuchte, auf andere Gedanken zu kommen, doch der Dampf des Wassers, das Rauschen der Dusche und dieser verdammte Geruch ließen die Erinnerung nur noch deutlicher werden. Fest presste ich mir die rechte Hand auf den Mund und mit der linken begann ich etwas ungeschickt mein erregtes Glied zu reiben. Trotz der ungewohnten Bewegungen dauerte es nicht lange, bis ich kam. Zu präsent waren die Eindrücke dieser Nacht. Chris' Körper an meinem, seine Zärtlichkeiten und Wärme. Zu sehr wollte ich genau das erneut erleben.

Ich duschte zu Ende und trocknete mich ab, ehe ich in meine Shorts stieg und das Shirt überzog. Etwas entspannter ging ich ins Wohnzimmer. Chris saß auf der Couch, einen Arm auf der Rückenlehne abgelegt und sah fern. Dennoch wirkte er angespannt.

»Gute Nacht«, flüsterte ich und erhaschte Chris' Interesse.

Er musterte mich, schien zu überlegen, dann nickte er und wünschte seinerseits eine gute Nacht. Wortlos ging ich an ihm vorbei ins Schlafzimmer und legte mich ins Bett, rutschte nahe an die Wand, damit Chris später nicht über mich rübersteigen musste. Seufzend schloss ich die Augen und versuchte, mich zu entspannen, doch es gelang nicht.

Eine Nachricht auf meinem Telefon ließ mich zusammenzucken. Sie war von James, der erklärte, dass er erst mal etwas Zeit bräuchte, um sich über alles klar zu werden und er in unserer Beziehung eine Pause wünschte. In Phrasen schrieb ich ihm, dass es mir ähnlich ging und es sicher eine gute Idee wäre, erst mal etwas Ruhe reinkommen zu lassen. Gleichzeitig entschuldigte ich mich für den Schlag und hoffte, dass er sich nicht verletzt hätte. Von meinem gebrochenen Finger erzählte ich ihm nichts. James meinte nur noch, dass sein Kiefer blau wäre. Dann schaltete ich das Handy aus. Es war alles gesagt und ich wieder Single. Kein ganz schlechtes Gefühl.

Erneut versuchte ich einzuschlafen, doch auch das misslang. So hörte ich, wie Chris leise ins Schlafzimmer kam, sich auszog und zu mir legte. Mein Herz schlug schneller, als er sich seufzend ins Kissen fallen ließ. Er lag ganz nahe an meinem Rücken, da wir noch immer nur ein Kissen teilten. Seine Hand wanderte über meine Taille und blieb auf meinem Bauch liegen. Ich versuchte, ruhig zu atmen.

»Bist du noch wach?«, flüsterte er hauchzart, doch ich blieb still.

Ich war neugierig, was nun passieren würde. Erneut seufzte Chris, schmiegte sich eng an mich und küsste meinen Nacken. Heiße und kalte Schauer liefen über meine Haut und ließen mich sensibel für jede Berührung werden.

»Wenn du wüsstest ...«, raunte er bitter und strich mit der Nasenspitze über meinen Hals zum Ohr. Sanft küsste er die dünne Haut der Muschel. Ich seufzte leise und spürte, wie er angespannt innehielt.

»Christoph?«, fragte er unsicher und ich brummte eine Zustimmung.

Stille herrschte, bis Chris sich räusperte und sich wieder über mein Ohr beugte. An meinem Bein spürte ich seine leichte Erregung und sofort schoss mein Puls in die Höhe.

»Wäre es für dich in Ordnung, wenn ich mich ... na ja ... noch etwas einmische?«, raunte er.

Heiß gingen diese Worte durch meinen Kopf und gaben der aufkommenden Erregung in mir mehr Nahrung. Nicht einen Augenblick dachte ich daran, mich gegen das übermächtige Gefühl in mir zu wehren.

»Ja«, wisperte ich so leise, dass ich selbst es kaum verstand.

Nur einen Moment später spürte ich seine warmen Lippen an meinem Hals. Ich seufzte zufrieden, griff mit meiner Hand nach der, die auf meinem Bauch lag und schob sie unter das Shirt. Nichts brauchte ich in diesem Moment dringender, als Chris' Haut an meiner. Fest zog er mich mit der Hand an seinen Körper und hielt mich fest. Er knabberte an meinem Nacken und meine Gedanken wurden fahriger. Ich keuchte und drängte mich ihm weiter entgegen.

»Chris«, murmelte ich und hörte, wie er scharf die Luft einsog.

»Wenn ich dich so höre, kann ich mich kaum noch zurückhalten«, sagte er und in meinen Ohren klang es fast wie eine Entschuldigung.

»Dann lass es«, gab ich hektisch zurück und rieb mein Becken an seinem.

Sein leises Stöhnen war wie Musik und ließ mich selbst noch erregter werden. Warme Finger strichen über meine Lippen und ich konnte nicht anders, als sie zwischen meine Zähne zu nehmen und an ihnen zu saugen. Meine gesunde Hand hielt seine fest, verhinderte eine mögliche Flucht. Meine Zungenspitze glitt zwischen den Fingern entlang, meine Zähne reizten die Haut. Chris stöhnte ergeben und schob mit der freien Hand meine Shorts herunter. Ich wurde nervös, wollte nicht, dass es so endete wie mit James. Vor Erregung zittrige Finger streichelten mein Glied, massierten es ganz sanft. Ich stöhnte willig, ließ so die gefangenen Finger frei.

»Genieß' es einfach. Lass mich dich verwöhnen«, säuselte er mir ins Ohr und ich konnte nur nicken, wollte ihn endlich wieder in mir spüren. Ich wollte den Beweis, dass Chris besser für mich war.

Erschrocken über diesen Gedanken riss ich die Augen auf und Chris hielt mich beschützend eng an sich gepresst.

»Schhh«, begann er sanft und küsste meinen Nacken. »Ich werde dir nicht wehtun. Ich werde mich nicht an dir bedienen. Du bist jetzt das Wichtigste.«

Wie sehr diese Worte mich berührten. Sanft schob sich erst ein Finger, dann ein zweiter in mich, begannen zügig und doch sanft, sich zu bewegen. Ich ließ mich von den Gefühlen mitreißen und legte den Kopf zurück, an Chris' Schulter. Schemenhaft erkannte ich Chris im Augenwinkel, griff in seinen Nacken und … jaulte gepeinigt auf. Sofort zog ich meine Hand zurück und hielt sie fest an mich gepresst.

Chris bewegte sich nicht, schien mich zu beobachten und auf meine nächsten Worte zu warten.

»Blöder Finger«, jammerte ich.

Die Hand, die gerade noch mein Glied gestreichelt hatte, umfing nun meine. Sanfte Lippen strichen über die Schiene und Chris pustete leicht darüber. Dabei war er so sanft, dass ich meinen Schmerz fast vergaß.

»Wird es besser?«

Eine Frage, wie man sie einem Kind stellen würde, doch klang sie durch die belegte Stimme um etliches erotischer. Fasziniert hatte ich zugesehen und nickte. Ein Lächeln entstand auf Chris' Gesicht und er beugte sich über mich, bis sich unsere Lippen fast berührten. »Was immer du dir wünschst. Sag es mir einfach und ich werde dir diesen Wunsch erfüllen«, versprach er.

»Küss mich dabei«, hauchte ich.

Chris stieß seine Finger in mich. Ich stöhnte auf und spürte sofort weiche Lippen und eine verspielte Zunge. Neckend rieb sie an meiner, wollte sie locken. Ich zögerte.

»Küss mich jetzt, so viel du willst. Später wird es schwieriger«, sagte Chris kryptisch und ich hob meinen Kopf, um ihn innig zu küssen.

Die Stöße in mir wurden heftiger, als noch ein dritter Finger in mich drang, mich dehnte und mir Lust verschaffte. Keuchend löste ich mich von Chris.

»Ich halte das nicht mehr aus«, murmelte ich und wurde wieder auf die Seite gedreht.

»Vertraust du mir?«

Wie ernst diese Frage plötzlich klang. Ich nickte, sah etwas über meine Schulter.

»Voll und ganz«, versuchte ich mich an einem ebenso ernsten Ton.

Ein sanfter Kuss wurde auf meine Schulter gehaucht, ehe Chris sich langsam in mich schob. Eine Welle der Lust durchdrang mich und ich war froh, dass er mich festhielt. Es fühlte sich anders an und mit einem Schlag wurde mir klar, warum. Da war kein Kondom. Ein heftiger Schauer ging durch mich, als ich mir eingestand, dass ich ungeschützten Verkehr bei James nicht bis zum Ende geduldet hätte, es bei Chris jedoch sogar wollte. Ich wollte es bis zum Ende genießen.

»Ist es dir unangenehm?«, wurde ich gefragt und stellte irritiert fest, wie einfach die Antwort darauf war.

»Nein. Gar nicht«, flüsterte ich und drängte mich Chris entgegen.

Damals in der Dusche waren es nur wenige Stöße. Doch ich glaubte nicht, dass Chris sich dieses Mal mittendrin ein Kondom überzog. Mein Körper begann vor Aufregung zu kribbeln. Er begann mit sanften Bewegungen, streichelte dabei immer wieder über meinen Körper. Ich entspannte mich, genoss es in vollen Zügen. Chris' Körper rieb sich an meinem und ich glaubte, den Verstand zu verlieren. Schamlos verlangte ich nach mehr und Chris kam dem sofort nach.

Immer schneller und tiefer stieß er zu und begann, dabei mein Glied zu massieren. Nach wenigen Strichen kam ich und mir wurde schwindlig. Chris stieß weiter zu und kam mit einem tiefen Stöhnen in mir. Der Rausch pulsierte in meinen Venen und wurde durch die fahrigen, aber zärtlichen Berührungen auf meiner Haut weitergetrieben. Für ein paar Minuten lagen wir einfach nur da. Genießend schloss ich die Augen.

»Ich habe gehört, wie du es dir in der Dusche gemacht hast«, flüsterte Chris mit heißem Atem in mein Ohr und ich erschauderte. Zum Teil war es mir peinlich, dass er mich gehört hatte. Zum Teil reizte es mich.

»Hast du mich deswegen so angesehen?«, war meine Gegenfrage. Langsam zog Chris sich zurück und stützte sich leicht über mich. Ich sah ihn fragend an.

»Warum hast du das gemacht?«, wollte er wissen.

Weil alles da drin nach dir gerochen hat, dachte ich, biss mir jedoch rechtzeitig auf die Zunge.

»Es lenkt mich von Problemen ab«, log ich stattdessen und hoffte, dass er mir glaubte. Kurz zuckte ein Lächeln über Chris' Lippen, erreichte jedoch seine Augen nicht.

»Dann muss jetzt wohl erst mal nachsehen, ob ich meine Dusche noch benutzen kann«, sagte er amüsiert, setzte mir einen frechen Kuss auf die Nase und stand auf.

Nackt ging er durchs Wohnzimmer ins Bad. Träge setzte ich mich auf. Noch immer raste mein Herz und ich kämpfte gegen den Wunsch, Chris zu folgen und mir einfach weiter mit ihm die Nacht um die Ohren zu schlagen. Energisch schüttelte ich den Kopf. Woher kamen nur diese Gedanken. Ich war gerade frisch getrennt und sollte meiner Beziehung nachtrauern und nicht mit meinem besten Freund ins Bett steigen. Und doch hatte ich genau das getan.

Das Rauschen der Dusche verklang und ich stand auf und ging an Chris vorbei ins Bad, um mich zu säubern und wieder zu ihm ins Bett zu steigen. Anders als bei James war es mir jetzt nicht unangenehm, nackt gesehen zu werden. Eng schmiegte ich mich an seine Brust und spürte, wie er beide Arme um mich legte. Ich deckte uns zu und schlief ein.

Der Wecker riss mich aus dem Schlaf und ich protestierte murrend, bis das nervige Geräusch stoppte.

»Entschuldige. Ich muss los. Schlaf einfach noch ein bisschen. Ich mache dir das Frühstück fertig«, flüsterte Chris und küsste meine Schulter, ehe er aufstand und das Zimmer leise verließ.

Ich schlief noch einmal ein und erwachte Stunden später erneut. Der Hunger hatte mich geweckt. Müde stand ich auf und zog mich umständlich an. Ganz ohne Hilfe ging es doch langsamer als gedacht.

So tapste ich in die Küche und leckte mir über die Lippen, als ich das reichhaltige Frühstück sah.

Ich setzte mich und aß. Chris hatte sich mächtig ins Zeug gelegt. Es gab Rührei, das warm gestellt war, Brötchen, Wurst, Käse und die selbst gemachte Marmelade von seiner Mutter. Dazu diesen wunderbaren, aufwendigen Kaffee, der in einer Thermoskanne wartete. Ich kam mir vor wie in einem Hotel. Chris verwöhnte mich nach Strich und Faden, und wenn ich darüber nachdachte, tat er das schon immer. Ein Lächeln huschte über meine Lippen. Für diesen besonderen Status liebte ich ihn.

Ich fuhr zusammen. Mein Herz raste und fast war ich der Meinung, dass es hin und wieder stolperte. Das konnte nicht der Wahrheit entsprechen. Vehement verbot ich meinen Gedanken, weiter in diese Richtung zu gehen. Das durfte nicht sein! Ich gestand mir ja ein, dass es vor Jahren eine Zeit gab, in der ich etwas verknallt war. Aber diese Freundschaft war mir einfach zu wichtig, um sie durch solche Gefühle zu zerstören.

Immer wieder machte ich mir klar, dass ich nicht mal in Chris' Beuteschema passte und aß angestrengt auf, räumte den Tisch ab und suchte meine Sachen zusammen. Dann verließ ich die Wohnung und machte mich schnell auf den Weg nach Hause. James, so hoffte ich, würde nicht vor der Wohnung auf mich warten.

Mein Herz wurde schwer bei dem Gedanken an James. Mir wurde immer bewusster, dass ich ihn nicht wirklich liebte. Eine Verliebtheit, ja. Ein zueinander hingezogen fühlen, ja. Aber Liebe? Hätte ich wirklich mit Chris geschlafen, wenn ich James ehrlich geliebt hätte? Würde mir eine Trennung dann nicht mehr wehtun?

Ich zermarterte mir den ganzen Tag den Kopf und konnte mich nur durch das Telefonat mit meinem Chef bezüglich meiner Krankschreibung ablenken. Anschließend setzte ich mich auf den Balkon und blieb da, bis die Sonne unterging. Ich fühlte mich einsam zurückgelassen mit meinen Gedanken und wusste nicht, wie ich Chris oder James je wieder in die Augen sehen konnte.

Zehn

Die Tage schmolzen zu Wochen, doch wenigstens konnte ich mich ein wenig durch die Arbeit ablenken. James und ich schrieben selten miteinander und wenn, dann höfliche Floskeln. Vor einigen Tagen erklärte er mir dann, dass er sich neu verliebt hatte. Dennoch blieben wir in Kontakt und es war angenehm. Mein Telefon klingelte und ich ging ran.

»Moin«, begrüßte mich Bastis Stimme und ich grüßte zurück. »Hab das von deinem Finger gehört. Wie bricht man sich denn ausgerechnet den Mittelfinger? Beim Radfahren zu oft hochgehalten, wa?«

Ich lachte leise und sagte ihm dann, dass es im Streit passiert sei. Nun lachte Basti und wünschte mir eine gute Besserung, nachdem er mich spöttisch als ›Schläger‹ betitelt hatte. Ich legte auf und widmete mich meiner Arbeit. Zwar hätte ich mich noch länger krankschreiben lassen können, aber ich konnte mich mit meinem Chef auf ein halbes Pensum einigen. Meine Arbeit stapelte sich bereits und ich wollte sie nicht meinen Kollegen aufs Auge drücken.

Kurz nach elf machte ich an diesem Freitag Pause. Ich nahm ein kleines Handtuch und ging zu meiner ersten Behandlung bei der Physiotherapie. Ich ging zu Fuß, wollte die Sonne noch etwas auf meinem Gesicht genießen.

Mein Telefon klingelte und ich las die Nachricht von Chris. Er fragte, ob wir dieses Wochenende etwas unternehmen wollten. Seit meiner Erkenntnis, dass ich möglicherweise mehr als Freundschaft empfand, lehnte ich jedes Treffen ab und hielt auch die Kommunikation zwischen uns auf ein Minimum reduziert. Den See lehnte ich wegen des Fingers ab und wenn es um ein Treffen bei ihm oder mir ging, redete ich mich mit Müdigkeit oder Unwohlsein heraus. Mir war wirklich unwohl. Ich ging meinem besten Freund aus dem Weg.

Eine neue Nachricht kam, in der Chris fragte, ob nicht bald die Schiene abbekam und wir das in einem Club feiern wollten. Skeptisch starrte ich auf die Nachricht. Ich war schon lange nicht mehr in einem Club gewesen. Allerdings wäre es ein öffentlicher Ort und wir würden kaum in Situationen geraten, die in Sex enden konnten. Also sagte ich unter Vorbehalt zu und ging dann zur Therapie. Mit der Therapeutin besprach ich das weitere Vorgehen und sie sah sich meine Hand an.

»Seit wann ist die Schiene ab?«

»Seit Mittwoch«, beantwortete ich und wir begannen mit den Übungen.

Eine gute halbe Stunde bewegte ich die Hand und trainierte die Feinmotorik und die Kraft. Dann machte ich mich auf den Weg nach Hause, sortierte die Akten zusammen und fuhr zur Firma. Die ersten Kollegen packten bereits ein und verabschiedeten sich ins Wochenende. Bedächtig klopfte ich an die Tür meines Chefs und trat nach einem kurzen »Ja« ein. »Ah. Gut, dass Sie kommen. Wie geht's der Hand?«, fragte er und ich hielt die getapte Hand hoch.

»Wird besser«, schob ich nach und erhielt ein Nicken.

»Sobald Sie wieder richtig tippen können, sagen Sie Bescheid. Wir haben einen Haufen Arbeit zu erledigen.«

Ich nickte und verabschiedete mich, nachdem ich ihm die Akten auf den Tisch gelegt hatte.

»Schönes Wochenende«, wünschte ich meinen Kollegen und verschwand eilig aus dem Gebäude, stieg in mein Auto und atmete tief durch, als mein Handy klingelte.

»Ja?«

»Hey, Christoph. Sag mal, hättest du gerade eine knappe Stunde Zeit? Mein Kleiner ist vor der Kanzlei liegen geblieben. Kannst du mich vielleicht abholen?«

Chris' Stimme klang gedrückt, fast so, als hätte er mich am liebsten nicht angerufen. Nachdenklich kaute ich auf meiner Unterlippe, sagte dann jedoch zu.

»Gib mir etwas Zeit. Ich komme von der Firma.«

Chris atmete tief durch und dankte mir. Ich legte auf und versuchte, meinen schnellen Herzschlag zu beruhigen, ehe ich meinen

Wagen startete und mich auf den Weg zu der Kanzlei machte. Meine Reaktion war doch verrückt. Ich schüttelte den Kopf und machte mir einmal mehr sehr deutlich klar, dass die beiden Nächte nichts zu bedeuten hatten. Je näher ich Chris kam, desto nervöser wurde ich. Mein Atem wurde flach, meine Hände zittrig und feucht.

»Idiot!«, zischte ich, war mir jedoch nicht sicher, ob ich Chris oder mich damit meinte. An einer kleinen Kreuzung erkannte ich den blauen Trabant. Ich hielt an und ließ Chris einsteigen. Das schlechte Gewissen begann an mir zu nagen. Gleichzeitig hoffte ich, dass er mich nicht auf mein Verhalten der letzten Wochen ansprach. Nachrichten konnte man einige Zeit unbeantwortet lassen, aber hier im Auto zu sitzen und sich auszuschweigen wäre albern.

»Ich danke dir. Ich habe telefoniert und ein Kumpel schleppt mir das Ding am Sonntag nach Hause. Dann muss ich weitersehen.« Stumm und etwas verbissen nickte ich. »Okay. Was ist los? Du reagierst nicht auf mich und nun sitzt du hier, die Hand zur Faust geballt«, fragte er mit einer Mischung aus Ärger und Sorge in der Stimme und ich bemühte mich krampfhaft um ein Lächeln.

»Nichts. Alles gut«, log ich.

Chris schnallte sich brummend an und ich fuhr los. Nur das Radio und das Auto gaben Geräusche von sich. Zwanzig Minuten lang spürte ich seine Blicke auf mir und versuchte, ruhig zu bleiben. An einer Ampel überkam mich plötzlich das Bedürfnis, nach Chris zu greifen und ihn zu küssen, um dieses Starren zu beenden. Sein Geruch war wunderbar dominant in der Luft und seine Nähe machte mich fast wahnsinnig. Doch ich verbot es mir. Ich hatte keinerlei Recht, so etwas zu tun. Nicht, nachdem man nur experimentiert hatte.

»Ein Kumpel also«, presste ich kontrolliert hervor.

»Ja. Konstantin … Sag mal, was ist eigentlich mit dir?«

Mittlerweile klang er gereizt. Ich schüttelte den Kopf.

»Ich hatte heute Physiotherapie und nun tut mir der Finger weh«, log ich erneut.

Chris blieb für einen Moment still. »Ich sehe schon. Die Schiene ist runter. Wie geht's?«, wollte er dann wissen und ich nickte nur.

»Wird besser.«

Die Ampel schaltete auf grün und ich fuhr los. Weiter schweigend fuhr ich Chris nach Hause und beobachtete, wie er ausstieg. Eine Mischung aus Erleichterung und Enttäuschung machte sich in mir breit. Noch einmal beugte er sich zu mir herunter, lehnte sich mit den Ellen auf das Dach und die Tür.

»Meinst du, dass es dann morgen gehen wird mit dem Club? Wäre echt schade, wenn nicht. Immerhin haben wir uns so lange nicht gesehen. Ich könnte aber auch mit Bier und einem Film rumkommen.«

Sofort winkte ich ab.

»Ich werde mich heute einfach etwas ausruhen und dann gehen wir morgen in den Club.«

Chris nickte und zwang sich zu lächeln. Eins, das seine Augen nicht erreichte. Er schlug die Autotür zu und ging ins Haus. Sein Blick über die Schulter verriet mir, dass ich mir etwas vormachte. Er hatte wohl meine Lügen durchschaut.

Schnell wandte ich meinen Blick auf die Straße und fuhr los. Ich wollte nur noch nach Hause, weg von Chris. In Gedanken ging ich all die Jahre durch, die wir uns kannten. Länger als ein paar Tage waren die Abstände zwischen den Treffen nie gewesen. Wir waren sprichwörtlich wie Pech und Schwefel. Und jetzt? Jetzt waren vier Wochen vergangen und ich war mir sicher, dass Chris mir keine meiner Lügen mehr so einfach glauben würde. Etwas Grundlegendes hatte sich zwischen uns geändert und würde wohl auch nicht mehr rückgängig zu machen sein.

Zuhause ließ ich mich auf meiner Couch nieder. Die Sonne brannte auf die Welt herab, sodass ich mich nicht auf den Balkon setzen konnte. Mit beiden Händen strich ich mir schnaufend durch die Haare. Immer wieder fragte ich mich, in was ich mich da reingeritten hatte, kam jedoch zu keiner befriedigenden Antwort und stand irgendwann auf, ging in die Küche und kam mit einer Flasche Wein und einem Glas wieder und setzte mich zurück auf die Couch. Mir war bewusst, dass Alkohol meine Probleme nicht lösen würde, doch er würde mir für ein paar Stunden beim Vergessen helfen. Ich schnaufte. So schlecht ging es mir noch nie.

Dank des Weines schlief ich später sofort ein und erwachte erst am nächsten Vormittag. Mit einem Blick auf die Uhr stellte ich fest, dass ich mir das Frühstück sparen konnte, stand träge auf, ging duschen und Zähne putzen. Ich sah in den Spiegel und überlegte, ob es eine gute Idee wäre, mich heute Abend im Club zu betrinken.

Aber ich bin mit Chris da. Was, wenn er das ausnutzt?, dachte ich und schreckte zurück.

Entsetzt sah ich mein Spiegelbild an. Wie konnte ich nur so etwas denken? Ich schlug mir mit beiden Händen kaltes Wasser ins Gesicht, spülte meinen Mund aus und atmete ein paar Mal durch. Eigentlich sollte ich doch wissen, dass Chris nichts tat, was ein anderer nicht wollte. Ich zog mich an, verließ das Bad und ging auf den Balkon.

Einige weiße, wattig aussehende Wolken zogen gemächlich über den sonst strahlend blauen Himmel. Es war ein schöner Anblick. Die Blätter der Bäume wiegten sich sanft im Sommerwind. Der Anblick lenkte mich ein wenig von meinen trüben Gedanken ab. Ich machte mir ein schnelles Mittagessen und einen Kaffee und setzte mich mit beidem auf den Balkon. Die Sonne schien mit voller Kraft, doch der stetige, seichte Wind ließ mich die Temperatur als angenehm empfinden.

Nach dem Essen lehnte ich mich zurück und schloss die Augen. Entspannung durchlief meinen Kopf und meinen Körper und ich begann mich zu fragen, warum ich die Situation mit Chris so hatte eskalieren lassen. Ja, ich hatte Sex mit meinem besten Freund und ja, ich habe meinen festen Freund betrogen. Doch das war nicht der Grund, warum die Beziehung mit James zerbrochen war. Sicher wäre es nach weiteren Wochen auch ohne Chris zur Trennung gekommen.

Und das Experiment mit Chris war nun auch zu Ende und die Gefühle, die ich hatte, würden garantiert abklingen, wenn ich den Nächten nicht mehr eine solch große Bedeutung zugestehen würde. In wenigen Stunden würde ich einfach mit meinem besten Freund in einen Club gehen und Spaß haben, wie wir es früher, in der Gruppe, oft getan hatten. Alles war wieder wie vorher und dieser Gedanke fühlte sich eigentlich recht gut an. Da war nichts Tiefergehendes. Mit dieser Erkenntnis sank ich noch einmal in einen leichten Schlaf.

Nach der letzten Zeit doch recht ungewohnt beschwingt, stieg ich aus der Dusche und trocknete mich ab. Mir wurde immer bewusster, dass es mich nicht weiterbrachte, wenn ich mir den Kopf über Dinge zerbrach, die ich nicht mehr ändern konnte. Nach vorn sehen, hieß die Devise von jetzt an für mich. Ich ging ins Schlafzimmer, begann mich anzuziehen und begutachtete das Chaos, das ich veranstaltet hatte. Nachdem ich am Nachmittag eine Kleinigkeit gegessen hatte, bereitete ich mich nun auf den Club vor.

Ich fühlte mich wie ein alberner Teenager mit den ganzen Klamotten auf dem Bett, auf der Suche nach dem richtigen Outfit, und fand dabei immer wieder Hemden und Shirts, die schon längst in den Tiefen des Kleiderschranks vergessen waren. Aus einer Laune heraus gekauft. Morgen würden sie ihre letzte Reise antreten. Zur Kleiderspende.

Das Klingeln an der Tür ließ mich aufsehen. Es war bereits nach neun. Ich ging zur Tür und wartete, dass Chris die vier Etagen erklomm, versteckte mich dabei etwas hinter der Tür, damit ich nicht halbnackt von einem Nachbarn überrascht werden konnte. Schnell hob ich die Hand zum Gruß und ließ ihn eintreten.

»'Tschuldige. Ich bin noch nicht ganz fertig«, sagte ich schnell und schloss die Tür.

Chris lachte und musterte mich skeptisch.

»Als wärst du je fertig, wenn wir loswollten.«

Da hatte er recht. Verlegen lächelte ich, ging ins Schlafzimmer und zog mich um. Dabei orientierte ich mich an Chris' Outfit. Jeans, Shirt, Sneakers, Jacke. Zufrieden sah ich in den Spiegel und verließ das Zimmer. Chris fand ich im Wohnzimmer, wo er auf der Couch saß und in der Werbung eines Elektroriesen blätterte.

»Bin so weit«, verkündete ich und griff nach meinem Schlüssel und meinem Portemonnaie und verließ mit Chris die Wohnung.

»Ich habe schon ernsthaft darüber nachgedacht, ob ich nicht aus Prinzip eine halbe Stunde eher kommen sollte«, meinte er im Hausflur.

»Und mit welchem Ergebnis?«

Chris winkte ab.

»Dann würde ich nur noch länger rumsitzen und warten«, spottete er und ich lachte.

Er kannte mich ja so gut. Zusammen verließen wir das Haus und stiegen in mein Auto. Ich wollte zwar mit Chris in den Club und feiern, aber ich wollte auf keinen Fall trinken. Die beste Ausrede dafür war, dass ich uns sicher nach Hause bringen wollte. Ohne ein Wort zu verlieren, startete ich den kleinen Renault, fuhr los und hoffte, dass ich mich so entspannt gab, dass keine Fragen aufkamen. Die Musik kam leise aus dem Radio und ich tippte im Takt mit dem Finger auf das Lenkrad.

»Du bist ja heute gut drauf«, stellte Chris fest und ich nickte.

»Es geht mir gut«, bestätigte ich und fühlte mich dabei so gut, wie lange nicht mehr.

Die Lügen hatten ein Ende. Die Anspannung der letzten Wochen war verschwunden oder zumindest weit in den Hintergrund gerückt. Heute gab es nur mich und meinen besten Freund.

Ich parkte den Wagen, stieg aus und ging in Richtung des Clubs. An den Schritten hinter mir hörte ich, dass Chris mir folgte. Bei der freundlichen Dame an der Garderobe gaben wir unsere Jacken ab und mischten uns dann unter die wenigen Leute. Wir waren früh dran und der Club noch nicht brechend voll.

»Gleich tanzen oder erst was trinken?«, fragte Chris.

Ich nahm ihn an der Hand und zog ihn hinter mir auf die Tanzfläche.

»Bevor hier nachher kein Platz mehr ist«, rief ich ihm zu und begann, mich zur Musik zu bewegen.

Chris machte es mir nach und wir tanzten gut eine Stunde ausgelassen zu dem schnellen Beat. Hin und wieder berührten sich unsere Arme, als die Tanzfläche voller wurde, und ich genoss es. Manchmal bildete ich mir ein, Chris' Parfum zu riechen. Diese herbe Süße. Es zog mich an. Ich mochte es schon immer. Eigentlich war

Chris kein unsteter Typ. Seine Wohnung hatte er seit fast acht Jahren und nach dem Einzug nichts mehr umgeräumt. Seinen Trabi hegte und pflegte er und mit Joel war er seit seiner Jugendweihe zusammen gewesen.

Mein Blick suchte Chris' Gesicht und langsam kam mir die Fragen in den Sinn, die ich seit fast drei Jahren nicht mehr stellte. Warum hatte dieser bodenständige, veränderungsfaule Mann so viele Affären?

Bereits zweimal hatte ich den Ellenbogen eines Fremden in die Seite bekommen, beim dritten Mal wurde es mir zu voll und ich drängte mich an den verschwitzten Leibern vorbei zur Bar. Ich brauchte eine Pause und etwas zu trinken. Cola auf Eis war das Getränk meiner Wahl und ich beobachtete das hektische Treiben auf der Tanzfläche.

Chris bewegte sich noch immer zur Musik, bis ein Typ ihn ansprach und er sich zu ihm drehte. Schnell flüsterte er Chris etwas zu und mir wurde klar, dass wir diesen Club heute getrennt verlassen würden. Meine Stimmung rutschte in den Keller und ich biss die Zähne fest auf den Strohhalm. Ich wusste, was jetzt kommen würde. Immerhin war Chris, soweit ich es wusste, seit Daniel allein und würde sich einen neuen Versuch sicher nicht entgehen lassen. Er würde zu mir kommen und sich für heute verabschieden. Oder zumindest seine Nummer weggeben.

Doch Chris winkte dem Mann ab und drängte sich durch die Masse zu mir. Er bestellte einen Drink, ehe er sich zu mir beugte.

»Kannst du dir das vorstellen? Der wollte doch wirklich 'ne Nummer auf der Toilette schieben«, rief er und schüttelte den Kopf.

Ich starrte ihn nur an und fragte mich, was hier los war. Außer in den zwei Jahren nach seiner Trennung von Joel, war er nie länger als eine Woche Single gewesen. Ich war ehrlich irritiert.

»Kann man mit so einem Strohhalm überhaupt trinken?«, wollte er plötzlich wissen und ich sah auf die zerbissene Plaste in meinem Glas.

»Ich trinke aus dem Glas«, gab ich perplex zurück. Chris nickte wenig überzeugt von meiner Aussage und bedachte mich lange mit nachdenklichen Blicken.

»Komm mal mit!«, sagte er dann und griff nach meiner Hand, zog mich bestimmt, aber ohne Zwang, hinter sich zu einer verwinkelten Ecke, in der es ruhiger war.

Seine Hand war verschwitzt und ich spürte seinen schnellen Puls an meinem Handgelenk. Nur kurz sah ich mich um. Kaum ein Mensch saß hier an den kleinen, runden Tischen. Alle wollten feiern, tanzen und Spaß haben. Wir waren ganz ungestört, und einen Augenblick später kamen meine Zweifel über den Abend zurück. Was, wenn Chris es doch ausnutzen wollte? Was, wenn er mich jetzt und hier küssen würde?

»Ganz schön laut«, lachte er und ich kam nicht umhin, ihn weiter anzustarren. »Was?«, fragte er irritiert und kam mir näher. »Geht es dir nicht gut? Du bist ganz blass. Willst du lieber gehen?«

Mein Herz raste und ich schalt mich in Gedanken für diese Reaktion. Wie hatte ich nur so dumm sein und denken können, dass dieser Abend harmlos war? Chris stand dicht vor mir, roch nach frischem Schweiß und seiner eigenen süßlich herben Note. Ich sah auf seine Brust und starrte meine Finger an, die auf ihr lagen. Dabei hatte ich gar nicht bemerkt, wie meine Hand an seinen Körper gelangt war. Mein Blick huschte zurück in sein Gesicht und Chris sah mich besorgt an. Seine Hand strich über meine Stirn, meine Wange und in meinen Nacken und streichelte mich beruhigend. Ich jedoch wurde immer nervöser. Ich wollte, dass er mich fest an sich zog, mich küsste und wir beide in einen wunderbaren Rausch verfielen.

Mit einem Mal wurde mir bewusst, dass es nicht Chris war, der diese Situation vielleicht würde ausnutzen wollen. Ich war es. Langsam lehnte ich mich vor und mein Atem wurde ganz flach. Meine Finger krallten sich in sein Hemd.

»Hey Chris!«, tönte es plötzlich hinter ihm und ich trat peinlich berührt einen schnellen Schritt zurück und nahm meine Hand zu mir.

Chris schien ganz entspannt zu sein und wechselte ein paar Worte mit dem fremden Mann. Sie redeten über Chris' Auto, also musste das Konstantin sein. Er machte nicht den Eindruck, als hätte er bemerkt, was ich fast getan hätte. Mein Herz beruhigte sich dennoch nicht. Im Gegenteil. Mir wurde schwindlig und schlecht. Ich ergriff die Flucht und stürzte ins Freie. Tief sog ich die angenehm kühle Luft in meine Lungen und stützte mich auf meine Knie, sah starr auf den Boden. Ich musste mich unbedingt beruhigen. Meine Knie waren weich und immer wieder hatte ich das Gefühl zu schwanken.

»Christoph!«, hörte ich die einzige Stimme, die mich so sehr aus dem Konzept bringen konnte, dass ich die Augen schließen musste.

Ich hörte den Kies unter seinen Schuhen knirschen und ich zwang mich, die Augen wieder zu öffnen. »Mensch! Was ist denn mit dir?« Chris klang so voller Sorge, dass es mir die Luft nehmen wollte.

»Vielleicht hat ihm jemand was ins Glas getan«, meldete sich nun auch Konstantin zu Wort, doch Chris ignorierte ihn, hockte sich vor mich und zwang mich mit beiden Händen an den Wangen, ihn anzusehen.

»Rede mit mir, Christoph. Bitte. Was ist los?«

Er wirkte so verzweifelt, und in mir stieg wieder dieser Druck an. Ich wollte fliehen, wollte meinen besten Freund nicht verlieren, nur weil ich mich Hals über Kopf verliebt hatte. Trauer mischte sich mit unbekannter Wut. Ich wollte weinen und schreien.

»Wegen dir!«, platzte es aus mir heraus und ich richtete mich auf, suchte Abstand. Langsam ebbte der Schwindel ab, nur der Druck in meiner Brust und meinem Kopf blieb.

»Was habe ich getan?«, fragte Chris verunsichert und kam mir hinterher.

Es war, als ob man meinen Geduldsfaden zerschnitten hätte. Ungezügelte Wut übermannte mich und ich wurde laut.

»Du hast es mir verdorben! Wenn du mir nicht dieses blöde Angebot gemacht hättest, wäre das alles nicht passiert! Ich habe das so nie gewollt.«

Meine Gedanken tobten in meinem Kopf und ich ging mir streng durch die Haare, um mich irgendwie zu beruhigen. Chris trat einen Schritt zurück, als hätte ich ihm ins Gesicht geschlagen und biss fest die Zähne aufeinander.

»Dann entschuldige«, presste er hervor, nahm Konstantin ruppig seine Jacke ab und ließ uns alleine zurück.

Für lange Minuten sah ich auf den Kies vor meinen Füßen und kam nur langsam zu Atem. Doch noch immer fühlte ich mich kein Stück besser. Der Druck in meinem Körper wurde schmerzhaft. Langsam trat Konstantin an mich heran und räusperte sich.

»Das war jetzt echt hart, nicht?«, sagte er und ich musste ihm insgeheim zustimmen. Das war hart. Und unfair. »Und das, wo ihr doch so offensichtlich aufeinander steht.«

Ich schnappte nach Luft und im nächsten Moment lief ich zu meinem Wagen. Das konnte nicht der Wahrheit entsprechen.

Zumindest, was Chris anging, und doch fuhr ich mit jaulendem Motor vom Parkplatz. Ich musste Chris unbedingt einholen.

Nach nur zwei Kurven erkannte ich Chris auf dem Fußweg. Die Hände in den Hosentaschen vergraben, die Kapuze seiner Wolljacke über den Kopf gezogen. Langsam fuhr ich neben ihn und ließ das Fenster auf der Beifahrerseite herunter.

»Chris«, sprach ich ihn an, doch er ignorierte mich, sah weiter mit harter Miene auf den Weg vor sich. »Chris, bitte rede mit mir. Ich hab Mist gebaut. Ich wollte dich nicht so anschnauzen. Chris!«, redete ich auf ihn ein und wurde lauter, bis er stöhnend den Kopf zurückwarf und die Kapuze in den Nacken schob.

»Ich dachte wirklich, wir beide sind alt genug, um mit der ganzen Sache erwachsen umzugehen, aber offenbar habe ich mich da geirrt«, knurrte er, ohne mich anzusehen, und lief weiter.

»Wir hätten das einfach nicht tun dürfen. Es war falsch«, rutschte es mir heraus und sofort biss ich mir auf die Zunge. Abrupt blieb Chris stehen und sah mich wütend an.

»Falsch? Das klingt fast so, als wäre ich daran alleine schuld«, rief er aufgebracht. »Ich habe dir niemals etwas angetan und ich habe dich niemals zu irgendetwas gezwungen. Ein Wort von dir hätte genügt und ich hätte sofort aufgehört. Das weißt du ganz genau. Außerdem warst du ja wohl der Erste«, rief er, haltlos vor Wut, und deutete mit dem Finger auf mich. Seine Lautstärke war ihm dabei offenbar völlig egal.

Ich war neben ihm zum Stehen gekommen und sah ihn schuldbewusst an.

»Wir beide sind schuld und wir beide haben betrogen«, gab ich kleinlaut zurück und umgriff das Lenkrad fester.

»Nur mit dem Unterschied, dass ich das vor mir verantworten kann. Du anscheinend nicht.« Sein Ton war so distanziert, dass es mich fröstelte und seine Ausstrahlung wurde durch die abweisend vor der Brust verschränkten Arme nur noch unterstrichen. »Was denkst du, wäre anders geworden?«, wollte er dann wissen und erneut fühlte ich mich ertappt und in die Enge getrieben. Erneut wähnte ich mich mit falschen Behauptungen und Spekulationen.

»Vielleicht hätte ich das mit James hinbiegen können.«

Chris schnaufte verächtlich und ich wusste, ich hatte ihn damit tief getroffen.

»Weißt du was? Dann geh zurück zu James. Los! Leg dich unter ihn und lass ihn sich an dir bedienen. Aber komm dann nicht zu mir, um von mir Trost zu erbitten. Und wer weiß? Wenn du dich gut anstellst, bezahlt er vielleicht auch.«

Das saß!

»Vergleichst du mich etwa mit einer Hure?«, meine Stimme war eine einzige Drohung.

»Er hat dich doch benutzt wie eine. So springe ich nicht mal mit einem One-Night-Stand um. Nur im Bett, beide mit Kondom, damit man sein teures Laken nicht schmutzig macht, immer schön vorsichtig mit der Kleidung, damit keine Knitter reinkommen. Dabei bin ich mir sicher, dass er dich ohne Gummi haben wollte.« Ich biss mir auf die Zunge und schmeckte schon bald Blut. »Auf dem Stadtfest, als wir allein waren, hat er immer wieder Andeutungen gemacht.«

»Was für Andeutungen?«, fragte ich gepresst.

»Wie schön es sein muss, der Erste zu sein und dass er es kaum noch erwarten könne, dich pur zu bekommen.«

In seiner Stimme war pure Verachtung und er starrte mich kalt an.

»Und?«, fragte ich und Chris hob die Brauen.

»Was, und?«

Wütend sah ich ihn an. »War es schön?«

Er schnaubte. »Diese Frage beantworte ich dir jetzt nicht!«

Das stachelte meine Wut nur noch mehr an. Ich stieg aus, ignorierte das Hupen und die Lichtsignale der anderen Autos. Zu gern hätte ich ihnen meine zusammengetapten Finger entgegengestreckt, doch ich zweifelte an der Wirksamkeit der Geste. Vor Chris kam ich zum Stehen und packte ihn mit einer Hand am Kragen.

»Ich hasse es, wenn du dich über mich lustig machst«, fauchte ich ihn an und er griff nach meiner Hand.

»Das tue ich nicht. Das habe ich nie getan. Im Gegensatz zu anderen respektiere ich meine Mitmenschen und damit auch dich.« Chris wurde leiser. Mein Herz schlug hart in meiner Brust und ich schluckte trocken, als die Situation begann, ihre Aggression zu verlieren. Wie machte er das nur? Gerade war er noch voller Wut und nun sah er mich fast traurig an. »Alles, was ich tat, tat ich mit bestem Wissen und Gewissen. Ich gebe zu, dass es mir egal war, ob ich

Daniel betrüge. Du warst mir in dem Moment einfach wichtiger als er. Und ich habe es ihm gesagt. Ich habe ihm gesagt, dass ich die Nacht mit einem anderen Mann verbracht habe. Daraufhin hat er einen Schlussstrich gezogen und es war in Ordnung. Du siehst also: Ich bin keiner, der nicht zu seinen Verfehlungen steht. Und ja! Ich habe dich zuerst geküsst. Ja, ich habe dich gelockt. Wirf es mir auf ewig vor, wenn du das willst. Aber dass du so bereitwillig darauf eingestiegen bist, war nicht mein Werk.«

Seine ruhige Stimme durchschnitt meine Wut, bis nichts mehr von ihr übrig blieb. Träge entzog ich ihm meine Hand und trat einen Schritt zurück.

»Das weiß ich. Und je öfter ich darüber nachdenke, desto mehr ärgere ich mich. Ich hätte ›Nein‹ sagen müssen, hätte meine Beziehung beschützen müssen … Aber ich tat es nicht.«

»Dann solltest du vielleicht darüber nachdenken, warum das so ist. Ich muss jetzt die letzte Bahn bekommen, sonst muss ich nach Hause laufen.« Ich hörte, wie er ging, und sah ihm nach.

»Ich kann dich fahren«, sagte ich, ohne groß zu überlegen, und bekam ein Kopfschütteln. Kurz blieb er stehen und sah mich über die Schulter an.

»Nimm es mir nicht übel, aber zum ersten Mal, seit wir uns kennen, will ich nicht in deiner Nähe sein.«

Damit ging er und ich sah ihm nach, bis ich ihn in der Dunkelheit der Gasse nicht mehr erkannte. Schweigend stieg ich in meinen Wagen und fuhr nach Hause. In Gedanken hing ich noch immer an Chris' letzten Worten. Er wollte nicht in meiner Nähe sein. Es schmerzte entsetzlich, das zu hören. Unwillkürlich fiel mir ein, dass ich mir in der sechsten Klasse den Arm gebrochen hatte, weil ich vom Baum gefallen war. Selbst der Bruch damals hatte nicht so sehr geschmerzt, wie diese Worte. Ich schaltete den Motor ab, als ich auf meinem Parkplatz ankam und bemerkte erst jetzt, dass ich weinte. Meine Sicht war verschwommen und ich konnte die Tränen nicht stoppen.

Ich wusste nicht, wie lange ich im Auto gesessen hatte, bis die Tränen endlich abebbten. Rüde wischte ich mir über die Augen und stieg aus. Mit zitternden Fingern zog ich mein Handy aus der Tasche und wählte Chris' Nummer. Es klingelte ein paar Mal, bis die Mailbox anging. Mit brüchiger Stimme stammelte ich eine lange

Entschuldigung in den Hörer und legte wieder auf, ehe ich es auf seinem Haustelefon versuchte.

Auch hier ging nur der Anrufbeantworter ran und auch hier entschuldigte ich mich. Dieses Mal weniger stotternd. Dann ließ ich mein Handy zurücksinken und ging in meine Wohnung und setzte mich ins Wohnzimmer. Das Licht ließ ich aus und strich mir erschöpft durch das Gesicht. Immer wieder ging mir Konstantins Satz durch den Kopf und ich schämte mich, dass es mir so offensichtlich anzusehen und ich gleichzeitig zu feige war, meine Gefühle von der Freundschaft zu Chris zu trennen.

Die halbe Nacht schlug ich mir mit trüben Gedanken um die Ohren und schlief schließlich auf der Couch ein. Am nächsten Vormittag erwachte ich mit Schmerzen im Rücken und einem schalen Geschmack im Mund. Schwerfällig erhob ich mich und trottete ins Bad, um mich zu duschen und Zähne zu putzen. Dann zog ich mich um.

Ich wollte noch einmal zum Club, in der Hoffnung, dass mir dort irgendwer meine Jacke herausgeben konnte, an die ich bei meiner Flucht nicht einen Gedanken verschwendet hatte. Zu meinem Glück traf ich auf den Besitzer des Clubs, der gerade Feierabend machen wollte und bekam, nach einer kleinen Diskussion und einem genervten Seufzen, meine Jacke und fuhr zurück.

Für einen Moment überlegte ich, einfach bei Chris zu halten und mich so lange bei ihm zu entschuldigen, bis er bereit war, mit mir zu reden, doch ich verwarf den Gedanken schnell wieder. Chris war nie aufdringlich gewesen und so wollte auch ich mich ihm nicht aufdrängen. Ich fuhr nach Hause und legte mich noch einmal ins Bett. Das Chaos in mir ließ mich müde sein.

Zwölf

Tage reihten sich aneinander und langsam begannen die ersten Bäume ihr grünes Laubkleid gegen ein bunteres zu tauschen. Ich schlug mir alle möglichen trüben Gedanken um die Ohren, vergrub mich in meiner Arbeit und versuchte, so wenig wie möglich an Chris und den Abend im Club zu denken. Allerdings ohne nennenswerten Erfolg. Er war immer in meinen Gedanken und ich verfluchte mich dafür.

In den letzten vierzehn Tagen hatte ich mich oft dabei ertappt, wie ich ihm eine Nachricht schreiben oder ihn anrufen wollte. Zum Glück konnte ich mich im letzten Moment noch zurückhalten und löschte alle Nachrichten, bevor ich sie senden konnte. Von Chris hatte ich in der ganzen Zeit nichts mehr gehört und ich vermisste ihn schmerzhaft. Die Nächte waren kurz gewesen und ich hatte alle Mühe, dass meine Arbeit nicht darunter litt.

Mit Basti redete ich nur das Nötigste. Er kannte mich zu gut und würde nicht eher mit seinen Fragen Ruhe geben, bis ich ihm alles haarklein erklärt hatte. Nichts, das ich bereit war zu tun. Ich wollte mit niemandem reden, wollte in aller Abgeschiedenheit meine emotionalen Wunden lecken und der angebrochenen Freundschaft hinterhertrauern.

Seufzend lehnte ich mich in meinem Stuhl zurück. Ich hatte in nur knapp fünf Wochen meinen ersten festen Freund und meinen besten Freund verloren. Tief atmete ich durch. Ich war zurzeit einfach zu nahe am Wasser gebaut und musste immer wieder den Impuls unterdrücken, in meine Verzweiflung zu versinken und mich wie ein geschlagenes Tier zurückzuziehen. Die Last auf meinen Schultern wollte einfach nicht kleiner werden.

Mein Blick wanderte auf das Handy auf meinem Tisch und ich biss unsicher auf meiner Unterlippe herum. Ob ich es doch versuchen sollte? Ich griff nach dem Gerät, schaltete den Computer aus und erhob mich. Blind nahm ich mir Schlüssel und Jacke und verließ meine Wohnung. Leichter, warmer Nieselregen fiel und ich nahm mir einen Moment, um meinen Kopf in den Nacken zu legen und das feine Nass auf meiner Haut zu genießen, ehe ich den schmalen Weg zum Supermarkt betrat. Ich hatte einen Entschluss gefasst. Heute würde ich mich vor Chris' Tür stellen und nicht eher weichen, bis er mit mir geredet und ich mich entschuldigt hatte. Von Angesicht zu Angesicht.

Ich kaufte zwei Bier als symbolische Friedenspfeife und nur wenige Minuten später stand ich vor Chris' Haus und klingelte bei seiner Vermieterin. Dabei hielt ich die Hand fest auf den Lautsprecher gepresst, damit dieses unangenehm laute Klingeln mich nicht zu früh bei Chris verriet und er mich womöglich bereits im Hausflur des Gebäudes verweisen konnte.

Freundlich bat ich die alte Frau, mir zu öffnen, und sie kam meinem Wunsch nach. Ich nahm auf der Treppe zwei Stufen auf einmal und blieb schließlich vor der schlichten, weißen Wohnungstür stehen. So schnell, wie ich den Entschluss gefasst hatte, mich mit einem Bier persönlich bei Chris zu entschuldigen, so schnell verließ mich jetzt der Mut und die ersten Gedanken an Flucht kamen mir in den Sinn. Ein paar Mal musste ich tief durchatmen, bis ich genug Selbstvertrauen aufbrachte, an Chris' Tür zu klopfen und zu warten, bis ich seine Schritte in dem winzigen Flur hörte.

Die Tür war dünn genug, dass ich ihn seufzen hören konnte. Er hatte mich also durch den Türspion erkannt.

»Was willst du?«, fragte er und seine Stimme klang entsetzlich müde.

»Mich entschuldigen«, murmelte ich und rieb mir kurz nervös über den Nacken. Dabei hörte ich, wie Chris etwas seufzend an die Tür fallen ließ. Vielleicht seine Stirn. Er hatte nicht versucht, mich zu verscheuchen, also redete ich weiter. »Ich hab dich als Freund gar nicht verdient«, begann ich verlegen.

Ein »Stimmt«, unterbrach mich und ich biss mir auf die Unterlippe.

»Was ich gesagt habe, war Blödsinn!« Ich lehnte mich mit dem Rücken an die Tür und ließ mich an ihr herunterrutschen. Das Bier stellte ich neben mich, denn ich war mir sicher, dass Chris nicht so schnell die Tür öffnen würde und dann würden die Flaschen nur unnötig warm werden.

»Auch das stimmt«, kam es noch immer so müde und erschöpft von dem Mann hinter der Tür.

»Du hast keine Schuld. Das mit James wäre zwangsläufig gegen den Baum gegangen. Da war auf beiden Seiten keine echte Liebe. Ich war nur zu feige, um es einzusehen. Du bist ein so guter Freund und ich bin so … so mies mit dir umgegangen in den letzten Wochen«, sagte ich und nahm mir fest vor, mir alles von der Seele zu reden.

Für einen Moment hielt ich inne und lauschte auf eine weitere Bestätigung. Als diese ausblieb, nahm ich all meinen Mut zusammen.

»Den größten Fehler, den ich gemacht habe, war allerdings, nicht ehrlich gewesen zu sein«, begann ich und spürte, wie ein kühler Schauer über meinen Rücken lief. »Ich kann Sex nicht von Gefühlen trennen. Es tut mir leid. Vielleicht ist es nur eine Schwärmerei und geht wieder vorbei …« In Gedanken war mir dieser Satz so viel leichter von der Seele gegangen, doch nun blieben mir die Worte im Hals stecken und drohten mir die Luft abzuschnüren. Ich schnaufte und lehnte meinen Kopf nach hinten an die Tür.

Als diese langsam geöffnet wurde, sah ich zu Chris hinauf und schluckte hart. Chris sah furchtbar aus. Seine tiefen Augenringe fielen mir als erstes auf und seine Haut wirkte fahl, als wäre er lange krank gewesen. Er trug eine alte, kaputte Jeans und ein Shirt, das er sonst nur zu Umzügen oder bei der Gartenarbeit anzog. Eine gefühlte Ewigkeit sah er auf mich herab und schien mit sich selbst zu kämpfen, ob er mich von seiner Tür vertreiben oder mir sein Gehör schenken sollte.

»Fühlt es sich denn an, wie eine Schwärmerei?«, fragte er tonlos, und fast hätte ich ihm Gleichgültigkeit unterstellt.

»Leider nicht«, flüsterte ich so leise, dass ich hoffte, er hätte es nicht gehört.

Lange sah er auf mich herab, musterte mich und atmete dann ergeben durch, ehe er von der Tür zurücktrat und mich eintreten ließ. Eilig rappelte ich mich auf, wollte nicht riskieren, dass Chris es sich noch einmal anders überlegen konnte, und stellte mich ihm in dem winzigen Flur gegenüber. Er schloss die Tür und lehnte sich an die Wand hinter ihm.

Erneut sahen wir uns an und mir wurde leichter ums Herz. Allein, dass Chris mich nicht wieder weggeschickt hatte, ließ mich hoffen, dass unsere Freundschaft noch nicht vollkommen in zwei Teile gerissen wurde und ich war bereit, jede Kritik und jeden Tadel über mich ergehen zu lassen.

»Du bist ein Riesen-Idiot. Ich hoffe, das weißt du«, begann er und ich senkte schuldbewusst den Blick, ließ mich an der Wand herab, als ich merkte, dass meine Knie langsam weich wurden. Meine Füße stemmte ich an die gegenüberliegende Wand.

»Ich hatte nicht vor, mich in dich zu verlieben«, gab ich zu. »Es ist einfach passiert. Ich fand dich schon immer interessant und du passt leider so hervorragend in mein Beuteschema. Und als du mich dann geküsst hast … Erst hat es sich komisch angefühlt. Vom besten Freund geküsst zu werden, war seltsam. Aber dann …« Ich schüttelte den Kopf. »Keine Ahnung. Es ist einfach passiert und es ist okay, wenn es dir nicht genauso geht. Immerhin war von Anfang an klar, dass wir nur zu Übungszwecken miteinander schlafen. Von irgendwelchen Gefühlen war nie die Rede.«

Erneut seufzte Chris, setzte sich träge in Bewegung und ließ sich auf meine Schienbeine nieder, ehe er die Beine zu einem Schneidersitz verschränkte und mich ansah. Irritiert musterte ich ihn, wie er auf meinen Schienbeinen saß.

»Ich bin so blöd! Genau wie du«, seufzte er und rieb sich die Stirn. »Ja. Du gehörst so gar nicht in mein Beuteschema. Du bist nicht klein genug für einen potenziellen Partner und dazu noch blond.« Beschämt sah ich auf meine Knie, doch Chris' Hand an meinem Kinn zwang meinen Blick wieder auf ihn. »Als ich dich damals kennengelernt habe, hatte ich gleich ein komisches Gefühl. Ich befürchtete, dass du meiner Beziehung mit Joel gefährlich werden könntest … Und ich sollte Recht behalten.«

Schnell griff ich seine Hand und löste mein Kinn aus ihr.

»Ich wollte mich nie zwischen euch drängen«, japste ich und Chris nickte.

»Hast du auch nicht. Aber ich konnte dich einfach nicht mehr aus meinem Kopf bekommen. Du hast mich fertiggemacht.« Nun lehnte Chris sich an die Wand zurück und ließ seinen Kopf in den Nacken fallen. Sein Blick ruhte noch immer auf mir und er sah aus, als ob er mir etwas sagen wollte, dass ich besser nie erfahren sollte. »Eines Nachts rutschte mir dein, statt sein Name über die Lippen. Du kannst dir nicht ausmalen, wie sehr Joel aus der Haut gefahren ist und wie furchtbar erschrocken ich war. Ich konnte mir einfach nicht erklären, wie mir so etwas passieren konnte. Die erste Zeit nach der Trennung habe ich versucht, dich zu hassen. Ich hatte Joel wirklich geliebt. Zwölf Jahre, verdammt! Und plötzlich warst du da und hast mich nach der Trennung auch noch getröstet«, er sah mich ernst an und ich schluckte trocken.

»Die nächsten zwei Jahre habe ich dann versucht, herauszufinden, was mit mir los war und wie du zu mir standst, doch alles, was ich mitbekam, war, dass du mich offenbar nur als deinen besten Freund sahst. Also dachte ich, wenn ich mich nur gut genug von dir ablenke, könnte es funktionieren. Ich dachte, wenn du bemerkst, dass ich ein Aufreißer bin, verändert sich unsere Beziehung und ich könnte dich loslassen.« Plötzlich schüttelte Chris lachend den Kopf. »Ich bin ehrlich entsetzt, dass du nie etwas bemerkt hast. Selbst Konstantin, der dich gar nicht kennt, hat bemerkt, dass ich hinter dir her bin, wie die Maus hinter dem Speck.«

Sein Lachen wurde bitter und verhallte dann. Stille legte sich über uns und ich hörte das Blut in meinen Ohren rauschen. Mein Körper fühlte sich seltsam taub an. Alles war so weit weg, so surreal. Wir konnten doch nicht die letzten Jahre umeinander herumgeschlichen sein, ohne zu begreifen, was los war.

»Warum hast du mir nie etwas gesagt?«, wollte ich wissen und Chris sah mich von oben mit einem Blick an, der zwischen Mitleid und Unglauben schwankte.

»Warum hast du es mir nicht gleich gesagt?«, kam die Gegenfrage und ich konnte nur einen verstehenden Laut von mir geben. »Ich wollte dich eben als Freund nicht verlieren«, sprach er meinen Gedanken aus und beugte sich zu mir herunter.

Erneut fasste er an mein Kinn. Diesmal wesentlich sanfter, und als ich aufsah, spürte ich plötzlich seine Lippen auf meinen und mir blieb der Atem weg. Ich griff nach ihm und zog ihn noch etwas zu mir, um ihn in einem neuen Kuss einzufangen. Es war ein sanfter, ungewöhnlich ruhiger Kuss, der nach nur wenigen Sekunden ein Ende fand.

Chris stand auf und ging seufzend ins Wohnzimmer, ließ sich auf die Couch sacken. Dabei atmete er tief und erleichtert durch. Schweigend stand ich auf, nahm mir die beiden Flaschen und folgte ihm. Alles war gesagt und doch hing eine seltsame Stimmung bleiern schwer in der Luft.

Stumm stellte ich mich vor Chris und reichte ihm eine der Flaschen. Er griff an mir vorbei auf den Tisch, nahm den Flaschenöffner und öffnete beide Flaschen in meinen Händen, ehe er sich eine nahm und einen Schluck trank. Ich beobachtete ihn dabei genau. Die Stille im Raum wurde nur durch seine leisen Schluckgeräusche durchbrochen. Chris sah mich an, als er die Flasche absetzte und sein Blick war wieder dieser eine, den ich nicht deuten konnte.

»Was bedeutet dieser Blick?«, wollte ich wissen, doch Chris gab mir keine Antwort.

Er stellte das Bier vor die Couch und griff nach meinen Beinen. Dabei war er so sanft, dass seine Berührungen mir eine Gänsehaut verschafften. Er zog mich zu sich und ich ließ mich rittlings auf seine Oberschenkel platzieren. Ich stellte mein Bier unangetastet auf den Tisch hinter mich. Seine Finger strichen über meinen Rücken und er zog mich schließlich in eine enge Umarmung. Irritiert ließ ich alles geschehen, erwiderte die Umarmung und senkte meine Nase an seinen Hals. Er roch muffig und allmählich keimte in mir der Gedanke, dass Chris in den letzten Tagen und Wochen mehr gelitten haben könnte, als ich es mir bisher vorgestellte hatte.

Langsam löste ich mich aus der Umarmung und sah Chris an. Seine Haare waren zerwühlt, sein sonst gut gepflegter Dreitagebart verwachsen und seine Augen unterlaufen. Sanft ließ ich meine Finger über sein Gesicht gleiten und küsste ihn. Zärtlich streichelten unsere Lippen sich, bis ich meine Zunge neckend über seine Unterlippe gleiten ließ. Chris öffnete seinen Mund und ich drang ein, lockte seine warme Zunge zum Spielen.

Ganz sanft küssten wir uns. Zärtlich strich ich immer wieder über das abgetragene Shirt und seine Arme und spürte ebenso sanfte Finger, die meinen Rücken entlangwanderten. Da war nur eine winzige Note Erotik, und obwohl ein Teil in mir so viel mehr wollte, glitten meine Finger nicht unter den Stoff seines Shirts. Auch unser Kuss war langsam, gefühlvoll. Dieser Moment hatte etwas ganz

Eigenes, etwas, von dem ich erst jetzt bemerkte, dass ich es immer gesucht hatte. Langsam löste sich Chris und strich mir sanft über die Wangen.

»Wir sollten austrinken, bevor es ganz warm und ungenießbar wird«, raunte er und ich nickte, griff unsere Flaschen und reichte ihm seine.

»Wenn ich trotzdem so bleiben darf?«, fragte ich mit einem leichten Lächeln und setzte meine Flasche an.

Chris zuckte mit den Schultern. »Wenn du trinken kannst, während ich dich kitzle«, murmelte er und fuhr mit seinen Fingerspitzen hauchzart unter mein Shirt und über meine Seite.

Ich spannte mich an und versuchte, bewusst durch die Nase zu atmen, um mich nicht an meinem Bier zu verschlucken.

»Das ist fies«, knurrte ich und Chris zuckte mit einem schelmischen Lächeln erneut mit den Schultern und trank sein Bier.

Seine Finger nahm er jedoch nicht von meiner Seite. Ich lachte leise. Da war sie wieder. Die Leichtigkeit, mit der Chris und ich bis vor dem Angebot miteinander umgegangen waren. Sie war noch immer nur zu erahnen und hatte sich radikal verändert, aber sie war wieder da und ich genoss es in vollen Zügen. Die Anspannung fiel ganz langsam von mir ab.

Dreizehn

Der Abend ging in die Nacht über. Über Stunden hatten wir uns immer wieder geküsst und wortlos Zärtlichkeiten ausgetauscht. Nun stand Chris vor seinem Herd, machte uns Kaffee und ich saß auf meinem Platz auf dem Fensterbrett und brauchte Abstand, um meine Finger bei mir behalten zu können. Ich beobachtete Chris, wie er mir eine Tasse reichte und schlürfte den ersten, heißen Schluck dieses wunderbaren Kaffees.

»Wie umständlich«, murmelte ich und hörte ein Lachen.

»Aber du liebst meinen Kaffee«, spottete er und ich stimmte ihm in Gedanken zu.

Ich liebte dieses besondere Aroma, auch wenn ich mir niemals die Arbeit machen würde. Dieser Kaffee gehörte für mich zu Chris und das würde wohl auch immer so bleiben. Mein Blick wanderte auf die Uhr über der Tür. Kurz nach Mitternacht.

»Ich sollte dann heim. Ich muss morgen noch mal ran«, gab ich von mir und wartete auf ein Urteil von Chris. Würde er mich überreden wollen, hierzubleiben?

»Besser wäre es. Nicht, dass du morgen am Rechner noch einschläfst«, gab er zurück und ich nickte, trank langsam meinen Kaffee aus.

Meine Tasse stellte ich in die Spüle und ging in den Flur, um mir meine Jacke anzuziehen. An der Tür hielt ich noch einmal inne, drehte mich zu Chris, der mir gefolgt war. Er lächelte mich sanft an. Dennoch war ich ein wenig enttäuscht, dass er mich wohl einfach so gehen lassen würde.

Im Bruchteil eines Augenblickes zog ich ihn an mich und wir küssten uns erneut. Innig und doch sanft. Seine Hände glitten in meinen Nacken, meine Finger griffen fest in seine Haare, drängten ihn weiter an mich. Gedämpft hörte ich ihn schnaufen und sein Griff wurde fester, ehe er sich mit einem Ruck löste. Sekundenlang sahen wir uns an.

»Es ist seltsam, oder?«, fragte ich ganz leise und erntete ein schiefes Grinsen.

»Aber ... nicht unangenehm seltsam, oder?«, fragte er.

Schnell schüttelte ich den Kopf und wir versanken in einem neuen Kuss. Ewig hätte ich hier stehen und ihn küssen können, seine Zunge mit meiner streicheln und seinen Körper durch den lädierten Stoff seines Shirts ertasten können. Doch ich schob ihn sanft von mir.

»Wenn wir jetzt nicht aufhören, komme ich gar nicht mehr weg«, mahnte ich, aber selbst in meinen Ohren klang es eher nach einer Aufforderung, als nach einer echten Mahnung. Chris zog mich fest in seine Arme, küsste meine Haare und zum ersten Mal genoss ich es, dass er einen halben Kopf größer war als ich. Etwas, das mich früher nie interessiert hatte. Ich schlang meine Arme um seine Taille und zog ihn noch etwas fester an mich heran.

»Lass uns am Wochenende unseren Tag am See nachholen«, raunte er in mein Haar und ich stimmte sofort zu, ehe ich mich endgültig von ihm löste.

»Das klingt nach einem Date«, spottete ich.

»Könnte man so sagen.«

Chris sah mir nach, als ich die Treppe hinabstieg und das Haus verließ. Der Weg nach Hause fühlte sich länger an, als er war und dennoch konnte ich das leichte Lächeln nicht immer unterdrücken. Zu gut fühlte es sich an. Mein Körper flehte nach Schlaf, doch ich war noch immer aufgekratzt von den Ereignissen der letzten Stunden. Wenn ich ehrlich war, glaubte ich nicht, dass ich in dieser Nacht auch nur ein Auge zubekommen würde.

~ * ~

Der nächste Morgen kam mit sanftem Vogelgezwitscher und ersten orangeroten Streifen, die sich durch das Grau der Nacht zogen. Ich saß bereits an meinem Computer und beobachtete durch das Glas des Balkons, wie der Tag die Nacht vertrieb, bevor ich mit meiner Arbeit fortfuhr.

Ich hatte mich die halbe Nacht im Bett gewälzt und gegen vier Uhr morgens entschieden, dass ich auch arbeiten konnte, wenn ich schon nicht schlief. Nun saß ich an meinem Computer und hatte für ein paar Momente das einzigartige Farbenspiel am Himmel der aufgehenden Sonne genossen. Seufzend erhob ich mich und ging in die Küche, um mir einen frischen Kaffee aufzusetzen.

Während die Maschine vor sich hin blubberte, streckte ich mich ausgiebig, zog den Duft von frischem Kaffee tief in meine Lungen. Sofort waren meine Gedanken wieder bei Chris und seinem ganz speziellen Kaffee.

Mit einem Lächeln auf den Lippen zog ich mein Handy aus der Hosentasche und schrieb Chris eine Nachricht. Bevor ich sie absenden konnte, mahnte mich eine innere Stimme, wie albern es doch sei, Chris zu schreiben, dass ich mir gerade Kaffee kochte und nun an seinen Kaffee denken musste. Also löschte ich diese und wünschte ihm in einer neuen Nachricht einen guten Morgen.

Zügig erhielt ich eine Antwort. Chris schickte ein Foto von sich mit nacktem Oberkörper am reich gedeckten Frühstückstisch sitzend. Er machte einen müden Eindruck. Unter dem Bild stand, dass er aber gleich losmusste. Die Arbeit rief. Wie bei mir. Heute Mittag würde ich in die Firma fahren und meine letzte Arbeit für diese Woche abgeben. Danach würde mein Wochenende beginnen und ich hatte schon sehr genaue Vorstellungen davon, wie es ablaufen sollte.

Mein Handy klingelte und ich erkannte bereits an der Nummer, wer es war.

»Mensch, Basti. Du bist ja früh dran«, begann ich gleich und erntete ein lautes Lachen.

»Wenigstens hört man von dem Totgeglaubten mal was, wa? Junge, ich hab mir ehrlich Sorgen gemacht. Was war denn bei dir los?«

Ein Lächeln stahl sich auf meine Lippen.

»Hatte ein bisschen Stress«, gab ich zu verstehen und hörte ein überlegenes Brummen.

»Wegen Sindy? Die aus der Buchhaltung. Die steht doch total auf dich.«

Nun war es an mir, zu lachen.

»Nein. Mit meinem Freund ... Also jetzt Exfreund«, meinte ich und Basti schnaufte. »Ich weiß«, griff ich jedem möglichen Kommentar vor und seufzte.

»Ich wusste ja gar nicht, dass du einen Freund hattest«, hörte ich von ihm und war ehrlich froh, dass er nicht weiter auf meine Neigung einging.

»Es hat halt nicht sein sollen. Aber das ist okay. Ich habe mich aus dem Chaos rausgebuddelt und nun geht's mir besser«, wiegelte ich das Thema ab und sah auf den Kalender, der auf meinem Schreibtisch stand. »Bist du nächstes Wochenende auch bei dem Seminar?«, wollte ich das Thema in eine andere Richtung lenken.

Basti stimmte schnell zu und fast war ich der Meinung, ihn denken hören zu können. »Wer hat dir denn den Liebeskummer versüßt?«

Seine Stimme klang lauernd und dabei gleichzeitig so, als ob er bereits eine Vermutung hatte.

»Ich weiß nicht, was du meinst«, sagte ich schnell und suchte krampfhaft nach einem unverfänglichen Thema. »Wie geht's deiner Frau?«

»Lenk nicht ab. Ich kann Chris' Parfum bis hierher riechen.«

Ich fühlte mich unangenehm ertappt.

»So ein Quatsch!«, rief ich und schluckte trocken.

»Doch, doch!«, meinte er süffisant.

»Ich habe keine Ahnung, wie du auf diese verrückte Idee kommst.« Das war mein letzter Versuch, es abzustreiten.

»Ich kenne euch beide doch. Wenn es dir schlecht geht, tut er doch alles, damit es dir besser geht. Sicher hat er dich wie eine Glucke durchgefüttert und getröstet«, erleichtert atmete ich auf.

So klang das doch recht unverfänglich und ich stimmte gespielt zerknirscht zu.

»Sag' ich doch. Dafür sind doch Freunde da. Du hättest mir aber ruhig Bescheid sagen können. Ich hätte dich auch unterstützt.«

An Bastis Stimme hörte ich, dass es ihn verletzte, dass ich mich ihm nicht anvertraut hatte.

»Aber du hast doch mit deiner Familie genug zu tun. Ich wollte dich mit so etwas Albernem nicht belasten«, log ich betreten.

Basti brummte erneut und nach ein paar angenehm nichtigen Themen legten wir auf, ich legte das Handy zur Seite und widmete mich wieder meiner Arbeit. Gegen 14 Uhr sammelte ich meine Unterlagen zusammen und fuhr den Computer runter.

Bei strahlendem Sonnenschein kam ich bei der Versicherung an und gab meine Arbeit bei meinem Chef ab.

Wortlos ging ich zu meinem winzigen Schreibtisch und suchte mir meine Arbeit für die nächste Woche zusammen.

»Gut, dass ich dich treffe«, erklang Sindys Stimme neben mir und ich sah sie an. »Hier sind zwei Kunden, die bis Mittwoch ins System eingepflegt werden müssen. Ich habe sie dir mit einem Klebepfeil markiert.«

Interessiert sah ich die beiden Akten durch und fand die beiden Kunden. Die daumengroßen, neonpinkfarbenen Pfeile waren aber auch schlecht zu übersehen.

»Sag mal. Ich habe gehört, dass du ein paar Probleme hattest in letzter Zeit. Kann ich dir da vielleicht helfen? Wir könnten ja mal einen Kaffee zusammen trinken gehen und du erzählst mir alles, hm?«

Sanft strich sie mir über den Arm und sah mich mit einem hoffnungsvollen Blick an. Ich musste ganz schnell aus dieser Situation herauskommen. Bis auf Basti wusste niemand in der Firma von meiner Homosexualität und ich hätte es auch gerne dabei belassen. Also musste eine Lüge her.

»Ich bin vergeben.«

Na gut, ganz falsch war die Aussage nicht.

»Was? An wen? Kenne ich sie?«

Sindy machte den Eindruck, dass sie mir nicht glaubte.

»Es ist noch ganz frisch und war in den letzten Wochen etwas turbulent. Darum wollte ich es nicht an die große Glocke hängen«, murmelte ich. *Außerdem geht mein Privatleben meine Kollegen wohl kaum etwas an*, dachte ich. »Du, ich muss jetzt auch wirklich los. Ich habe noch einen Termin bei der Physiotherapie«, erstickte ich jeden Widerspruch bereits im Keim, nahm meine Akten und verließ schnellen Schrittes das Großraumbüro.

Ich wollte nur noch nach Hause und mein Wochenende beginnen. Ein Lächeln stahl sich in meine Züge, als ich darüber nachdachte, was ich mit den zwei freien Tagen alles anfangen wollte.

Im Auto schrieb ich Chris eine kurze Nachricht, wünschte ihm einen schönen Start ins Wochenende und fuhr los. Dass ich nach wenigen Kilometern im Feierabendstau feststeckte, störte mich wenig. Im Radio lief gute Musik, die Sonne schien und eine sanfte Brise ließ die Hitze erträglich werden. Als ich zu Hause ankam, bemerkte ich, wie verschwitzt ich war und ging direkt ins Bad und unter die Dusche. Das frische Nass wusch den Staub und den Geruch des Tages von meiner Haut und ich nahm mir viel Zeit, um mich zu waschen. Anschließend zog ich mir was Bequemes an und ließ mich auf der Couch nieder. Dass ich einschlief, bemerkte ich nur noch am Rande.

~ * ~

Als ich am nächsten Morgen erwachte, streckte ich mich ausgiebig, um meinen verspannten Rücken wieder beweglich zu bekommen. Einmal mehr musste ich zugeben, dass diese Couch einfach nicht für eine Übernachtung geeignet war. Müde rieb ich mir die Augen und machte mich auf den Weg in die Küche, um mir einen Kaffee zu brühen.

Mein Blick legte sich auf die Uhr an der Wand und ich seufzte leise. Kurz nach sieben Uhr. Viel zu früh für ein Wochenende! Also nahm ich mir die Zeit, setzte mich mit meinem Kaffee an den Tisch und wurde in den nächsten zwanzig Minuten immer wacher. Nach diesem flüssigen Frühstück zog ich mir frische Kleidung an, suchte mir meine Badesachen zusammen und packte alles in einen Beutel, den ich mir anschließend über die Schulter hing. Mit wenigen Griffen nahm ich mein Handy, etwas Geld und den Schlüssel mit und verließ die Wohnung.

Mein Weg führte mich zu Chris' Haus und ich klingelte. Ich wusste, dass ich ihn nicht wecken würde, und war umso erstaunter, dass mir niemand öffnete. Irritiert zog ich mein Handy hervor und sah auf die Uhrzeit. Kurz vor acht. Dann suchte ich seinen Namen in der Anrufliste und wählte seine Nummer. Es klingelte, doch niemand hob ab.

Meine Stirn zog sich in Falten, als ich auflegte und auf das Display starrte. Ich wusste, dass Chris keinen allzu tiefen Schlaf hatte. Zu oft war er des Nachts ans Telefon gegangen. Also konnte nur sein Handy in der Wohnung liegen, während er unterwegs war.

»Wartest du auf mich?«

Erschrocken drehte ich mich um und hielt unwillkürlich die Luft an. Chris kam langsam auf mich zu. Er trug ein ärmelloses, enges Funktionsshirt und eine lockere Laufhose, die über den Knien endete. Ein feiner Schweißfilm lag auf seiner Haut und betonte die Muskeln an den Armen und die Sehnen am Hals.

Heiß!, dachte ich und bemühte mich um ein Lächeln. In seiner Hand hielt er einen durchsichtigen Becher mit Wassermelone, die es beim Chinesen um die Ecke gab.

»Ich dachte, ich hole dich mal zur Abwechslung ab«, sagte ich und sah erneut auf das Handy in meiner Hand.

»Seit wann denn das?«, nuschelte Chris mit einem Stück Melone im Mund und ging an mir vorbei ins Haus. Ich folgte ihm.

»Ehrlich gesagt konnte ich nicht mehr schlafen.«

Chris kicherte und sah mich kurz über die Schulter an, ehe er seine Tür aufschloss und eintrat. Den Becher stellte er in die Küche und ging weiter ins Wohnzimmer, um dort sein Shirt auszuziehen. Stumm beobachtete ich ihn und genoss den Anblick.

»Ich dusche mich jetzt nicht noch«, meinte er und ging ins Schlafzimmer. In Badeshorts und Shirt kam er wieder und stieg in leichte Stoffschuhe. »Wir können«, verkündete er und nahm sich einen Beutel, warf seinen Schlüssel hinein und stellte sich abmarschbereit vor mich.

Ich nickte nur und ging los. Mein Herz schlug noch immer hektisch an meinen Brustkorb und eine kleine Stimme in mir fragte sich, ob Chris mich hatte provozieren wollen.

»Alles okay?«, fragte er mich und ich sah zu ihm. In seinem Gesicht war ein süffisant wirkendes Grinsen. »Du bist so still.«

Ich lächelte knapp und schüttelte den Kopf.

»Ich bin nur noch entsetzlich müde.«

»Soll das heißen, dass du zu mir geschlafwandelt bist?«, fragte er neckend und ich schnaufte amüsiert.

»Vielleicht.«

Vierzehn

Zusammen liefen wir an meinem Haus vorbei und die gewohnte Strecke weiter zum See. Kein Mensch war hier, was wohl auch an den dicken, dunklen Wolken lag, die sich hin und wieder vor die Sonne schoben und mit Regen drohten. Wir legten unsere Decken auf den Sand und ich ließ meinen Beutel fallen, um mich schnell in das kühle Nass zu stürzen. Dieser See hatte für mich immer etwas Beruhigendes, etwas Beständiges. Ich drehte mich auf den Rücken und ließ mich treiben. Dabei beobachtete ich Chris, der mir wesentlich langsamer ins Wasser folgte. Vielleicht lag es auch an der Gesellschaft, dass ich mich hier so wohlfühlte.

»Weißt du noch, wie wir gewettet haben, wer den See öfter durchqueren kann?« Er lachte und nickte.

»Schön blöd waren wir. Ich hatte den schlimmsten Wadenkrampf meines Lebens und dachte, ich saufe einfach ab.«

Ein Grinsen stahl sich auf mein Gesicht. Zu gern erinnerte ich mich an das Jammern, als ich mein Buch weglegen und ihn aus dem See ziehen musste. Plötzlich tunkte Chris mich unter und ich kam mit einem Japsen wieder an die Oberfläche.

»Grins nicht so!«, mahnte er und ich musste lachen.

»Du hast gejammert wie ein kleines Kind, dem man den Schnuller weggenommen hat.«

Lachend machte ich seine Geräusche von damals nach. Chris verzog gespielt den Mund.

»Ich habe gegen dich unsportlichen Nerd verloren. Das war ein einschneidendes Erlebnis!«, verteidigte er sich und versuchte, mich erneut unter Wasser zu tauchen.

Schnell entbrannte ein Kampf und entwickelte sich zu einer heftigen Wasserschlacht, und ich gab mein Bestes, mich zu verteidigen. Blind schlug ich in das Wasser und schluckte sicher selbst mehr davon, als ich Chris entgegenwarf. Mitten in der Bewegung wurde meine Hand abgefangen und ich öffnete meine Augen, blinzelte gegen die Tropfen an, die mir die Sicht verklärten.

Kalte Lippen pressten sich an meine und ich ließ die Augen gleich wieder zufallen. Chris griff nach meiner zweiten Hand und zog sie nach hinten, mich so ganz nah an sich, ehe er meine Hände freigab und ich beide Arme um seine Taille legte. Nur nebenbei stellte ich fest, dass wir uns an den Rand des Sees gespielt hatten. Große Hände strichen mir über den Rücken und zogen meinen Körper noch fester an Chris. Ich sog die Luft ein.

Der Gedanke an die beiden Fetzen Stoff, die unsere Körper trennten, machte mich mehr an, als es in einer dünnen, nassen Badeshorts gut war. Dass er sich nun auch noch sanft gegen mich rieb, half mir nicht gerade, mich zu beherrschen.

»Chris«, flüsterte ich an seine Lippen und spürte sofort eine warme Zungenspitze, die meine Unterlippe nachfuhr.

»Niemand ist hier.«

Da war sie. Diese tiefe, raue Stimme, die mir heiße Schauer über den Körper jagten und mich schwach machte. *Ist das eigentlich immer so oder bin ich nur vollkommen besessen von dir?*, fragte ich mich. Sanft strich ich mit meiner Nase an seiner entlang. Ich wollte ihn locken.

»Ich hoffe doch, dass du von mir besessen bist«, raunte Chris amüsiert und ich stellte überrascht fest, dass ich meinen Gedanken laut geäußert hatte.

Langsam schob er seinen Kopf zu meinem Ohr, biss mir sanft ins Ohrläppchen und ich drückte ihm meine Fingerkuppen in die Haut. Er sollte spüren, was er mit mir machte. Schnell waren seine Lippen wieder an meinen und die freche Zunge brachte mich um den Verstand.

Mit etwas Druck schob mich Chris weiter an den Strand. Im knietiefen Wasser drängte er mich nach unten. Ich folgte willig und ließ mich im Wasser nieder. Endlich spürte ich das vermisste Gewicht. Dass wir an einem öffentlichen Ort waren und uns gegenseitig anheizten, kümmerte mich nur am Rande. Viel wichtiger waren die leidenschaftlichen Küsse, die leisen Geräusche und der schwere Körper, der sich auf mir rieb.

Meine Finger glitten immer wieder über seine nasse Haut. Meine Zähne knabberten an den weichen Lippen. Wie nebenbei verschränkte ich unsere Beine und drängte mich gegen Chris.

»So was! Und das in aller Öffentlichkeit.« Erschrocken fuhren wir auseinander und sahen die ältere Dame an, die offensichtlich mit ihrem Hund spazieren ging. »Wenn das kleine Kinder sehen. Die denken am Ende noch, das wäre normal!«, schimpfte sie.

Meine Wangen begannen zu brennen, als die Scham mich überwältigte und ich wandte meinen Blick ab. Bei meiner Sexualität war ich schon immer empfindlich gewesen. Es war mir peinlich, wenn man mich darauf ansprach und noch schlimmer war es, so erwischt zu werden. Unsicher sah ich zu Chris. Er legte ein charmantes Lächeln auf und setzte sich auf seine Füße. Entschuldigend hob er die Hände.

»Wir haben uns mitreißen lassen«, meinte er und lächelte etwas mehr. »Kommt nicht mehr vor.«

Mit einem entrüsteten Kopfschütteln ging die Dame weiter und murmelte unverständliche Sachen vor sich hin. Ich stützte mich auf meine Unterarme und musterte Chris genau.

»Dass du da so ruhig bleiben kannst.«

Er sah mich an und schenkte mir ein sanftes Lächeln.

»Kann ich nicht, aber ich will diesen homophoben Leuten nicht noch mehr Angriffsfläche geben.« Langsam beugte er sich zu mir herunter und setzte mir einen sanften Kuss auf die Lippen und anschließend auf die Stirn. »Mach dir keinen Kopf. Leider ist es schwer, solche Menschen zu ändern. Aber wenn wir sie nicht in unser Leben lassen, berühren sie uns auch nicht«, flüsterte er und ich beruhigte mich etwas. »Wir sollten bald heim. Es beginnt sowieso gleich zu regnen.«

Ich nickte und wartete, bis Chris aufgestanden war, ehe ich mich erhob und aus dem Wasser kam. Die Wolken hatten sich verdichtet und am Horizont konnte man den kommenden Regenschauer bereits erkennen.

»Wenigstens werden die Leipziger vor uns nass«, spottete ich.

Chris grinste als Antwort und begann sich trocken zu reiben. Auch ich trocknete mich ab und zog mich um, als das erste Grollen zu hören war. Lange würde das Gewitter nicht mehr auf sich warten lassen. Wir packten unsere Sachen zusammen und machten uns gemütlich auf den Heimweg.

Hin und wieder huschte mein Blick auf seine Hand. Ob ich danach greifen sollte? Ich war unsicher, dennoch ließ ich meine Finger wie zufällig an seiner Hand entlangstreichen. Chris griff nach meiner Hand und ein Lächeln entstand auf meinen Lippen. Nie hätte ich gedacht, dass ich jemals Hand in Hand mit einem Mann durch die Straßen laufen würde.

Ein Stadtfest war etwas anderes. Niemand achtete in dem Gedränge auf fremde Hände. Auf einer fast menschenleeren Straße hingegen war es weitaus auffälliger. Doch ich genoss es. Die Wärme und die Nähe. Verlegen verschränkte ich unsere Finger ineinander und lächelte still. Chris umgriff meine Hand fest. Mein Herz schien zu stolpern. Mit James hatte sich diese besitzergreifende Geste nicht so gut angefühlt. Ein lautes Krachen riss mich aus meinen Gedanken und der schlagartig eintretende Schauer ließ mich zusammenfahren.

»Verdammt!«, fluchte ich und versuchte, mich mit beiden Händen und dem Beutel vor dem Regen zu schützen, doch binnen Sekunden war ich bereits völlig durchnässt.

»Bis zu dir ist es nicht mehr weit«, gab mir Chris zu verstehen und ich nickte nur.

Wir rannten durch den rauschenden Regen. Die Tropfen schlugen auf die Erde und spritzten den Matsch an meine Beine. Meine Schuhe waren undicht und ich war der Meinung, das schlürfende Geräusch trotz des Regens zu hören. An meinem Wohnhaus angekommen, schloss ich auf und war froh, endlich im Trockenen zu sein.

Chris ging an mir vorbei und das Geräusch seiner nassen Schuhe hallte im Haus wider. Ich folgte ihm die Treppe hinauf und trat mir die Schuhe von den Füßen. In der Wohnung lauschten wir einen Moment lang den Tropfen, die an die Scheiben trommelten.

»Wir sollten ganz dringend in die warme Wanne. Sonst wird noch einer krank«, meinte Chris und ich nickte, schaltete das Licht im Flur an. Das Unwetter hatte den Tag zur Nacht gemacht.

»Willst du zuerst?«, wollte ich wissen.

Ein Blitz zuckte vor dem Fenster und mit einem Mal war es wieder dunkel. Irritiert bemühte ich den Lichtschalter, doch nichts tat sich. Chris sah nach dem Sicherungskasten und ich holte ein paar

Kerzen, stellte sie um die Wanne herum auf, zündete sie an und ließ das Wasser ein.

Kalte Finger strichen über meine Seiten, schoben sich unter mein nasses Shirt.

»Der Strom ist für eine ganze Weile weg. Lass uns einfach baden und dieses Unwetter abwarten«, flüsterte Chris.

Ich richtete mich auf und drehte mich in seinen Armen. Angenehme Schauer folgten den Fingerspitzen, die sich weiter über meine Haut schoben. Ein Lächeln stahl sich auf meine Lippen und ich legte meine Arme um seinen Nacken, um meine Stirn an seinen Hals zu lehnen. Zärtlich fuhr ich ihm durch das nasse Haar und über die breiten Schultern, sog seinen Geruch tief ein und schwelgte in den Berührungen, dem Duft und meinen Empfindungen. Chris bewegte sich und ich hob meinen Kopf. Sofort empfingen mich warme Lippen und ich schloss die Augen, als ich meine Zunge über seine Lippen gleiten ließ. Er schmeckte so gut.

Wir küssten uns voller Gefühl. Unsere Zungen streichelten sich und ich zog immer ungeduldiger an seinem Shirt, wollte endlich seine Haut wieder an meiner spüren. Nichts war mir in diesem Moment wichtiger. Chris löste sich und zog sich grob das klebrig nasse Shirt vom Körper. Mit meinem ging er ebenso unsanft um. Eng umarmte er mich und küsste mich erneut.

Sofort ging ich auf den gröberen Umgang ein und biss ihm leicht in die Unterlippe, während meine Finger sich an seiner Hose zu schaffen machten. Mein Atem wurde flacher, als auch er an meiner Hose zugange war und unsere Körper nur einen Augenblick später nackt aufeinandertrafen. Ein leises Seufzen konnte ich nicht unterdrücken. Chris löste sich von mir und stellte das Wasser aus, ehe er mich mit einem lustvollen Blick ansah.

»Rein mit dir!«

Heiße Schauer liefen mir über den Rücken und für einen Moment überlegte ich, was er mit diesem Blick und der dunklen, rauen Stimme wohl alles von mir verlangen konnte.

Ich stieg in die Wanne und setzte mich. Der Überlauf in meinem Rücken gluckerte leise, als auch Chris sich ins Wasser ließ und sich mit einem entspannten Seufzen und geschlossenen Augen zurücklehnte. Seine Ellen lehnte er auf den Rand. Diese Geste wirkte raumfordernd, doch ich fühlte mich keineswegs beengt. Mein Blick glitt über ihn, blieb hin und wieder an dem Spiel von Licht und Schatten hängen, das der Schein der Kerzen auf seine Haut zauberte. Ich spürte, wie mein Herz schneller schlug, mit jeder Sekunde, die ich hier saß, und schob mich auf die Knie.

Chris' Haltung wirkte so einladend auf mich, dass ich dem lautlosen Lockruf folgen musste. Langsam beugte ich mich über ihn, war bemüht, ihn nicht mehr als nötig zu berühren und stützte mich an Wand und Wanne ab. Mit einem seichten Lächeln öffnete Chris ein Auge und sah mich an.

»Sehnsucht?«

Es war fast ein Schnurren. Mein Mundwinkel zuckte kurz, dann küsste ich ihn bestimmt. Ich konnte nicht mehr warten, wollte nicht auf ihn verzichten. Warum auch? Die Lippen, die sich fest gegen meine pressten, die Arme, die mich besitzergreifend umfingen und der warme Körper, der sich verlangend an mich drängte, gehörten mir. Dieser Mann war meiner! Seine Küsse und Geräusche galten mir. Warum also sollte ich mich zurückhalten?

Mit meiner Zungenspitze strich ich über Chris' Unterlippe und drang in seinen Mund ein, lockte seine Zunge zum Spielen, zum Streicheln. Unser Kuss wurde schnell leidenschaftlicher. Meine Finger glitten über straffe Haut und durch nasses Haar.

Auch Chris war nicht untätig. Er streichelte mir über den Rücken, die Arme, die Beine, platzierte mich rittlings auf seinen Hüften. Ich keuchte, als ich seine Erregung an meiner Haut spürte. Nur wenige Zentimeter löste ich mich und sah an mir herunter. Noch nie war ich so schnell erregt gewesen, und ein wenig schämte ich mich dafür. Eine Hand wanderte von meinem Bauch über meine Brust und meinen Hals zu meiner Wange und zwangen mich, Chris in die Augen zu sehen.

»Alles ist gut«, flüsterte er und ich entspannte mich ein wenig. »Du bist mir das Wichtigste.«

Dabei zog er mich wieder näher an sich und küsste mich sanft. Ich musste lächeln und ließ meine Finger über die Hand wandern.

»Tut mir leid, dass ich so unsicher bin«, murmelte ich und für einen winzigen Moment hörte ich James' Stimme in meinem Kopf, dass es nicht einen Grund zur Unsicherheit gab, der nicht völlig absurd war, wie albern dieses Verhalten war und warum ich mich so anstellte.

Chris streichelte mich mit seinem Daumen.

»Das ist schon okay. Ich bin auch nervös.« Überrascht sah ich ihn an und er grinste verlegen. »Ich hab solche Lust auf dich, dass ich mich kaum noch zurückhalten kann. Aber ich will dich nicht überfallen. Ist für uns beide 'ne komische Situation, oder?«

Ich nickte leicht und lächelte etwas. Es half mir, zu wissen, dass auch Chris sich noch nicht ganz so einfach auf unsere Situation einstellen konnte. Sanft küsste ich ihn.

»Ich liebe dich«, raunte ich.

Augenblicklich wurde ich in einen inbrünstigen Kuss gezogen und fest umarmt. Dabei hörte ich eine leise Erwiderung meiner eigenen Worte und ein Knoten schien sich in mir zu lösen. Ich wollte mehr. Mehr als die Finger auf meiner Haut und die leisen Geräusche unserer Küsse. Ich wollte mehr von der Leidenschaft und der Erregung, die sich durch meinen Körper zogen und an meiner Geduld rissen.

Fordernd strichen meine Hände über seinen Körper und verlangten leise nach mehr. Freche Finger strichen über meinen Po und drangen nacheinander in mich ein. Ein Stöhnen löste sich aus meiner Kehle und ich lehnte meine Stirn an Chris' Schulter. Ich hatte dieses Gefühl vermisst, ihm so nahe zu sein. Ganz gab ich mich dem Genuss hin. Mein Körper zitterte, als ich versuchte, Chris zu küssen. Seine freie Hand glitt in meinen Nacken, streichelte und kraulte mich.

Mit einem Ruck setzte er sich mit mir auf, küsste meinen Hals und ließ seine Zungenspitze langsam über die empfindliche Haut meiner Kehle gleiten. Wie aus weiter Ferne hörte ich das hilflose Zischen einiger Kerzendochte, als sie mit einem Schwall Wasser gelöscht wurden. Doch ich hatte keine Zeit, sie zu bedauern. Die frechen Finger entzogen sich mir und auch Chris' Lippen verschwanden. Schwer atmend sah ich ihn an und er schien nur darauf gewartet zu haben. Langsam setzte er mich auf seine Erregung und drang allmählich tiefer. Mir stockte der Atem und ich grub meine Nägel in seine Schultern. Gleichzeitig war ich froh über die Stütze in meinem Nacken und an meinen Hüften. Chris führte mich, hielt mich. Ich hörte sein schweres Schnaufen und sah ihn an. Ich wollte das von Lust verzogene Gesicht sehen, das mir so gefiel.

»Gott, Christoph!«

Seine Worte glichen mehr einem Keuchen als echten Worten und jagten mir heiße und kalte Schauer über den Körper. Energisch küsste ich ihn, fing seine Geräusche ein. Seine Zunge umgarnte meine und ich fing langsam an, mich auf Chris zu bewegen. Schnell wurden unsere Geräusche lauter, unsere Bewegungen fahriger, schneller. Der Rest der Welt wurde für mich unwichtig. Mein Verstand verschwamm, mein Gefühl für Zeit ging verloren.

Chris' Hände schienen überall gleichzeitig zu sein und seine Nägel zogen heiße Spuren, als er stöhnend kam. Mein Höhepunkt jagte durch mich hindurch. Ich verbiss mir einen Schrei in seiner Schulter, zog ihn fester an mich und ließ mich mit geschlossenen Augen auf den Wellen meines Höhepunktes treiben. Mein Atem ging schwer, mein Puls raste. Es war fantastisch.

Einige Zeit verging, bis ich wieder im Hier und Jetzt ankam und verzeihend einen Kuss auf Chris' Schulter setzte. Der Raum war so gut wie dunkel. Vielleicht brannten noch ein oder zwei Kerzen und doch erkannte ich die Abdrücke meiner Zähne auf seiner Haut.

»Tut mir leid.«

Es war nur ein Wispern. Mehr Kraft hatte meine Stimme noch nicht wiedererlangt. Chris lehnte sich etwas zurück und sah mich an. Er sah fertig aus. Seine Haare waren zerwühlt.

»So grob sind wir noch nie miteinander umgegangen.«

Seine Stimme zitterte und ich musste leise lachen, ehe ich ihn ganz sanft auf die Lippen küsste. Dabei lehnten wir uns in die Reste unseres Badewassers. Scharf zog ich die Luft ein, als das Wasser meinen Rücken berührte. Ein leises: »'Tschuldige«, kam von Chris und ich lehnte meinen Kopf an seine Schulter, während er frisches, warmes Wasser nachlaufen ließ. Es war eng, so in dieser Wanne zu liegen und die Striemen an meinem Rücken brannten, doch ich war zufrieden.

Fünfzehn

Chris schaltete das Wasser ab und küsste meine Haare. »Kannst du mir eine Frage beantworten?«, wollte er ganz leise wissen und ich nickte nur. »Warum hast du es dir letztens in meiner Dusche gemacht?«

Kurz hielt ich die Luft an. Noch immer war es mir peinlich, dass er mich gehört hatte. Und dass ich nun nackt auf ihm lag, verbesserte meine emotionale Lage nicht gerade.

»Weißt du doch«, nuschelte ich und erntete ein Seufzen.

»Den wahren Grund. Du hattest schon öfter Probleme, als du bei mir warst, aber nur dieses eine Mal hast du dich deswegen angefasst.«

Nun war ich froh, dass es so dunkel im Raum war. So konnte Chris meine Verlegenheit nicht sehen.

»Weil …« Ich überlegte, wie ich es beschreiben sollte. »Weil du mir so nahegekommen bist. Ich musste von dir weg, sonst wäre dir vielleicht aufgefallen, dass mich deine Nähe nervös gemacht hat. Aber alles in der blöden Dusche hat nach dir gerochen und die Erinnerungen an das, was wir getan haben, waren mit einem Mal wieder da.« Eilig rasselte ich die Erklärung herunter und für lange Momente herrschte Stille.

»Ich habe deine Unsicherheit bemerkt und hatte gedacht, wir könnten uns näherkommen. Aber ich habe nicht verstanden, warum du erst vor mir fliehst und dann so etwas tust. Jetzt ergibt es wenigstens etwas Sinn.«

Ein neues Schweigen trat ein. Damit schien das Thema beendet zu sein und ich konnte mich wieder entspannen. Ich schloss meine Augen und konzentrierte mich ganz auf den ruhigen Herzschlag unter meinem Ohr, um meinen eigenen zu verlangsamen. Warme

Fingerspitzen strichen mir über den Rücken und entspannten mich weiter.

~ * ~

Ein Klingeln ließ mich zusammenfahren. Irritiert sah ich mich um. Ich lag in meinem Bett und die Abendsonne schien in mein Schlafzimmer. Müde wischte ich mir durch das Gesicht und setzte mich auf. Mein nächster Blick gehörte meinem nackten Körper. *Wie bin ich denn ins Bett gekommen?*, fragte ich mich, als es ein zweites Mal klingelte. Dieses Mal länger, drängender und aus einem Impuls rief ich entrüstet: »Ja doch!«, stand auf, zog mir nur eine Shorts über und ging eilig zur Tür. Ein schneller Blick glitt durch meine Wohnung, doch die schien verwaist. Ich nahm den Hörer ab.

»Was?«, murrte ich, doch ich verstand den Störenfried nur schlecht.

Hin und wieder gab es Rückkopplungen im Gegensprechsystem und man verstand nur Rauschen. Ein Problem, das die Hausverwaltung auch nach dreizehn Technikerterminen noch immer nicht beheben konnte. Wir Hausbewohner hatten uns längst daran gewöhnt, also öffnete ich die Tür und wartete, was passierte. Ich rieb mir ein Auge und fand einen Zettel, der neben der Tür klebte.

Du bist eingeschlafen und ich habe dich ins Bett
gebracht, damit du mir nicht doch noch krank wirst.
War gar nicht so leicht, ohne dich dabei zu wecken.
Übrigens: Ich wusste gar nicht, dass du so laut
schnarchen kannst.

Chris

Mir war gar nicht bewusst gewesen, dass ich schnarchte. Kurz schüttelte ich den Kopf. Sicher wollte Chris mich nur etwas ärgern. Dennoch. Für mich kein Grund, nach diesem Nachmittag einfach so zu verschwinden. Umso erstaunter war ich, als Chris mit zwei Tüten die Treppe heraufkam, mich gründlich musterte und dann wissend angrinste. Verlegen trat ich in die Wohnung zurück und er folgte mir, drückte mit dem Fuß die Tür ins Schloss.

»Hat mein Träumer also bis jetzt geschlafen, ja?«

Ich lauschte dem sanften Spott in seiner Stimme, als er die Tüten auf die Kommode stellte, und schon im nächsten Moment spürte ich seine Hände an meinen Wangen und ich trat einen Schritt auf ihn zu, um ihn zu küssen. Innerhalb des Bruchteils eines Augenblicks wurde dieser Gedanke der wichtigste von allen. Chris zu küssen, ihn an mich zu ziehen und seinen warmen Körper wieder an meinem zu spüren. Ich hätte nicht gedacht, dass mir seine Nähe einmal so wichtig werden konnte. Wir küssten uns lange und zärtlich. Es war herrlich und ich war ehrlich enttäuscht, als Chris sich von mir löste. Auch jetzt grinste er mich schelmisch an und griff in eine der Tüten. Hervor zog er Lasagneplatten.

»Ich habe beschlossen, wir kochen uns was Leckeres und sehen dann noch einen Film, bevor wir endgültig ins Bett verschwinden.«

Ich nickte stumm. Dieser Plan klang hervorragend! Nicht nur, dass Chris gut kochen konnte und ich mich bereits jetzt auf das Festmahl freute. Er würde auch über Nacht bei mir bleiben.

Chris nahm seine Tüten und ging in meine Küche. Ich hingegen verschwand im Schlafzimmer und zog mir eine Jogginghose und ein Shirt über, ehe ich mich zu ihm gesellte. In der Zwischenzeit hatte er begonnen, die Sauce für die Lasagne zu kochen. Das Hackfleisch brutzelte in der Pfanne und der Geruch zog allmählich durch die Küche.

»Das riecht schon richtig gut«, machte ich mich bemerkbar und trat von hinten näher an ihn heran.

Wie von selbst legten sich meine Hände auf seine Seiten und strichen nach vorn auf seinen Bauch. Schon wieder trug Chris ein Hemd und es reizte mich ein wenig, einen Finger unter die Knopfleiste zu schieben und seine warme Haut zu ertasten. Doch ich hielt mich im Zaum, verschränkte meine Finger einfach vor seinem Bauch ineinander und lehnte meine Stirn an seinen Nacken. Ich schloss die Augen und konzentrierte mich auf jede einzelne Bewegung in dem Körper vor mir. Ich roch die Zwiebeln, die Tomaten und den Knoblauch, hörte das Zischen, als Chris alles mit Rotwein ablöschte und mir lief das Wasser im Mund zusammen.

»Du musst mir schon ein wenig helfen. Falls es dir entgangen sein sollte: Kuscheln ist der Lohn, nicht die Arbeit«, neckte Chris mich und ich löste mich schwerfällig von ihm.

»Was soll ich machen?«, fragte ich und er hielt mir die Platten entgegen.

»Wir stapeln jetzt«, verkündete er und goss die erste Schicht Sauce in eine Auflaufform. Nachdem wir die Lasagne gestapelt hatten, stellte ich den Backofen ein und schob die Auflaufform hinein.

»Und jetzt?«, fragte ich eher mich, doch Chris antwortete mir, indem er mich an sich zog, an die Arbeitsplatte drängte und mich gierig küsste.

Willig erwiderte ich den Kuss, zog ihn noch enger an mich. Ein solches Verhalten kannte ich von ihm nicht, aber es gefiel mir, wie seine Hände über meinen Rücken strichen, sein Haar zwischen meinen Fingern entlangglitt. Immer wieder knabberte ich an seiner Unterlippe, streichelte seine Zunge mit meiner und Chris schnaufte zufrieden. Ich genoss es, hier mit ihm zu stehen, uns zu streicheln und Zärtlichkeiten auszutauschen. Da war kein sexuelles Verlangen. Nur Nähe, Liebkosungen und etwas Romantik.

Der Herd piepte und ich löste mich von Chris. Für ein paar Sekunden sahen wir uns an, ehe ich meine Stimme wiederfand.

»Wir sollten den Tisch decken«, flüsterte ich, während er noch immer sanft mit meinen Fingern spielte.

Ich stahl mir einen Kuss und schob mich zwischen Chris und der Arbeitsplatte hervor, um den Tisch zu decken und mich zu setzen. Chris trug das Essen auf. Still aßen wir und sahen uns nur hin und wieder an, dennoch lag irgendetwas in der Luft. Das konnte ich spüren. Ich hatte nur keine Ahnung, was es war, denn den Rausch hatten wir ja bereits vor Stunden ausgelebt. Aber da war noch etwas anderes. Etwas, das mir Gänsehaut verschaffte.

Nach dem Essen räumten wir den Tisch ab und setzten uns auf die Couch, um den Film zu sehen. Nach ein paar Minuten lehnte ich mich an Chris und drängte ihn in das Polster zurück, um meinen Kopf auf seine Brust betten zu können. Sein Herzschlag beruhigte mich, dabei hatte ich nicht das Gefühl gehabt, aufgeregt gewesen zu sein. Sanft strichen mir Chris' Finger immer wieder über den Rücken und durch die Haare und ich schloss hin und wieder die Augen, um es zu genießen.

»An die kürzeren Haare muss ich mich wirklich wieder gewöhnen. Seit, ich glaube, es waren acht Jahre, kenne ich dich nur mit langen Haaren. Aber es sieht gut aus.«

Ich fühlte mich geschmeichelt, sagte aber nichts dazu und sah weiter auf den Fernseher. Den Film hatte ich schon hunderte Male mit Chris gesehen. Erst im Kino bei einer Classic-Night, dann immer wieder bei einem DVD-Abend. Ein kriegerischer Außerirdischer mit Dreadlocks kam auf die Erde und landete im Dschungel Mittelamerikas. Dort trifft er auf eine Gruppe Menschen und jagt sie mit Wärmesicht, chamäleonähnlicher Tarnung und Sprachimitation, um sie zu töten. Zu meinem Geburtstag vor drei Jahren hatten wir uns betrunken und dann den Film ohne Ton gesehen, um ihn selber synchronisieren zu können. Ich hatte an dem Abend viel Spaß.

Nach dem Abspann erhob ich mich langsam und streckte mich ausgiebig.

»Mein Vater würde sagen: Jetzt noch eine rauchen und ab ins Bett. Fast blöd, dass wir nicht rauchen, oder?«, murmelte ich vor mich hin und stand auf.

»Hattest du eigentlich mal wieder besseren Kontakt mit deinem Vater? Oder deiner Mutter?«

Ich schüttelte den Kopf.

»Nicht, seit ich mich vor ihnen geoutet habe. Meine Schwester ist glücklich in Australien und hat mit der Familie auch nicht mehr viel zu tun und meine Mutter … na ja, du kennst sie ja«, gab ich tonlos zurück. »Es gab eine Zeit, da tat der Gedanke daran noch weh, dass meine Mutter lieber zu ihrem Mann hielt, damit sie mit ihm nicht diskutieren muss. Aber nun. Ich habe meine Freunde und meine Arbeit und komme gut zurecht.« Lapidar zuckte ich mit einer Schulter und Chris sah mich nachdenklich an. »Außerdem habe ich ja deine Mutter, die mich verhätschelt, als wäre ich ihr eigener Sohn, und deinen Vater, der mich damit aufzieht, dass ich von Autos keine Ahnung habe«, grinste ich.

In wenigen Schritten war Chris bei mir und umarmte mich.

»Es ist wichtig, zu wissen, dass man nicht allein ist. Du weißt, dass du jederzeit bei meinen Eltern willkommen bist, auch wenn sie jetzt in Leipzig wohnen. Und bei mir.«

Er sah mich an und ich nickte. Es tat wirklich gut, jemanden zu haben, dem man nahestehen konnte. Nicht nur wegen der leckeren Marmeladen, die Chris' Mutter machte.

»Wie werden sie wohl reagieren, wenn wir ihnen zusammen über den Weg laufen?«, fragte ich, doch Chris legte nur seine Lippen auf meine Stirn.

»Das werden wir sehen, wenn es soweit ist. Mach dir darüber keine Gedanken. Sie werden sich sicher darüber freuen. Und nun lass uns ins Bett gehen. Dein Kopf ist schon ganz warm vom vielen Denken und braucht eine Pause.«

Kurz nickte ich und ging ins Schlafzimmer. Mein Körper rief nach Schlaf und ich konnte mir nicht erklären, woher dieses Bedürfnis kam. Allerdings wollte ich darüber auch nicht wirklich nachdenken, denn ich konnte die aufkommenden Kopfschmerzen bereits erahnen. Ich zog mich aus und legte mich mit einem Seufzen ins Bett. Warme Arme umfingen mich und Chris schmiegte sich eng an mich.

»Wir haben hier zwei Kissen«, neckte ich ihn.

Chris brummte unwillig, griff hinter sich und warf sein Kissen mit Schwung in den Flur.

»Ich weiß gar nicht, welches zweite Kissen du meinst«, murmelte er und ich musste lachen.

»Idiot!«

Sanft küsste er meinen Nacken. »Selber.«

Es dauerte nur wenige Minuten, bis ich in einen erholsamen Schlaf sank. Dennoch wurde ich am nächsten Morgen nur sehr schwer wach. Ich war nicht müde, hatte am Vortag weiß Gott genug geschlafen. Es war die Wärme und das angenehme Gefühl, nicht allein im Bett zu sein, das mich immer wieder in eine Art Dämmerzustand zog. Ich spürte die Bewegungen neben mir und drehte mich langsam um. Chris hatte sich aus dem Bett herausgebeugt und setzte sich nun mit einem Buch in der Hand auf, ehe sein Blick auf mich fiel.

»Guten Morgen.«

Ich lächelte nur und beobachtete ihn, wie er das Buch an der Stelle mit dem Lesezeichen aufschlug, sich wieder hinlegte und kurz die Zeilen überflog.

»War klar, dass du so einen dicken Wälzer neben dem Bett liegen hast«, spottete er.

Dann sah er kurz zu mir und hob einladend einen Arm. Etwas irritiert legte ich meinen Kopf auf seine Schulter und ließ mich von dem Arm einfangen.

»Wo hast du aufgehört?«, wollte er wissen und ich deutete auf die Zeile.

Ohne Umschweife begann Chris mir vorzulesen. Seine Stimme vibrierte in seiner Brust. So verbrachten wir den Großteil des Sonntages im Bett und ich genoss jede Minute davon. Da war keine Eile, weil man zu bestimmten Zeiten essen musste. Wir aßen, wann wir wollten, und das im Bett. Das graue Einerlei vor dem Fenster, das sich hin und wieder mit Regen abwechselte, interessierte mich nur am Rande. Meine Welt war perfekt.

»Und wenn sie nicht gestorben sind, leben sie noch heute«, sagte Chris, als er das Buch zuschlug.

»Aber die Hauptcharaktere sind alle gestorben«, gab ich zu bedenken.

»Aber die alte Frau und die Katze nicht. Und die leben jetzt zusammen in dem kleinen Haus.«

Ein entschlossenes Nicken und ich hatte keine andere Wahl, als ihm stumm zuzustimmen. Ich streckte mich ausgiebig und setzte mich auf. Freche Finger liefen über meinen Rücken und ich sah über die Schulter. Das übermütige Lächeln ließ mich erschaudern.

Langsam setzte Chris sich auf und küsste meine Schulter. In seinem Blick konnte ich sowohl die Gier als auch etwas Fragendes erkennen. Ich fühlte mich auf angenehme Weise umworben und wusste, ich konnte jederzeit ablehnen. Langsam drängte ich Chris zurück und küsste ihn, ließ mich auf ihm nieder. Es dauerte nicht lange, bis wir beide in unserer Leidenschaft gefangen waren. Es gab keine langwierigen Diskussionen, wer welchen Part zu übernehmen hatte. Es gab nur uns. Über Stunden wälzten wir uns durch die Laken, küssten uns und schliefen miteinander, bis wir erschöpft liegen blieben.

»Das hatte ich gar nicht geplant«, keuchte Chris und sah mich an. »Eigentlich wollte ich einen ganz entspannten Sonntag mit dir verbringen. Ausschlafen, irgendwann was essen und dann kuscheln.«

Ich grinste.

»Da ist wohl was schief gelaufen«, kicherte ich und fand mich augenblicklich in einer sanften Umarmung wieder.

Ich spürte seinen schnellen Puls an meiner Haut.

»Können wir noch zwei Tage dranhängen?«, fragte Chris ganz leise und mir wurde flau im Magen, als ich daran dachte, dass er schon bald gehen würde.

Ich schmiegte mich an ihn, zog seinen Duft tief ein. Dann schüttelte ich den Kopf.

»Weißt du, dass wir, wenn wir nur ein paar Dinge anders gemacht hätten, jetzt schon über Jahre hätten zusammen sein können?«, murmelte ich leise.

»Dann lass uns einfach die nächsten Jahre zusammen sein.«

Ein Lächeln zog sich über meine Lippen und langsam löste ich mich von Chris, der sich ebenfalls erhob und sich anzog. Ich folgte seinem Beispiel und er begann, nach einem Blick auf seine Uhr, seine Sachen zusammenzusuchen. In der Tür zog er mich an sich und küsste mich liebevoll auf den Mund.

»Ich melde mich, wenn ich zuhause bin«, raunte er mir zu und verließ meine Wohnung.

Chris war weg und das Einzige, was blieb, war ein merkwürdig ungutes Gefühl.

Sechzehn

Der Montag kam und ging und zog die nächsten Tage mit sich in die Vergangenheit. Ich hatte mir nicht vorstellen können, wie viel Arbeit man als Sekretär einer Anwaltskanzlei haben konnte, aber Chris schrieb mir jeden Abend, wenn er zuhause angekommen war. Dank Überstunden und zwei Stunden Fahrtweg meist zwischen 21 und 22 Uhr. Viel zu spät, um sich noch einmal zu treffen, und ich hoffte, dass wir uns vor dem Seminar am Wochenende noch einmal sehen konnten.

Doch Freitagnacht musste ich diese Hoffnung begraben. Es war bereits kurz nach ein Uhr, als ich das Licht im Bad löschte und mich ins Bett legte. Morgen würde ich früh aufstehen und losfahren. Da war keine Zeit mehr, um Chris zu besuchen. Ich hatte mich gerade zugedeckt, als mein Handy klingelte. Mürrisch überlegte ich, ob ich den Anruf einfach ignorieren sollte, aber mit einem Blick aufs Display entschied ich mich dagegen.

»Chris«, sagte ich, doch es klang mehr wie eine Frage.

»Entschuldige, wenn ich dich geweckt habe …«, fing er an.

»Hast du nicht«, unterbrach ich ihn und hörte ein erleichtertes Seufzen.

»Machst du mir vielleicht die Tür auf? Ich wollte nicht klingeln, falls du schon geschlafen hättest.«

Eilig stand ich auf und ging zur Wohnungstür. Ein kurzer Druck auf den Türöffner und ich hörte parallel, wie Chris das Haus betrat. Erst dann legte ich auf und wartete darauf, dass ich ihn sehen konnte. Chris stieg die Treppen hinauf und sah mich nur erschöpft an, ehe er mich in eine warme Umarmung zog, die ich sofort erwiderte.

»Ich bin so müde«, murmelte er an meiner Schulter und ich strich ihm sanft über den Rücken.

»Was machst du dann hier?«, wollte ich wissen und wurde noch enger an ihn herangezogen.

»Ich will bei dir sein.«

Sanft zog ich ihn in die Wohnung und schloss die Tür mit dem Fuß.

»Aber ich muss morgen früh auf ein Seminar«, gab ich im Flüsterton zu bedenken. Ein Nicken kam als Antwort.

»Ich weiß. Lass uns einfach ins Bett gehen.«

Schwerfällig löste er sich von mir und wir gingen ins Schlafzimmer. Chris zog sich aus und ließ sich stöhnend ins Bett fallen. Leise gesellte ich mich zu ihm und deckte ihn zu, ehe ich mich richtig hinlegte. Ein Lächeln huschte über meine Lippen. Chris war sofort eingeschlafen. Ich schmiegte mich an seine Schulter und ließ mich in Morpheus Arme gleiten.

Am nächsten Morgen erwachte ich, nach einer traumlosen Nacht, auf dem Bauch. Mein Handy weckte mich und ich griff träge danach. Etwas Schweres lag auf meinem Rücken und hinderte mich am Aufstehen. Müde drehte ich den Kopf zur anderen Seite und fand Chris' Gesicht dicht vor meinem. Er schlief noch tief und fest und ich hauchte ihm einen Kuss auf die Nasenspitze, ehe ich mich unter seinem Arm hervorschob und aufstand.

Ein neuer Blick auf die Uhr ließ mich an der Richtigkeit meiner Entscheidung, so früh aufzustehen, zweifeln. Es war gerade kurz nach halb sechs. Leise ging ich in die Küche, machte Kaffee und legte zwei Brötchen zum Aufbacken in den Ofen.

Während die Brötchen warm wurden, zog ich mich an und schrieb Chris einen Zettel, dass er sich ein schönes Frühstück machen konnte und ich mich bei ihm melden würde, wenn ich am Tagungshotel angekommen war. Kurzentschlossen beendete ich die Nachricht mit einem *Ich liebe dich* und legte den Zettel weg, bevor ich es mir anders überlegen konnte. Ich musste mir eingestehen, dass ich unsicher war, ob Chris ein Mensch für solchen Kitsch war. James war es jedenfalls nicht gewesen. Einmal hatte ich eine SMS an ihn so beendet und es war nicht so gut angekommen.

Der Ofen piepste und riss mich aus meinen Gedanken. Ich nahm die Brötchen heraus und machte mir mein Frühstück zurecht. Nichts, was ich oft tat. Meist reichten mir ein Kaffee und eine Banane oder etwas anderes, das schnell ging und wenig Aufwand machte. Aber heute wollte ich ein richtiges Frühstück. Immerhin würde ich später knapp drei Stunden auf der Autobahn und anschließend noch fünf Stunden in einem Seminarraum verbringen müssen. Da brauchte ich ein ordentliches Frühstück.

Mit einem letzten Schluck Kaffee beendete ich mein Frühstück und stellte mein Geschirr in den Geschirrspüler. So leise es mir möglich war, schlich ich ins Schlafzimmer und holte meine Tasche, gönnte mir noch einen Blick auf den entspannt schlafenden Mann in meinem Bett und verließ die Wohnung. In Gedanken ging ich noch mal all die Dinge durch, die ich für die zwei Tage benötigte und stieg ins Auto, um mich auf den Weg zu machen. Kurz vor der Autobahn schaltete ich mein Navigationsgerät ein und ließ mich bis zum Tagungshotel führen.

~ * ~

Schnaufend schaltete ich den Motor ab und sah an dem acht Etagen hohen Gebäude hinauf. Das gehobene Drei-Sterne-Hotel empfing mich mit einer schlichten, modernen Fassade in pastellfarbenem Orange und gepflegten Rosenbüschen mit verschiedenfarbigen Blüten. Ich stieg aus, nahm meine Tasche von der Rückbank und ging zum überdachten Haupteingang des Gebäudes. Auf dem Weg dahin fiel mir Bastis Auto auf. Ein blauer Kombi mit Bastis Initialen im Nummernschild. Vorfreude baute sich in mir auf. Endlich sah ich ihn nach vielen Jahren mal wieder.

»Guten Tag«, wurde ich freundlich von einem jungen Herren in schlichtem Hemd und dunkler Weste am Empfang begrüßt. »Wie darf ich Ihnen weiterhelfen?«

Ich grüßte freundlich zurück und erklärte ihm, dass für mich über meinen Arbeitgeber ein Zimmer gebucht wurde. Nach einem Blick auf den Bildschirm überreichte er mir den Schlüssel für mein Zimmer sowie eine Parkkarte für den separierten Gästeparkplatz und ein Cocktailgutschein. Ich bedankte mich, ließ mir die Richtung weisen und machte mich auf den Weg in mein Zimmer. Im Fahrstuhl lief leise Musik und der Flur auf meiner Etage war mit rotem Teppich ausgelegt, um die Geräusche der Schuhe und Koffer zu dämpfen. An meinem Zimmer angekommen schloss ich die Tür auf und betrat das Doppelzimmer mit innenliegendem Duschbad.

»Na herrlich«, murmelte ich und beanspruchte das Bett am Fenster für mich, indem ich meine Tasche daraufstellte.

Dann öffnete ich die Balkontür und trat hinaus. Aus der dritten Etage hatte man einen guten Blick auf den kleinen See mit angrenzendem Wald. Ich hörte die Tür im Zimmer und wurde nervös und neugierig zugleich. Mit welchem meiner vielen Arbeitskollegen würde ich mir wohl das Zimmer teilen müssen? Ich ging zurück ins Zimmer und war sofort erleichtert.

»Hey! Ich dachte mir schon, dass du das Bett am Fenster willst. Frischluftfanatiker, wa?«

Ich lachte leise und ging auf Basti zu, um ihn herzlich zu umarmen.

»Mann, hast du dich verändert«, gab ich zurück und Basti streichelte sich über den kleinen Bauch.

»Na, ich bin zum zweiten Mal mit meiner Frau schwanger«, spottete er und streckte den Bauch weit heraus. »So sieht sie jetzt aus. Dauert nicht mehr lange.«

Ich beglückwünschte ihn und begann, meine Tasche auszupacken. Dabei sah ich ab und zu nach Basti. Aus dem kleinen, hageren Jungen mit langen Haaren war ein kräftiger Mann mit pflegeleichtem Kurzhaarschnitt und Brille geworden. Nicht unattraktiv. Die paar Kilo mehr standen ihm gut zu Gesicht.

»Wir sollten dann los. Sonst sind die besten Plätze schon vergeben«, sagte er und schob seinen Rollkoffer mit dem Fuß unters Bett. Ich nickte und folgte ihm in den Seminarraum.

»Du kennst dich aus. Warst du hier schon mal?«

Basti schüttelte den Kopf. »Hab mich nur schon mal umgesehen.«

Still setzte ich mich neben Basti, der seinen Platz bereits eingerichtet hatte und zog mein Handy aus der Hosentasche. Über den Messenger schrieb ich Chris eine kurze Nachricht, dass ich gut angekommen war und mir mit Basti ein Zimmer teilte. Alles Weitere würde ich ihm erzählen, wenn ich ein ruhiges Plätzchen gefunden hatte.

Der Raum füllte sich und bald war ich ganz und gar in dem Vortrag über das neue Verarbeitungssystem und Arbeitsanweisungen versunken. Angeblich sollte mit dem neuen System alles einfacher werden, so suggerierte es auch der Name ›EasyPlusSystem‹, doch ich empfand die Umstellungen als zum Teil unlogisch und umständlich.

»Damit werden wir nun bis zur Rente arbeiten müssen«, knurrte Basti neben mir und heftete seinen Blick auf seine Notizen.

»Ich glaube eher, dass da ganz schnell einige Updates kommen, weil es so viele Beschwerden geben wird«, murmelte ich zurück und erntete ein Kichern.

»Wollen wir es hoffen. Ich habe nur nicht den Hauch einer Ahnung, warum sie uns diese elend langen Fragebögen geschickt haben, wenn sie es eh nicht umsetzen.«

Ich schwieg mich aus, denn ich war der Meinung, dass dieses Programm eher für die Versicherungsagenten als für uns geschrieben wurde. Wir mussten uns mit den Neuerungen abfinden. Tief atmete ich durch und lockerte meinen Nacken etwas.

»Sicher wird noch was kommen, damit wir leichter damit umgehen können. Aber jetzt ist es so, wie es ist«, murmelte ich und erhielt ein leises Brummen als Antwort.

Dann blieb Basti bis zur Mittagspause still. Wir aßen zusammen eine Kleinigkeit und stürzten uns in die letzten zwei Stunden des ersten Seminartages, der um sechzehn Uhr sein Ende fand. Müde stand ich auf, um meinen Platz aufzuräumen.

»Sie können Ihre Unterlagen gerne hierlassen. Der Raum wird abgeschlossen und wir finden uns morgen Früh um acht hier wieder ein«, erklärte die Seminarleiterin und ich entschloss mich, meine Unterlagen nur zusammenzuschieben.

»Ich muss jetzt erst mal duschen. Die Hitze macht einen völlig fertig«, meinte Basti und ich nickte zustimmend. Der Raum verfügte zwar über Sonnenschutzrollos, aber er wärmte sich unter der Mittagssonne ordentlich auf.

»Dann gehst du zuerst und ich gehe mal kurz telefonieren«, schlug ich vor und Basti begann, zu grinsen. »Mit wem denn?«, fragte er lauernd und ich schluckte trocken. So schnell fiel mir keine vernünftige Ausrede ein.

»Mit meinem Chef«, log ich und Bastis Grinsen wurde breiter.

»Wie heißt dein neuer Liebling?«

Ich schüttelte den Kopf. »Dir ist wirklich zu heiß. Geh dich abkühlen«, sagte ich hastig und verließ den Raum.

Im Innenhof des Hotels fand ich die Ruhe, die ich suchte und wählte Chris' Nummer. Es klingelte nur zwei Mal, dann hörte ich seine Stimme.

»Hey«, sagte ich und bekam einen ebenso kurzen Gruß zurück.

Dann herrschte Stille. Dabei wollte ich so viel sagen und so gern seine Stimme hören, doch irgendetwas hielt mich davon ab.

»Ist immer noch seltsam, hm?« Seine Stimme war leise und ich musste lächeln.

»Ja. Ich weiß gar nicht, was ich sagen soll«, bestätigte ich.

Erneut entstand eine Pause, in der wir uns anschwiegen.

»Du teilst dir also mit Basti das Zimmer?«

Erleichtert atmete ich aus. Endlich ein Thema.

»Ja«, meinte ich schnell. »Aber ich konnte mir gleich das Bett am Fenster sichern.«

Massierend glitten meine Finger über meinen Nacken und ich seufzte.

»Geht es dir gut?«

Ich nickte. »Ja. Nur dieses ganze Geschreibe und die harten Stühle geht mir auf den Nacken«, beschwerte ich mich und massierte meinen Nacken weiter.

»Dann streich dir mal mit drei Fingern vom Kopf über den Hals zu den Schultern. Ganz sanft und ohne Druck«, erklärte Chris und ich folgte der Order.

»Das tut gut«, murmelte ich und seufzte erneut. Diesmal wohliger.

»Und jetzt mal mit dem Daumen über die Stelle kurz hinterm Ohr. Wieder runter zur Schulter.«

Ich massierte mir nach Chris' Anleitung den Hals.

»Das hilft. Vielen Dank«, flüsterte ich und hörte ein schweres Schlucken am anderen Ende.

»Ist Basti grade da?«, fragte Chris und ich sah mich um.

»Er kommt grade mit zwei Kollegen. Moment.« Ich drehte das Telefon an meinem Ohr so, dass das Mikro zu meiner Schulter zeigte.

»Hey, Christoph!«, wurde ich von Basti angesprochen und sah ihn aufmerksam an. »Wir gehen noch etwas trinken. Willst du mit?«, rief er mir zu.

An meinem Ohr hörte ich Chris Atem.

»Sag nein!«, raunte er mir mit dominant tiefer Stimme zu und ich schüttelte den Kopf.

»Danke. Aber nein. Macht ihr mal!«, rief ich zurück und Basti hob die Hand zum Gruße. Schnell drehte ich ihm den Rücken zu. »Warum habe ich Basti jetzt angelogen?«, zischte ich ins Handy und war ein wenig verärgert über die Bevormundung.

»Weil ich dich will«, kam es wieder mit dieser tiefen Stimme und meine Wangen begannen zu brennen.

»Ich dich ja auch«, murmelte ich verlegen und sah mich um. Auf keinen Fall wollte ich bei so einem Telefonat von einem Kollegen belauscht werden. »Aber ich bin viel zu weit weg«, gab ich mürrisch zu bedenken.

»Kein Problem. Hast du ein Headset?« Ich bejate die Frage unsicher. »Vertraust du mir?« Ich stammelte eine Bestätigung und wurde sofort nervös. Was hatte Chris nur vor? »Dann geh in dein Zimmer und mach es dir bequem.«

Seine Stimme rann wie warmer Honig in meinen Verstand und meine Beine setzten sich ohne mein Zutun in Bewegung, führten mich in mein Zimmer und zu dem weich aussehenden Sessel zwischen meinem Bett und der Fensterfront. Ich legte das Gespräch auf das Headset und ließ mich auf dem Sessel nieder.

»Ich sitze«, gab ich zu verstehen.

»Hast du es auch bequem?«

Ich ruckelte mich in eine bequeme Position und war erstaunt, wie entspannt mein Kopf an der Lehne liegen konnte.

»Sehr.« Meine Stimme passte sich dem leisen Ton an, der in mein Ohr säuselte.

»Schließ die Augen. Entspann dich.«

»Was hast du vor?«, fragte ich.

»Ich möchte, dass es dir gut geht. Wenn es dir nicht gefällt, sag mir einfach Bescheid.«

Ich fand, dass das keine richtige Antwort auf meine Frage war, sagte aber nichts mehr, atmete stattdessen tief durch, um mich zu entspannen, doch es gelang mir nicht.

»'Tschuldige, mein Hals schmerzt«, nuschelte ich und erwartete ein ungeduldiges Seufzen. Dies blieb jedoch aus.

»Kein Problem. Reib' deine Hände schnell aneinander und leg dir eine dann auf die verspannte Stelle. Dann streichst du wieder vom Kopf zur Schulter.«

Ich tat, was Chris von mir verlangte und spürte bereits mit der warmen Hand eine Verbesserung und schloss die Augen.

»Besser?« Ich nickte nur. »Streich dir ruhig noch ein paar Mal sanft über die Stelle.« Ich folgte. »Stell dir vor, ich würde dir den Hals massieren.«

Seine leise und dunkle Stimme in meinem Ohr jagte mir wohlige Schauer über den Rücken.

»Ich bekomme Gänsehaut«, murmelte ich mit geschlossenen Augen und neigte meinen Kopf etwas zur Seite, um meinen Fingern mehr Haut anzubieten. Der Gedanke, dass es Chris' Finger sein könnten, die so sanft über meinen Hals strichen, machte mich ganz wuschig.

»Ist es schön?«

Erneut nickte ich. »Ja.«

»Lass meine Finger über deine Kehle und auf dein Brustbein wandern«, raunte er mir ins Ohr.

Ich war so eingenommen von dem warmen Gefühl, dass ich auf Chris' Wortwahl kaum noch achtete. Langsam und sanft ließ ich meine Finger über meine Kehle wandern, legte den Kopf in den Nacken. Unter den Fingerspitzen ertastete ich die kleinen Bartstoppeln und den Kehlkopf, der zu vibrieren begann, als ich seufzte. Nach der Erhöhung folgte die kleine Kuhle zwischen den Schlüsselbeinen und gleich danach fuhr ich über den Rand des Shirts und über das Brustbein, das sich mit jedem Atemzug meinen Fingern entgegenpresste.

»Was spürst du?«, wurde ich gefragt und biss mir unwirsch auf die Unterlippe.

»Den Stoff des Shirts, mein Herz und meinen Atem.«

Leise hörte ich Chris ausatmen. »Stell dir vor, es wäre meine Brust«, murmelte er und ich leckte mir leicht über die Lippen.

Der Gedanke daran, Chris' breite Brust unter meinen Fingern zu spüren, seine Finger auf mir zu haben, ließ einen heißen Punkt in meinem Bauch wachsen.

»Ich will deine Haut«, murmelte ich.

»Dann nimm sie dir.«

Langsam fuhr ich tiefer. Über den bebenden Bauch und vorsichtig unter mein Shirt. Heiße Haut empfing mich und ein leises Keuchen kam mir über die Lippen. Sofort presste ich mir die andere Hand zur Faust geballt auf die Lippen.

»Chris«, presste ich hervor.

»Ich bin hier. Ich bin hier«, raunte er, schien in einer ebensolchen Ekstase zu sein, wie ich.

Langsam schob ich das Shirt höher, stellte mir die straffe Haut vor, die mich dann erwarten würde und keuchte erneut. Zärtlich strich ich über meine Brust und meinen Bauch und lauschte den erregten Geräuschen, die Chris von sich gab.

»Lass mich dich streicheln«, bat er unter einem leichten Stöhnen.

Ich konnte nichts anders, als den Kopf weiter in den Nacken zu legen, mich den bebenden Fingern entgegenzudrängen, die langsam über meinen Bauch strichen und die Haut unter dem Hosenbund reizten. Ein Stöhnen unterdrückend, biss ich leicht in meine Faust und heiße Schauer erfassten mich, als ich den Knopf an der Hose öffnete.

»Chris«, murmelte ich erneut, nur wenig unsicherer. Was, wenn jetzt jemand klopfte oder mich hörte?

»Alles ist gut, Schatz«, keuchte es lustvoll in meinem Ohr und eine neue Welle Gänsehaut zog sich über meinen Körper.

Langsam öffnete ich meine Hose und befreite die harte Erregung. Ein erleichtertes Seufzen fiel über meine Lippen und ich strich vorsichtig über die empfindliche Haut. Chris' Stimme in meinem Ohr jagte mir immer wieder heiße Schauer über den Rücken und ich verlor mich in meiner Lust. Leise stöhnten wir, keuchten und gaben uns leise Anweisungen, wie wir es am liebsten hatten.

»Etwas schneller«, raunte ich und rieb mich schneller.

»Christoph«, keuchte er drängend und ich leckte mir erneut über die Lippen, ehe ich meine Faust von meinem Mund nahm und sie um meine Spitze schloss. Ich kam mit einem rauen Geräusch und hörte es ebenso bei Chris.

Ich spürte die Wärme an meiner Hand und gab mir noch ein paar Augenblicke mit geschlossenen Augen, ehe ich mich der Realität stellte. Ich war allein in dem Zimmer und mit den Resten meines Höhepunktes. Dennoch.

»Das war gut«, schnaufte er und ich stimmte mit trockenem Hals zu.

»Ich vermisse dich«, murmelte ich und begann mich zu säubern.

»Morgen sehen wir uns wieder. Dann gehört der ganze Abend nur uns«, versprach er mir und ich musste lächeln. Das klang sehr gut.

»Ich würde dich jetzt gern mit unter die Dusche nehmen, aber dann hatte ich die längste Zeit ein Headset«, sagte ich mit einem amüsierten Unterton, wollte nicht weiter in das beginnende Tief sinken.

»Dann leg doch auf«, neckte Chris und das folgende Lachen erhellte meine Stimmung wieder.

»Wir können ja noch schreiben«, bot ich an.

»Klar! Damit du dann die ganze Nacht nicht schlafen kannst, weil wir die virtuellen Finger nicht voneinander lassen können und morgen siehst du aus, wie durch den Fleischwolf gedreht. Was sollen denn deine Kollegen denken?«

Wir lachten und verabschiedeten uns mit liebevollen Worten.

Ich schaltete das Headset aus und ging unter die Dusche. Das warme Wasser tat mir gut und ließ eine angenehme Müdigkeit entstehen. Nach dreißig Minuten trat ich in frischen Shorts und Shirt ins Zimmer und stellte fest, dass ich noch immer allein war. Auf meinem Handy fand ich eine Nachricht von Basti, in der er es bedauerte, dass ich nicht mitgekommen war und dass es sich wohl noch ein paar Stunden ziehen würde.

Mir war es nur recht. Ich wünschte ihm noch viel Spaß und eine gute Nacht. Dann schaltete ich alle Lichter aus und legte mich in das Hotelbett. Es war schmal und ein wenig zu weich, doch für diese eine Nacht würde es gehen. Das Kissen roch nach einem unbekannten Weichspüler. Erneut meldete sich mein Telefon. Eine Nachricht von Chris. Er fragte, ob ich ›es‹ noch nicht gefunden hätte.

Irritiert setzte ich mich auf und fragte ihn, welches ›es‹ er meinte. Sofort erschien ein schelmisch grinsender Smiley und der kryptische Hinweis, dass ich doch mal in meiner Tasche nachsehen sollte. Ich stand auf und sah meine Sachen durch, die ich aus der Tasche in den Schrank geräumt hatte und fand ein Shirt, das eindeutig nicht mir gehörte. Vorsichtig zog ich es hervor und sofort strömte der so sehr vermisste Geruch in meine Nase und beflügelte mein Herz. Mit Chris' Shirt legte ich mich zurück ins Bett und nahm mein Telefon.

»Idiot«.

Mehr schrieb ich nicht. Und als Antwort bekam ich erneut das grinsende Smiley und den kurzen Hinweis, dass er es über Nacht getragen hatte und ob es für mich in Ordnung wäre. Ein kleiner Teil in mir fand es unglaublich albern, ein getragenes Shirt vom Freund zum Schlafen zu tragen. Der andere Teil in mir stand auf solchen Kitsch. Ich zog mein Shirt aus und warf es auf den Sessel, ehe ich mir das wohlduftende Shirt überzog und mich erneut ins Bett legte. Nun roch es nicht mehr so unpersönlich und ich sank in einen tiefen Schlaf.

Siebzehn

Mitten in der Nacht hörte ich, wie die Tür des Zimmers zufiel und ich drehte mich müde um.

»Schlaf weiter. Ich bin auch ganz leise«, hörte ich Basti flüstern und schloss einfach die Augen wieder, bis mich Stunden später lautstarke Musik unsanft aus dem Schlaf riss.

Erschrocken öffnete ich die Augen und blickte auf Basti, der noch immer zu schlafen schien. Eilig setzte ich mich auf und machte Bastis Handy auf dem Nachtschrank zwischen den Betten als Übeltäter aus.

»Basti!«, rief ich, doch nichts tat sich.

»Sebastian!«, rief ich mürrischer, doch auch jetzt tat sich rein gar nichts.

Fluchend griff ich das Handy und stellte den Wecker ab. Nur einen Moment genoss ich die Ruhe, dann stand ich auf und rüttelte an den Schultern des Schlafenden.

»Komm! Wach auf. Dein Handy hat schon das restliche Haus geweckt«, sagte ich, laut genug, dass ich befürchtete, man könnte mich auf dem Flur hören. Träge schlug Basti die Augen auf und rieb sich über das Gesicht.

»Hat mein Wecker nicht geklingelt?«, fragte er und ich schüttelte den Kopf.

»Der hat mich fast taub gemacht. Was hast du denn für einen Schlaf?«

Verlegen lächelte der müde Mann und setzte sich auf, um sich noch einmal über das Gesicht zu wischen.

»Einen tiefen.«

Ich nickte. »Das habe ich gemerkt.« Eng zog ich meine Brauen zusammen, als ich bemerkte, wie Basti mich und mein Shirt musterte.

»Was?«, wollte ich wissen und verschränkte die Arme vor der Brust.

»Das ist eins von Chris, oder?«

Augenblicklich begannen meine Wangen zu brennen und ich suchte krampfhaft nach einer plausiblen Lüge.

»Schon gut«, winkte Basti ab und stand auf. »Ich kenne euch beide lange genug, um nicht zu merken, wann es zwischen euch gefunkt hat.«

Er kam um das Bett und umarmte mich. Trocken musste ich schlucken. Es war mir etwas unangenehm, dass Basti etwas von mir und Chris wusste. Und das nicht nur, weil Basti ihn seit dem Kindergarten kannte und wohl einige pikante Details über sein Sexleben wusste.

»Ähmm …«, begann ich und klopfte ihm etwas auf den Oberarm. »Ich mag dich echt, aber nur in Shorts ist es mir doch unangenehm«, murmelte ich und Basti trat verlegen einen Schritt zurück.

»'Tschuldige!«

Ich nickte und versuchte mich an einem Lächeln. »Lass uns einfach zum Frühstück gehen.«

»Okay.«

Basti verschwand im Bad und ich machte mich fertig und zusammen gingen wir zum Frühstück, dass uns mit einem reichhaltigen Buffet begrüßte. Bei den vielen Düften und appetitlich präsentierten Speisen bekam ich richtig Hunger. Ich nahm mir einen Teller, um mir ein ausgiebiges Frühstück zusammenzustellen, setzte mich an einen Tisch und wartete auf meinen Zimmergenossen, der noch einmal aufstand, um für uns etwas zu trinken zu holen.

»So lässt es sich leben«, sagte Basti und sah seinen gut gefüllten Teller an.

Ich nickte zustimmend und begann, mein Frühstück zu genießen. Wir ließen uns Zeit und verließen den Saal fast als Letzte.

»Ich weiß gar nicht, wie ich mich jetzt noch konzentrieren soll. Ich bin so satt, dass ich mich jetzt am liebsten mit einem Kaffee auf meine Terrasse setzen würde«, erklärte er und rieb sich über den Bauch.

»Ich schreibe einfach alles auf und du kannst noch etwas dösen. Wie in der Schule«, spottete ich und bekam einen Ellenbogen in die Seite.

»Chris erzählt dir auch alles, oder?«, murrte er und ich grinste ihn an.

»Nicht alles«, schnurrte ich und trat mit ein paar Kollegen in den Seminarraum.

Ein junger Mann stellte sich vor und eröffnete das Seminar. Ich setzte große Hoffnung in ihn, dass er einen ebenso informativen Vortrag hielt, wie seine Kollegin am Vortag. Nach den ersten fünfzehn Minuten war meine Hoffnung begraben. Ich dachte nicht oft nur an das Geld, doch gerade als der Herr es schaffte, ein staubtrockenes Thema noch langweiliger zu gestalten, schickte ich ein Stoßgebet zur Decke und war dankbar dafür, dass ich die Zeit hier mit Wochenendtarif bezahlt bekam.

»Ich fordere Schmerzensgeld«, brummte Basti neben mir und schrieb auf seinem Blatt. Ich war mir sicher, dass er es nur tat, um nicht die Geduld zu verlieren.

Umso erschöpfter seufzte ich, als der Mann sich für unsere Aufmerksamkeit bedankte und wir endlich entlassen waren. Eilig stand ich auf und packte meine Sachen zusammen. Im Augenwinkel sah ich Basti, der als einer der Ersten den Raum verließ. Ich folgte der Gruppe und bog an der Tür zu meinem Zimmer ab.

»Endlich vorbei«, meinte ich und lehnte mich an die Tür, drückte sie so in ihr Schloss.

»Komm! Schnell! Sachen packen und heim! Ich muss hier raus und in irgendeinen Tümpel. Hauptsache Wasser!«

Ich lachte leise und begann ebenfalls zu packen.

»Sag mal, wollen wir noch zusammen Mittagessen?«, fragte ich aus einer Laune heraus und erntete einen ungläubigen Blick.

»Willst du nicht schnell zu Chris?«

Erneut spürte ich Unwohlsein in mir aufsteigen und schüttelte den Kopf. »Er kann ruhig mal etwas Zeit für sich haben.«

Basti nickte und lächelte dann.

»Ich habe gestern eine kleine Pizzeria in der Fußgängerzone gesehen. Die sah nett aus«, erklärte er und ich stimmte bereitwillig zu.

Ehe ich mich versah, hatten wir unsere Taschen im Auto verstaut, saßen in der Pizzeria und aßen und lachten über Missgeschicke, die uns vor Jahren geschehen waren.

»Was ist los?«, fragte Basti abrupt und ich sah auf. »Du vermeidest alles, was mit Chris zu tun hat. Warum?«

Nervös biss ich mir auf die Lippe.

»Ich finde, das gehört hier nicht hin«, meinte ich schnell und sah, wie Basti den Kopf neigte und eine Augenbraue hochzog. »Es ist mir einfach unangenehm. Das ist alles«, brummte ich und schob das letzte Stück Pizza mit der Gabel über den Teller.

»Das mit Chris, oder dass du mit einem Mann zusammen bist?«

Brennend stieg mir das Schamgefühl in die Wangen und ich sah mich verstohlen um.

»Ich finde einfach, dass es nicht in die Öffentlichkeit gehört.« Meine Stimme war ganz leise und ich sah mich weiter um, bis Basti mich mit großen Augen und unterdrücktem Grinsen ansah. »Was?«, zischte ich sauer. Es war unfair von ihm, mich in einer Pizzeria bloßzustellen und ich presste meine Kiefer hart aufeinander.

»Ihr seid erwischt worden.«

Es war nur ein Flüstern, doch der amüsierte Unterton ließ mich erst zusammenfahren, dann wütend aufstehen. Ohne Umschweife verließ ich das Lokal und atmete tief durch. So sehr ich es auch versuchte, ich konnte mir einfach nicht erklären, warum ich in letzter Zeit immer wieder so aus der Haut fuhr. Für gewöhnlich war ich recht ausgeglichen und entspannt. Doch seit der ersten Nacht mit Chris war alles anders geworden.

»Ich meinte es nicht so«, drang Bastis Stimme an mein Ohr und ich sah ihn überrascht an. Wann war er mir nachgekommen? »Wenn es dir zu schaffen macht, dass jemand von deiner Neigung erfahren könnte … Ich kann schweigen, das weißt du. Aber wenn du ein Problem mit Chris hast …«

Ich schüttelte den Kopf.

»Meine Eltern haben mich aus der Wohnung geworfen, als ich mich geoutet habe«, begann ich und ließ mich seufzend auf eine Steinbank nieder, die in der Fußgängerzone stand. »Sie sagten zwar, dass es nur damit zusammenhing, dass ich jetzt alt genug wäre, um allein zu wohnen und Verantwortung zu übernehmen. Aber das Verhältnis zwischen uns war nie wieder das Gleiche.« Lautlos setzte sich Basti neben mich. »Mein Vater verachtet mich wegen meiner Neigung, will kein Wort mehr als nötig mit mir sprechen und meine Mutter will den Hausfrieden wahren.«

Eine schwere Stille hing in der Luft, wurde nur wenig leichter, als Basti mir eine Hand auf die Schulter legte.

»Ich verurteile dich nicht. Ich finde es cool, einen schwulen Kumpel zu haben.« Skeptisch sah ich ihn an. »Ich mag dich als Mensch. Mit wem du was machst, ist mir eigentlich völlig egal.« Ich begann zu lächeln und ein spielerisches Blitzen trat in seine Augen. »Es sei denn ihr macht irgendwas total Krasses. Dann will ich damit nichts zu tun haben.« Ein Lachen löste sich aus meiner Kehle. Es tat gut, nicht angesehen zu werden, als hätte man eine Krankheit. »Mach dir keinen Kopf. Die Leute, denen du wirklich etwas wert bist, kümmert es nicht, wen du liebst. Hauptsache, du bist glücklich dabei.«

Ich nickte.

»Bin ich.«

Lange saßen wir noch auf dieser Bank und redeten. Ein wenig gelöster erzählte ich Basti dann auch, was in den letzten Wochen passiert war und entschuldigte mich mehrmals, dass ich ihn so außen vor gelassen hatte. Eine Last fiel von meinen Schultern. Endlich keine Lügen mehr.

~ * ~

Müde schaltete ich den Motor ab, lehnte meine Stirn an das Lenkrad und verfluchte meinen Chef für dieses Wochenende. Gleichzeitig beschloss ich, dass ich morgen einfach später anfangen würde. Mein Handy klingelte und ich ging ran, ohne die Augen zu öffnen.

»Möchtest du nicht hochkommen?« Ein müdes Lächeln zog sich über meine Lippen. »Das Essen ist noch warm und das Bier kalt.«

Langsam richtete ich mich auf. »Erzähl mir mehr so schöne Sachen«, murmelte ich und stieg aus dem Auto.

Die letzten Stunden waren anstrengend gewesen. Aus drei Stunden Autobahn waren aufgrund eines Lkw-Unfalls sechs geworden. Nun stand ich vor Chris' Haus und schloss das Auto ab. Der Kies auf dem Weg zur Haustür knirschte für mich eine Spur zu laut und ich glaubte, noch auf der Treppe einfach einzuschlafen. Mit einem sanften Lächeln und einem Kuss auf die Stirn wurde ich begrüßt, und der Duft von einer leckeren Mahlzeit stieg mir in die Nase.

»Du siehst fertig aus«, hörte ich ihn nahe an meinem Ohr murmeln, als sich starke Arme um mich legten, und ich nickte. »Dann geh duschen und ich mache das Essen fertig.«

Erneut nickte ich, trat mir noch in der Umarmung die Schuhe von den Füßen und setzte Chris einen weichen Kuss auf die Lippen, ehe ich mich erfrischte und wir, ungewöhnlich still, zu Abend aßen.

»So wie du aussiehst, würde ich dich ja fragen, ob du hierbleiben möchtest«, begann Chris und ich sah ihn dankbar an.

»Eine tolle Idee. Aber ich kann nicht«, gab ich zu verstehen und ehe ich es mich versah, hatte er sich über den Tisch gestützt und küsste meine Stirn.

»Dann mach dich los, dass du bald ins Bett kommst.«

Ich nickte stumm, doch etwas in mir rief mich zur Vorsicht. Mit einem kurzen Gruß verabschiedete ich mich und spürte, dass Chris mir lange nachsah.

Zuhause warf ich meine Kleidung von mir und legte mich ins gemachte Bett. Tief atmete ich den Rest von Chris' Körpergeruch ein und versank in einen Schlaf, der immer wieder unterbrochen wurde. Ich konnte mich nicht erinnern, in dieser Nacht etwas geträumt zu haben und dennoch schreckte ich regelmäßig auf. Gegen neun beschloss ich, aufzustehen und zog mich an. Ich musste den Kopf freibekommen. So viel stand fest. Blind griff ich meinen Schlüssel und mein Portemonnaie und ging ins Zentrum. Zwar war kein Wochenmarkt, denn der fand immer mittwochs statt, aber ich konnte in den umliegenden Geschäften frisches Obst und ein belegtes Brötchen kaufen.

»Einen schönen Tag!«, rief ich der Verkäuferin zu, als ich den Laden verließ.

Dabei packte ich das Brötchen aus und biss genüsslich hinein. Als ich wieder aufsah, erkannte ich Daniel, der auf mich zukam.

»Hey«, begann ich freundlich, erntete jedoch einen finster werdenden Blick, als er mich erkannte.

»Komm mir nicht so, du Verräter!«, brummte er und ich sah ihn überrascht an.

»Habe ich dir was getan?«, fragte ich vorsichtig.

»Tu nicht so scheinheilig. Erst machst du einen auf guten Freund und machst mir sogar noch Mut, Chris betreffend, und nur ein paar Tage später hast du deine eigenen Finger an ihm.«

Ich schnappte nach Luft.

»Das mit der Trennung tut mir leid …«

»Erzähl mir keine Märchen. Das eine sage ich dir …« Seine Stimme war so kalt und drohend, dass sie mir eine Gänsehaut verpasste. »Du wirst auch nur eine Kerbe an seinem Bettpfosten sein. Eine Nummer.«

Damit ließ er mich stehen und ich sah ihm angestrengt nach. Das flaue Gefühl in meinem Bauch, das seit Tagen immer wieder meine Aufmerksamkeit forderte, wurde zu einem festen Band, das sich um meine Brust schlang. Was, wenn Daniel recht hatte? Was, wenn ich auch nur eine Affäre war?

Mein Herz wurde schwer und ich packte das Brötchen wieder ein. Der Appetit war mir vergangen. Das entspannte Frühstück am Ententeich war damit gestorben. Ich ging heim und setzte mich an meine Arbeit, auf die ich mich nicht richtig konzentrieren konnte und die somit wesentlich länger dauerte. Irgendwann warf ich den Stift schnaufend vor mich auf die Blätter und sah zu meinem Telefon. Ich war unsicher, ob ich Chris auf das Treffen mit Daniel und dessen Prophezeiung ansprechen sollte. Ein Teil in mir wollte seiner Befürchtung Luft machen und ich griff zum Handy, wählte Chris' Nummer und wartete. Nach dem achten Freizeichen ging Chris ran.

»Ja?«, fragte er und klang, als hätte er gerade noch über einen guten Witz gelacht.

Ein Lächeln stahl sich auf meine Lippen und gleichzeitig wurde mir schwer ums Herz.

»Hey«, fing ich an. Aus dem Hintergrund hörte ich eine männliche Stimme etwas flüstern und Chris mahnte ihn zur Ruhe. Freundschaftlicher Spott folgte und eine Tür schlug zu. »Jetzt ist es ruhiger«, meinte er und ich nahm all meinen Mut zusammen.

»Ich habe Daniel getroffen«, sagte ich und wartete gespannt auf Chris' Reaktion.

»Seltsam. Was macht der denn hier?« An seinem Ton konnte ich hören, wie er mit den Schultern zuckte und ich biss mir hart auf die Zunge. Ihre Beziehung war gerade ein paar Wochen her und Chris konnte schon so gleichgültig mit ihm sein? »Warte! Ist er dir komisch gekommen?« Ich schüttelte den Kopf.

»Nein.« Mehr brachte ich nicht zustande.

»Du sagst mir aber, wenn was ist, ja?«, fragte er lauernd und ich versprach ihm, mich zu melden, wenn ich seine Hilfe bräuchte. Erneut hörte ich die Tür und wie die unbekannte Männerstimme Chris etwas zuflüsterte, der daraufhin amüsiert schnaufte. »Du, ich muss jetzt auflegen. Ich habe noch ein bisschen was zu tun. Wollen wir uns morgen sehen?«

»Gern.«

Damit legten wir auf und ich ließ das Handy auf den Tisch gleiten.

Als der erste Tropfen auf mein Shirt fiel, bemerkte ich erst, dass ich weinte, und wischte mir rüde über die Augen, ehe ich aufstand und mir einen Kaffee machte. Mein Blick fiel auf die Uhr und mahnte mich, dass es eigentlich schon zu spät für Kaffee war. Unwirsch griff ich die Tasse und setzte mich auf meinen Balkon. Ich wusste nicht, woher diese Traurigkeit kam.

Mit dem ersten Schluck Kaffee begann mein Körper sich etwas zu entspannen und ich redete mir ein, dass Daniel falsch lag. Das, was zwischen Chris und mir war, war anders. Es war echt. Ich stockte bei dem Gedanken und begann zu lachen. War es nicht immer so?

Das mit uns ist was Besonderes, dachte ich ironisch und spürte, wie mein Lachen leiser wurde und sich in ein trauriges Schluchzen verwandelte. Endlich begriff ich, wie man so furchtbar eifersüchtig sein konnte, wie James es war, und ich verstand langsam, wieso mancher Ex schlecht über Chris reden konnte. Was wäre, wenn sie recht hatten?

Ich strich mir massierend über die Stirn, um meine Gedanken in eine andere Bahn zu leiten, doch es misslang mir. Die Unsicherheit in mir war zu groß. Was, wenn ich doch nur eine Kerbe in seinem Bettpfosten war? Aber hätte er mich dann so liebevoll behandelt? Vielleicht war ich auch nur für den Moment wichtig.

Hätte man mir vorher gesagt, dass dieser eine Gedanke mich so schmerzen würde, dass es mir erneut die Tränen in die Augen trieb, hätte ich ihn für einen Narren gehalten.

~ * ~

Die Tage reihten sich wie Perlen an einer Schnur aneinander. Ein Treffen oder ein längeres Telefonat mit Chris fand danach zwischen ihnen keinen Platz mehr. Er hatte viel zu tun und auch auf meinem

Schreibtisch stapelten sich die Akten. Kundendaten, die bereits im System waren, konnten vom neuen Programm nicht gelesen werden und mussten neu eingepflegt werden. Mittlerweile telefonierte ich mit Basti häufiger als mit meinem Freund und auch er meldete erste, subtile Bedenken an.

»Man kann halt nicht aus seiner Haut«, sagte er und versuchte wohl diplomatisch zu klingen. »Er war jetzt drei Jahre lang immerzu nur auf der Jagd. Gib ihm noch etwas Zeit, sich an die neue Situation zu gewöhnen.«

Um meiner lieben Seele etwas Ruhe zu gönnen, hielt ich mich an diesem Gedanken fest. Unsere Beziehung brauchte einfach noch etwas Zeit. Dennoch nagte etwas in mir. Das Treffen mit Daniel ging mir einfach nicht aus dem Kopf.

Achtzehn

Nach drei Wochen ohne richtigen Kontakt zu Chris trieb mich meine Neugier an diesem Samstag zu seinem Haus. Zwar hatten wir die ganze Zeit hindurch immer wieder geschrieben und ab und zu kurz telefoniert, doch das war zu wenig, um meinen aufsässigen Gedanken Einhalt zu gebieten. Ich schüttelte den Kopf über die Tatsache, dass wir uns sehr selten gesehen hatten. Und das, obwohl wir nur wenige hundert Meter voneinander entfernt wohnten. Aber wenn ich Zeit hatte, war er beschäftigt und anders rum.

Die Sonne schien mir heiß auf die Schultern, als ich die letzte Straße überquerte. Es war fast so, als wollte sie sich noch einmal mit aller Macht gegen die sinkenden Temperaturen auflehnen.

Gerade als ich die Klingel betätigen wollte, drang ausgelassenes Gelächter an mein Ohr und ich zuckte vom Taster zurück. Geduckt stahl ich mich so leise wie möglich am Zaun entlang und kam mir dabei wie ein Dieb auf der Flucht vor. Die Stimmen wurden lauter und ich war sicher, Chris unter ihnen zu erkennen. Die Hecke am Zaun war zu dicht, als dass ich hätte durchspähen können.

Tief atmete ich durch und schob mich langsam aus meiner kauernden Haltung hoch, um über den Zaun zu sehen. Der Trabi stand mit offener Motorhaube da und schien mich anzulächeln. An seiner Seite stand Chris in einem alten Achselshirt. Es schien ausgewaschen und zeigte Reste unzähliger Ölflecken, dennoch lag es erstaunlich eng an. Der zweite Mann stand mit dem Rücken zu mir und beugte sich unter die Haube. Ich erkannte nicht viel von ihm, war mir aber sicher, ihn zu kennen. Ich erkannte nur, dass die beiden sehr vertraut miteinander umgingen.

»Das sieht nach dem Zündunterbrecher aus«, murmelte er und klang, als hätte er etwas zwischen den Zähnen.

»Dachte ich mir schon. Kannst du mir helfen? Mein Werkzeug ist bei meinem Vater und der wiederum ist im Urlaub in Italien.«

Chris klang unglücklich und sah nachdenklich in den Motorraum. »Da brauchen wir ja nicht viel, und einen neuen Unterbrecher habe ich auch noch rumliegen. Wenn der passt, kannst du den haben«, murmelte der Mann und kam unter der Haube hervor und nahm die Taschenlampe aus dem Mund. Chris griff ihn fest an die Schulter und sah ihn dankbar an.

»Dafür liebe ich dich. Kostenlose Ersatzteile.«

Der Mann lachte und drehte sich zu Chris. Nun erkannte ich ihn. Es war Konstantin. Erleichterung und Panik wühlten in mir auf und so bemerkte ich den Seitenblick von Chris zu spät. Erschrocken versteckte ich mich hinter dem Zaun und überlegte, ob ich es ungesehen über die Straße schaffen würde. Diesen Gedanken verwarf ich sofort, hoffte gleichzeitig inständig auf ein Loch im Boden, das sich unter mir auftun und mich vor der Peinlichkeit des Entdecktwerdens bewahren sollte.

»Na«, raunte es plötzlich über mir und ich presste die Lider eng zusammen.

Gleichzeitig verzog ich mein Gesicht und fühlte mich so lächerlich, wie noch nie in meinem Leben. Je länger die Stille herrschte, desto resignierter wurde ich. Langsam öffnete ich meine Augen und legte meinen Kopf in den Nacken. Chris sah mich, mit auf dem Zaun verschränkten Armen, an und hatte ein schelmisches Lächeln auf den Lippen.

»Möchtest du dich nicht lieber zu uns gesellen als hier rumzuhocken?«, fragte er amüsiert und ich war versucht, abzulehnen. Dennoch stand ich auf und folgte Chris zum Trabi.

Konstantin musterte mich neugierig und lächelte dann.

»Schön, dass wir uns wiedersehen«, meinte er höflich, doch ich erkannte in seinem Blick, dass er die Situation mehr als seltsam fand. Mir ging es nicht anders und ich war froh, dass Chris es so locker nahm. Vielleicht wollte er es auch einfach nicht vor Konstantin ansprechen. Ich erwiderte den Gruß und blieb unnütz zwischen den beiden stehen.

»Denkst du, wir schaffen es in der nächsten Woche noch mit der Reparatur? Er steht mir schon viel zu lange«, nahm Chris sein Gespräch einfach wieder auf und Konstantin nickte.

»Klar. Wenn du morgen Zeit hast, können wir das Teil in ein bis zwei Stunden wechseln und der Kleine läuft wieder.« Konstantin grinste dunkel und sah Chris überheblich an. »Dann musst du auch nicht mehr mit dem Fahrrad kommen und erst mal duschen, wenn du auf Arbeit ankommst.«

Chris schnaufte und baute sich vor dem anderen Mann auf.

»Ich komme wenigstens mit dem Fahrrad und lasse mich nicht von meiner Frau fahren, wenn mein Wagen kaputt ist.«

Unsicher sah ich zwischen den Männern hin und her und beschloss, mich einfach rauszuhalten. Konstantin verabschiedete sich mit einem Handschlag und einer knappen Umarmung von Chris und ging los. Mir gegenüber hob er eine Hand zum Gruß und ich erwiderte die Geste.

»Wie kommt's, dass du dich hinter der Hecke versteckst?«

Ich zuckte zusammen und versuchte mich an einer lapidaren Geste.

»Ach … ich war grade in der Nähe.«

Chris schnaufte und schüttelte den Kopf. Dabei schloss er die Motorhaube, wischte sich die Finger an einem alten Lappen ab und stellte sich vor mich.

»Das ist aber kein Grund, sich hinter einer Hecke zu verstecken, oder?«

Seine Stimme schwankte zwischen einem gewissen Amüsement und ehrlicher Sorge.

»Für gewöhnlich nicht«, bestätigte ich nervös und trat einen Schritt zurück.

Chris' Ausstrahlung nahm mich ein und ich wollte meinen Verstand nicht so einfach verabschieden. Mit jedem Schritt, den ich zurücktrat, kam er einen Schritt hinterher und bald spürte ich die Front des Trabants unnachgiebig an meinen Beinen. Ein Kloß begann sich in meinem Hals zu bilden und ich schluckte mehrmals kräftig dagegen an. Noch einen Schritt kam Chris auf mich zu, musterte mich ausgiebig. Ich stützte mich auf der Motorhaube ab und zog meinen Kopf zurück.

»Du bist eifersüchtig, oder?«, fragte er.

Ich blieb still, lehnte mich nur etwas zurück, um noch ein wenig Abstand zwischen uns zu bringen, doch auch jetzt folgte Chris mir und stützte seine Hände rechts und links auf die Motorhaube.

»Was ist los? Wir haben uns fast drei Wochen kaum gesehen und ich bekomme nicht mal einen Kuss?«

Langsam beugte ich mich vor und strich mit meinen Lippen kurz über seine. Seine Augen schlossen sich genießerisch. Ich wollte mich lösen, doch eine Hand legte sich in meinen Nacken und hielt mich an Ort und Stelle. Chris sah mich an.

»Willst du mich nicht küssen?«, fragte er.

Für einen Moment schloss ich die Augen. Sein Geruch und sein warmer Atem umschmeichelten mich. Über Wochen hatte ich mich danach gesehnt, ihm nahe sein zu können. Und nun? Nachdenklich sah ich ihn an.

»Wenn du keinen anderen küsst«, hörte ich mich sagen und stockte.

Chris' zog seinen Kopf zurück und sah mich erst irritiert, dann misstrauisch an.

»Wen denn zum Beispiel?«

Ich zuckte mit den Schultern und senkte meinen Blick. Ein sanfter Kuss legte sich auf meine Stirn und ich schloss die Augen, genoss diese Zärtlichkeiten in vollen Zügen. Seine Lippen wanderten langsam und leicht über meine Schläfe und meine Wange zu meinen Lippen. Es war so schön, ihn so sanft zu küssen. Meine Hände suchten seine Haut und wanderten über seine Arme.

~ * ~

»Chris? Oh!«

Ich zuckte zusammen und sah zu dem kleinen Fenster hoch, von wo ich die Stimme einer jungen Frau gehört hatte. Es war die Enkelin der Hauseigentümerin und Chris' Nachbarin.

»Ich wollte nicht stören, aber deine Mutter hat bei uns angerufen«, erklärte sie und hob das Telefon in ihrer Hand.

Chris erhob sich und nickte ihr zu.

»Ich habe das Handy oben gelassen. Danke Yvonne!« Sie nickte und ging. »Lass uns hochgehen. Sonst macht sich meine Mutter noch Sorgen.«

Er scherzte, doch ich spürte die Anspannung in ihm, also folgte ich still in die Wohnung und wollte bereits ins Wohnzimmer gehen, als eine warme Hand mich zurückhielt.

»Hey«, hörte ich Chris sagen, drehte mich zu ihm um und wurde in einem weichen Kuss empfangen. Nur langsam löste Chris sich von mir, strich mir durch die Haare und über die Wange. »Wenn ich es dir nicht schon ansehen würde, würde ich glatt meinen, dass du nach Kummer schmeckst.«

Kalte Schauer liefen mir über den Rücken.

»Oh, verdammt!« Ich sah auf und Chris trat einen Schritt zurück. »Ich mache dich ganz schmutzig. Entschuldige, aber ich muss erst mal duschen«, meinte er und sah mich fragend an. »Du bleibst aber hier, oder?«

Diese Frage entsetzte mich. War mir mein Unwohlsein so deutlich anzusehen? Sah ich wirklich so aus, als wollte ich flüchten? Wenige Minuten später hörte ich die Dusche und biss mir auf die Lippe. Mein Blick verfing sich in meinem Spiegelbild neben den Kleiderhaken und ich musste zugeben, dass ich wirklich aussah, als wollte ich jeden Moment das Haus verlassen. Meine Augen waren glasig, meine Haare unwirsch und eine schmutzige Spur zog sich über meine Wange. Mit dem Handrücken verwischte ich den Schmutz. Mein Herz fühlte sich schwer an und ich ließ meinen Kopf an den Türrahmen fallen.

»Daniel ist einfach nur sauer. Es gibt keine Beweise dafür, dass Chris mich nur als Affäre sieht«, murmelte ich und richtete mich auf.

Kurzentschlossen folgte ich Chris, zog mich aus und stieg ihm in die Dusche nach. Ich wollte meinem Partner nahe sein, und auch wenn ich für ihn nur eine Affäre war, wollte ich die Zeit, die er mir schenkte, genießen und auskosten.

Wortlos wurde ich in eine Umarmung gezogen, die ich ebenso still erwiderte. Große Hände strichen mir mit breit gefächerten Fingern über den Rücken und die Arme, verteilten Seife auf meiner Haut und betörenden Duft in der kleinen Kabine. Weiche Lippen fingen meine ein, streichelten sie. Ich schloss die Augen und genoss die Zärtlichkeiten und die Nähe. Gleichzeitig fühlte es sich an, als hätte ich kleine Nadeln in der Brust, die mich bei jedem Atemzug stachen.

»Wir sollten raus hier. Ich muss meine Mutter noch anrufen«, flüsterte Chris leise und ich nickte, löste mich nur schwerfällig von seiner Wärme und stieg aus der Dusche.

Sofort schlang ich mir ein Handtuch um die Hüften und beobachtete Chris nur durch den Spiegel. Er setzte mir einen flüchtigen Kuss in den Nacken und ging ins Wohnzimmer. Kurz darauf hörte ich seine Stimme und folgte ihm. Er lehnte an der Sofalehne.

»Willst du da heute wirklich noch raus? Papa ist nicht da und für heute Nachmittag haben sie ein Unwetter angesagt.«

Ein Lächeln stahl sich über meine Züge, denn ich mochte, wie Chris mit seinen Eltern redete. Die ganze Familie war höflich und fürsorglich zueinander. Etwas, das ich mir für mich immer gewünscht hatte.

»Warte kurz«, bat Chris und hielt das Telefon zu. »Meine Mutter muss noch mal in den Garten. Hast du Lust mitzukommen? Du warst ja lange nicht da.«

Unschlüssig verzog ich den Mund, nickte dann aber. Chris sprach noch kurz mit seiner Mutter und ich begann, mich anzuziehen. Mit jedem Kleidungsstück wurde der Knoten in meinem Bauch größer und fester.

Um etwas Zeit zu sparen, fuhren wir mit meinem Auto zum Garten von Chris' Eltern im Leipziger Nordosten. Eine kleine, altehrwürdige Kleingartenanlage mit Vereinskneipe und liebevoll gepflegten Gärten.

»Hallo, Jungs!«, wurden wir empfangen und ich schloss das kleine, blau gestrichene Tor.

Chris' Mutter kam auf uns zu und umarmte jeden, ehe sie uns noch einen Kuss auf die Wange drückte.

»Hallo Heike«, murmelte ich und versuchte mich an einem Lächeln.

Sie war eine Frau um die sechzig, mit Fältchen um die Augen, die wohl vom vielen Lachen stammten. Sie hatte in den letzten zehn Jahren wohl ebenso viele Kilos zugenommen, sah für ihr Alter aber immer noch sehr gut aus. Dafür machte sie auch viel Sport mit ihrer »Seniorengruppe«, wie sie ihre Freundinnen nannte. Ihre langen, braunen Haare wurden von etlichen grauen Strähnen durchzogen und waren nur hastig hochgesteckt.

»Ach Christoph«, fing sie an und nahm mein Gesicht in beide Hände. »Dir ist es immer noch unangenehm, mich beim Vornamen zu nennen?«

Ich nickte und sie strich mir liebevoll eine Strähne hinter das Ohr. Dabei schürzte sie die Lippen.

»Du bist wie ein Sohn. Das weißt du doch. Du kannst mich auch Mutti nennen.«

Sie lachte und ich konnte nicht anders, als miteinzustimmen. Ihre lebensfrohe Art war einfach ansteckend.

»Du wolltest aber nicht wirklich noch die Äpfel pflücken, oder?«, rief Chris und Heike drehte sich zu ihm um.

»Natürlich! Die zarten Früchtchen gehen mir sonst noch kaputt. Sammle doch bitte schon einmal die vom Boden auf. Daraus mache ich zu Hause Apfelmus.« Noch einmal sah sie mich sanft an und machte sich auf den Weg zu Chris. »Starr sie nicht so an. Sie sind schon ganz rot! Nimm dir lieber eine Schüssel und fang an!«

Tief atmete ich durch. Die Herzlichkeit und die liebevollen Neckereien sog ich auf wie ein Schwamm und ich schloss die Augen.

»Ich gehe doch nicht vor angeschlagenen Äpfeln auf die Knie«, hörte ich Chris scherzen und begann, zu grinsen, ehe ich meine Augen wieder öffnete und auf die beiden zuging.

»Christoph, Schatz, kannst du bitte ein Kissen für Chris mitbringen. Er wird wohl alt.«

Chris' Protest ging im Lachen seiner Mutter unter. Ich griff ein Stuhlkissen und eine Schüssel und ging zum Apfelbaum. Chris reichte ich sein Kissen, ehe ich mich hinhockte und anfing, die gefallenen Früchte aufzuheben.

»Mama, möchtest du uns nicht lieber einen Kaffee machen? Du musst doch nicht auf die Leiter steigen, wenn dir eh schon alles wehtut.«

Ich hörte die ehrliche Sorge und sah vorsichtig auf. Zwar wusste ich, dass Heike vor einiger Zeit eine OP am Knie hatte, doch hatte ich nicht vermutet, dass sie noch immer Schwierigkeiten hatte.

»Du hast recht«, meinte sie und stützte sich auf Chris' Schulter ab, um von der letzten Sprosse der Leiter runterzusteigen. »Dann mache ich euch mal Kaffee.«

Sie lächelte, doch ich sah ihr an, dass sie unglücklich über die Einschränkung war. Chris stieg auf die Leiter und pflückte die reifen Äpfel. Ich hingegen sammelte weiterhin das Fallobst ein. Hin und wieder berührten sich unsere Finger, wenn er mir einen angeschlagenen Apfel reichte, und ich konnte es nicht verhindern, dass ich meine Hand jedes Mal erschrocken zurückzog. Seine misstrauischen, lauernden Blicke blieben mir nicht verborgen.

»Das waren alle«, meinte ich und stellte zwei Schüsseln auf den Campingtisch vor der flachen Laube. Chris trat neben mich und stellte seinen Korb ab, den er sich zwischenzeitlich geholt hatte. Er war mir dabei so nahe, dass mein Herz zu flattern begann.

»Können wir kurz reden?«, fragte er ganz nahe an meinem Ohr. Seine Stimme war belegt und hatte etwas Unterdrücktes.

»Natürlich«, krächzte ich und folgte ihm unter den besorgten Blicken seiner Mutter.

»Was hast du für ein Problem?«, fuhr er mich an, als wir um die Ecke verschwunden waren. Seine Hände stemmten sich neben meinem Gesicht an die Wand und seine Augen fixierten mich ärgerlich. Ich schluckte trocken und drängte mich enger an die Wand. »Ich versuche, dir etwas Nähe zu geben, weil du furchtbar aussiehst, und du zuckst vor mir zurück.« Seine Brauen zogen sich leicht zusammen.

»Wenn deine Mutter ...«

»Ach was!«, unterbrach er mich rüde und trat einen Schritt zurück, gab mich so frei. »Denkst du wirklich, meine Mutter würde es stören? Sag mir die Wahrheit! Was passiert hier grade mit uns?«

Er machte große, verzweifelt wirkende Gesten und ich biss mir auf die Unterlippe.

»Es geht um das, was Daniel mir gesagt hat«, gab ich kleinlaut zu und Chris stemmte aufmerksam die Hände in die Hüften.

»Was hat er denn gesagt?«, fragte er lauernd und seine Augen wurden eng, misstrauisch.

»Er meinte, ich wäre auch nur eine Kerbe in deinem Bettpfosten.«

Meine Stimme zitterte bedrohlich und ich befürchtete, dass sie mir einfach versagte. Chris schnaufte ungehalten und ging sich mit beiden Händen durch die Haare.

»Und du glaubst einem dahergelaufenen ...« Er brach ab und schüttelte ungläubig den Kopf.

Entsetzt sah ich ihn an. Wie konnte er nur so über ihn reden?

»Warum ...?«

Mir fehlten die Worte und ich lehnte mich an die Wand hinter mir, während ich Chris musterte. So kannte ich ihn nicht. Er sah mich an und plusterte nachdenklich die Wangen auf. Eine Hand stemmte er wieder in die Hüfte, mit der anderen wischte er sich durch das Gesicht.

»Okay … Nein. Weißt du, ich …«, stammelte er und brach dann ab, sah streng auf den Boden. »Was denkst du, woher ich die ganzen Typen kenne?«

Er sah mich von unten an, schüttelte den Kopf und ließ sich dann auf einen der kleinen Findlinge nieder, die hier gelagert wurden, ehe sie dekorativ im Garten verteilt werden sollten. Seine Ellen lagen auf seinen Knien, seine Finger spielten nervös miteinander und sein Blick war auf den Boden gerichtet. Mir wurde flau im Magen.

»Früher bin ich in etliche Bars gegangen. Erst nur, um etwas zu trinken und nicht allein in meinem Zimmer sitzen zu müssen. Irgendwann habe ich angefangen, mir dort Jungs anzulachen. Ich stehe nicht auf One-Night-Stands, aber für ein paar Tage, Wochen … wollte, nein habe ich mich weniger allein gefühlt. Dabei habe ich ihnen nie gesagt, dass ich sie lieben würde, denn das wäre gelogen gewesen. Ich wollte mich nicht verlieben, konnte es nicht, denn den Mann, den ich liebe, sah ich jeden Tag vor mir.« Er richtete sich etwas auf und deutete auf mich. Meine Wangen wurden heiß, doch ich konnte meinen Blick nicht abwenden. »Ich wollte nur das widerliche Gefühl in mir betäuben.«

Er stand auf und ging ein paar Schritte. »Sicher habe ich mich manchmal wie ein Arsch aufgeführt«, murmelte er und kam wieder auf mich zu. Sanft ging er mir durch die Haare und strich mit dem Daumen über meine Wange. »Zu dir könnte ich nie so sein. Das davor war nichts für mich und sie wussten es. Sie waren selbst so kaputt wie ich. Aber mit dir ist das anders. Du bringst mir Ruhe.« Sanft zog Chris mich in eine Umarmung und hielt mich fest an sich gedrückt. »Du kennst mich besser als Daniel, besser als irgendwer anders. Wenn du mir glauben kannst, dass ich dich liebe, dann ist das für mich alles, was zählt. Mir ist egal, was andere von mir sagen.«

Seine Stimme wurde immer leiser und ich schlang meine Arme um ihn. Trauer hatte sich in mir ausgebreitet.

»Warum hast du mir nichts gesagt?«, fragte ich und schob mein Gesicht weiter an seinen Hals. »Du hast gesagt, dass du mich von dir fernhalten wolltest. Dann hättest du mir doch nur zeigen müssen, wie du mit deinen Affären umgehst.«

Noch enger schlangen sich die Arme um mich.

»Das wollte ich auch erst. Aber ich konnte es nicht riskieren, dich ganz aus meinem Leben zu vertreiben. Ich habe viel Mist gebaut, das weiß ich. Ich war in den letzten drei Jahren nicht mehr ich selbst und es würde mir das Herz brechen, wenn wir daran scheitern würden.«

Sanft strich ich ihm über den Rücken und schloss die Augen.

»Ich glaube dir.« Ich hörte Schritte und versuchte mich zu lösen, doch Chris hielt mich fest. »Deine Mutter«, flüsterte ich.

»Ist mir egal«, war seine ebenso leise Antwort und mir wurde flau im Magen.

Heike kam um die Ecke und blieb verwundert stehen. Meine Augen weiteten sich und ich starrte sie an. Sie ließ die Schultern fallen und presste lautlos ihre Handflächen zusammen, um sie an ihre lächelnden Lippen zu legen. Für einen Moment glaubte ich, dass sie eine Träne fortblinzelte. Dann trat sie leise zurück und verschwand wieder. Ich starrte ihr nach.

»Atmen«, raunte Chris mir ins Ohr und ich japste. »Weiteratmen!«

Langsam wurde sein Griff lockerer und ich konnte ihm ins Gesicht sehen. Er sah mich abwartend an und ich musste geschockt ausgesehen haben, denn ich wurde an die Wand gelehnt. Meine Gedanken drehten sich wirr im Kreis.

»Warum waren wir nie zu dritt am See?«, wollte ich wissen. Chris lächelte. »Ich zeige doch niemandem unseren See«, flüsterte er und setzte mir einen Kuss auf die Nase. »Lass das alles erst mal sacken. Wenn dein Kopf wieder in geordneten Bahnen läuft, reden wir über alles. Okay?«, wurde ich gefragt und nickte leicht. »Dann sollten wir jetzt meine Mutter befreien.«

Erneut nickte ich und folgte Chris, der unsere Zeigefinger ineinander verschränkt hatte, zu Heike, die sichtlich angespannt am Campingtisch saß und ihre Tasse Kaffee in den Händen drehte. Als sie mich sah, stand sie auf und kam eilig auf mich zu. Wie aus einem Reflex trat ich einen Schritt zurück und wollte schon zu einer Entschuldigung ansetzen, als sie mich fest umarmte.

»Gott sei Dank! Endlich kommt zusammen, was zusammen gehört«, war alles, was sie mir sanft ins Ohr flüsterte, ehe sie mich noch einmal fest drückte und mich dann ansah. »Jetzt setz dich erst mal.«

Sie lächelte und führte mich zum Tisch. Ich war vollkommen überfordert mit der Situation und ließ mich einfach platzieren. Eine Tasse Kaffee wurde mir hingestellt und Heike lächelte mich sanft an.

»Soll ich schnell noch die Kekse holen?«, fragte sie und stand schon auf, als Chris sie zurückhielt und auf sie einredete, dass sie mir doch erst mal etwas Zeit lassen sollte. Sie winkte ab und holte aus der Laube eine Dose mit ihren selbst gemachten Marmeladenkeksen.

Ich sah mir die Szenerie wie aus weiter Ferne an. Ihr Lächeln und die zärtlichen Berührungen wirkten so surreal.

»Alles in Ordnung, Schatz?«, fragte sie und ich sah in ihr besorgtes Gesicht.

Auch Chris sah mich abschätzend an, als etwas auf meine Hand tropfte. Ich sah den farblosen Fleck und fasste mir an die Wange. Sie war nass. Ich weinte. Mein Herz zog sich schmerzhaft zusammen, als zwei Hände sich warm auf meine bebenden Schultern legten.

»Es tut mir leid, Christoph«, hörte ich Heike sagen und spürte ihr Mitgefühl.

Sie sprach es nicht aus, doch ich wusste, dass sie meine mangelnde Erfahrung mit positivem Feedback gemeint hatte. Und sie hatte recht. Ein solches Verhalten hatte ich mir von meinen Eltern, meinen Freunden gewünscht, als ich den schweren Schritt gegangen war und mich geoutet hatte. Doch stattdessen hatte ich Ablehnung erfahren.

Ich beruhigte mich etwas und entschuldigte mich für meinen Ausbruch. Heike strich mir sanft über die Wange und Chris legte vorsichtig einen Arm um mich. Hier fühlte ich mich wohl. Hier konnte ich mich weiter beruhigen und entspannen.

»Wenn das dein Vater erfährt, wird er euch sicher zwingen, mit uns zu grillen und ich muss mich wieder um die Versorgung der vielen durstigen Gäste kümmern«, kicherte Heike und Chris grinste.

»Mama! Wir feiern keine Hochzeit«, mahnte er und Heike wackelte zweifelnd mit einer Hand. Dann stand sie auf und räumte den Tisch ab.

»Geht es wieder?«, wollte Chris wissen, zog mich an sich und küsste meine Haare. Ich nickte nur und wollte noch etwas in dieser schönen Seifenblase verweilen, die mich hier umhüllte.

Neunzehn

Erschöpft lehnte ich meinen Kopf an die Kopfstütze, als ich den Motor abgestellt hatte, und schloss die Augen. Der Nachmittag war so angenehm wie anstrengend gewesen. Chris, Heike und ich hatten Netze und Stützen um die Rosenstöcke gebunden und die Laube gegen Unwetter gesichert.

»Möchtest du noch mitkommen?«, drang die Frage lockend in meinen Kopf und ich musste lächeln. Mein Blick suchte Chris'. Ebenso meine Hand.

»Du hast mich ganz schön ins kalte Wasser geworfen. Weißt du das?«

Er nickte, lächelte verliebt und spielte mit meinen Fingern.

»Ich wusste, dass es dir guttun würde und … ich wollte …« Er brach ab, atmete durch.

Ich entzog ihm langsam meine Finger. Man spürte deutlich, wie sehr er mit sich rang.

»Lass uns das an einem anderen Tag besprechen. Jetzt will ich mich nur noch mit dir ins Bett kuscheln und schlafen«, flüsterte ich daher, zog den Schlüssel vom Schloss und stieg aus.

Chris folgte mir und öffnete uns die Tür zu seiner Wohnung. Erste Regentropfen trommelten bereits an sein Fenster und wurden schnell lauter.

»Glück gehabt«, meinte er und ich nickte zustimmend.

Gleich danach griff ich Chris' Hand und zog ihn mit mir ins Schlafzimmer. Ein Schmunzeln huschte mir über die Lippen, denn da lag noch immer nur ein Kissen. Wir zogen uns aus und kuschelten uns in seinem Bett aneinander.

Eng schmiegte ich mich an den nackten, vertrauten Körper und wurde schnell träge. Zarte Küsse wanderten über mein Gesicht, flüchtig wie die Berührung einer Feder, und ich sank in einen tiefen Schlaf.

~ * ~

Die Nacht war unruhig, doch der Morgen glänzte durch die letzten Tropfen des Unwetters, wirkte im Vergleich viel zu friedlich. Dumpf hörte ich Chris' Stimme. Er telefonierte wohl. Ich hingegen zog mir das Kissen über den Kopf und wollte mich dem Schlaf wieder anbieten. Augenblicke später hörte ich Schritte und spürte ein größer werdendes Gewicht auf meinem Rücken.

»Guten Morgen«, schnurrte er und zupfte frech an dem Kissen. Ich murrte und wand mich unter ihm. »Mein kleiner Morgenmuffel«, neckte er mich weiter, zupfte erneut am Kissen und ich machte noch einmal meinem Unmut Luft.

»Ich mache dir einen Kaffee«, flüsterte er, schob das Kissen hoch und küsste meinen Kiefer, ehe er sich erhob und den Raum verließ.

Vom Kissen verborgen sah ich ihm nach und gab mir Zeit, bis ich den Kaffee roch, um wach zu werden. Träge erhob ich mich und schlurfte in die Küche. Chris stand am Herd und war ganz auf seine Tätigkeit konzentriert. Also ging ich an ihm vorbei und setzte mich auf meinen Platz auf dem Fensterbrett. Ein paar Minuten sah ich Chris zu, ehe ich eine Tasse gereicht bekam und Chris sich neben mich ans Fensterbrett lehnte.

»Meine Mutter hat uns gelobt. Sie war schon im Garten und alles sah gut aus«, meinte er und ich nickte, trank einen Schluck Kaffee. »Konstantin kommt ja nachher zum Schrauben und ich habe überlegt, ob wir heute Abend zusammen grillen wollen«, redete er weiter und sah mich neugierig an.

»Könnt ihr«, gab ich etwas unsicher von mir, da ich nicht verstand, warum Chris mir das erzählte. Immerhin hatte ich keinerlei Rechte zu bestimmen, was Konstantin und Chris taten. Der jedoch begann zu lachen.

»Ich dachte, du machst mit«, gab er amüsiert zu verstehen und ich sah verlegen in meine Tasse.

»Ich habe aber keine Ahnung von Autos und stehe euch sicher nur im Weg rum«, murmelte ich.

Erneut lachte Chris.

»Dann kannst du uns einfach Gesellschaft leisten und mich bespaßen.«

Seine Stimme glich einem Schnurren und er küsste meinen Oberarm.

»Du Tier!«, spottete ich und trank meinen Kaffee aus, ehe ich mich langsam vom Fensterbrett herunterschob und ins Schlafzimmer ging, um mich anzuziehen. Es klingelte an der Tür und einige Minuten später steckte Chris seinen Kopf ins Zimmer.

»Konstantin ist da und ich fange mit ihm schon mal an. Lass dir Zeit und komm dann einfach runter«, sagte er, zwinkerte mir zu und verschwand wieder.

Unsicher folgte ich ihm einige Zeit später in den kleinen Garten. Die beiden Männer schraubten bereits unter der geöffneten Motorhaube, als ich mich dazugesellte. Neugierig stellte ich mich an die freie Seite und steckte meinen Kopf zu den anderen.

»Hallo, Christoph«, nuschelte Konstantin mit der Taschenlampe zwischen den Zähnen. Ich nickte und sah auf die Lampe.

»Soll ich die halten?«, fragte ich und Konstantin schien erleichtert. Stumm hielt ich die Lampe und richtete ihren Schein auf Konstantins Finger.

Es dauerte gut zwei Stunden, bis alles repariert war und ich die Taschenlampe ausschaltete. Chris und Konstantin gingen sich die Hände waschen und kamen mit verschiedenen Päckchen Fleisch wieder. Ich baute in der Zwischenzeit den Grill auf und feuerte ihn an. Zusammen holten wir Tisch und Stühle aus dem Keller und setzten uns. Die Hauseigentümerin und ihre Enkelin kamen mit Schüsseln voller Gemüse und setzten sich zu uns.

Die Sonne versank am Horizont und wir zündeten Laternen an, redeten und lachten. Wir aßen und tranken und ich fühlte mich einfach wohl in dieser Runde. Yvonnes Großmutter war die Erste, die sich noch vor Mitternacht verabschiedete. Kurz nach ihr folgte Ivonne selbst und einige Zeit darauf auch Konstantin. Chris und ich löschten nur den Grill und die Laternen und trugen die Essensreste in die Wohnung. Leise stellte ich die Teller in die Spüle, als zwei Hände an meinen Seiten entlangstrichen.

»Ich weiß, dass du eigentlich nach Hause musst, aber ich will dich noch gar nicht gehen lassen«, flüsterte er rau und dunkel in mein Ohr und ich war sofort wie Wachs in seinen Händen. Ich drehte uns, drängte Chris an die Arbeitsplatte und küsste ihn gierig, jedoch ungeschickt. Wir verfielen in albernes Lachen und stolperten, uns küssend und streichelnd, ins Schlafzimmer, wo ich ihn aufs Bett drängte. Lockend räkelte Chris sich auf dem Laken und ich ließ mich langsam auf ihn sinken. Das würde wohl eine holprige Nacht werden.

Mein Wecker klingelte früh und nach einem kurzen Frühstück mit Chris verabschiedeten wir uns zur Arbeit und ich fuhr nach Hause, startete meinen PC und machte mir noch einen Kaffee. Noch immer bekam ich eine Gänsehaut, wenn ich an die letzte Nacht dachte. Und obwohl Chris sich fantastisch unter mir angefühlt hatte, musste ich zugeben, dass es nicht mein bevorzugter Part war.

Ich setzte mich mit meinem Kaffee an den Rechner und ging meine Akten durch. Mit dem neuen Programm dauerte es länger als gewöhnlich und ich musste viele Funktionen immer wieder nachschlagen. So saß ich auch noch nach dem Feierabend an meinen Akten, bis mich das Klingeln des Telefons unterbrach. Ein Blick auf die Uhr ließ mich seufzen.

Wer mich wohl kurz vor neun noch anruft?, fragte ich mich und nahm ab. Chris Stimme erklang und besänftigte mich sofort. Wir redeten bis weit nach Mitternacht.

~ * ~

Bis in den September hinein bäumte sich der Sommer gegen den Herbst auf, unwillig, seinen Platz zu räumen. Doch nun wurden die Tage merklich kühler und die Bäume waren bunt geworden. Ich hievte mich schwerfällig aus dem Bett und hatte eigentlich keine Lust, zu arbeiten. Verständlich, wie ich fand, denn in meinem Bett lockte ein warmer, noch vom Schlaf weicher Körper zum Verweilen.

Müde trugen meine Beine mich durch die Wohnung und an meinen Schreibtisch. Während der PC hochfuhr, starrte ich auf den Bildschirm, als eine Hand sich langsam in meinen Nacken schob und meinen Haaransatz streichelte. Ergeben schloss ich die Augen und ließ meinen Kopf vertrauensvoll nach hinten sinken. Wie zum Dank empfing mich ein zärtlicher Kuss.

»Du siehst müde aus«, flüsterte Chris und trat näher an mich heran, lehnte meinen Kopf an seinen Bauch und strich immer wieder durch meine Haare.

»Sicher werde ich krank«, scherzte ich, rieb mir dann aber über die Stirn und wurde ernster. »Ich fühle mich schlapp und irgendwie nicht gut«, gab ich dann ebenso leise zurück und erntete ein leises, mitleidiges Brummen.

Mein Computer forderte mit dem typischen Jingle des Betriebssystemherstellers meine Aufmerksamkeit. »Mechanischer Sklaventreiber«, murrte ich und wischte mir übers Gesicht, ehe ich mich den streichelnden Händen entzog.

»Dann werde ich dich mal deinem Schicksal überlassen und auch zur Arbeit gehen. Hast du dir das mit der Betriebsfeier überlegt?«

Wie vom Donner gerührt zuckte ich zusammen, denn das hatte ich vollkommen vergessen. Oder eher verdrängt. Es ging dabei um das 25-jährige Jubiläum der Kanzlei und der Chef hatte beschlossen, für diesen Anlass eine Lokalität anzumieten und den Mitarbeitern zu erlauben, Freunde und Verwandte mitzubringen.

Einerseits wäre ich gern mit Chris hingegangen, denn die Partys der Kanzlei waren immer ausladend und Chris war jedes Mal noch Wochen danach begeistert gewesen. Andererseits wollte ich mich davor drücken. Zwar wusste Konstantin, dass Chris schwul war, aber wer sonst noch? Und ich wollte nicht derjenige sein, der ihn ungewollt outete. Dazu kam, dass ich mit Alkohol recht anhänglich sein konnte und ich wollte Chris die Peinlichkeit ersparen, die zweifelsohne entstehen würde, sollte ich den ganzen Abend an seinem Ärmel hängen.

»Ich fühle mich wirklich nicht gut. Vielleicht wäre es besser, wenn du ohne mich gehst«, sagte ich daher und sah ihn verzeihend an. Chris zog die Brauen zusammen.

»Du fühlst dich erst seit heute unwohl. Vielleicht vergeht das bis morgen noch.« Ich hörte die hoffende Frage zwischen seinen Worten und mir wurde flau im Magen.

»Ich versuch's«, gab ich schließlich klein bei und sah das erfreute Lächeln auf Chris' Lippen. Zwar lächelte ich zurück, doch froh war ich ganz sicher nicht.

Chris ging sich anziehen und verließ meine Wohnung, nachdem er mir noch einen Kuss gegeben hatte. Nur Augenblicke später hörte ich das so typische Knattern des Zweitakters im blauen Gewand und ein Gefühl der Zufriedenheit durchzog mich, wenn ich an die letzten Wochen dachte. Chris und ich waren so oft zusammen, wie es ging und wenn wir nicht zusammen waren, schrieben wir oder telefonierten. Es war eine schöne Zeit. Selten war ich an den Wochenenden so wenig zu Hause, wie in diesen Wochen. Ich schnaufte amüsiert und konnte es nicht vermeiden, mein Liebesleben mit einer Schnulze im Fernsehen zu vergleichen. Fehlte nur noch das allseits beliebte Happy End am Altar. Sehr lange hatte ich an meinem ganz persönlichen Happy End gezweifelt, hatte immer wieder Daniels Prophezeiung im Kopf, doch nun war Daniel nur noch ein kleines Gespenst in meinen letzten Hirnwindungen geworden, und das tat mir gut. *Ich bin also keine Kerbe in einem Bettpfosten*, dachte ich für mich und fühlte mich seltsam überlegen.

Kurz schüttelte ich den Kopf, um mich zu konzentrieren, schluckte gegen das Kratzen im Hals an und begann dann mit meiner Arbeit. Es sollte ein ruhiger Tag werden, ohne neugierige Anrufe, da Basti vor ein paar Tagen Vater geworden war und nun Urlaub hatte. Vielleicht war mein Geschenk ja schon bei ihm angekommen?

Erneut rief ich mich innerlich zur Ordnung. Ich musste mich unbedingt auf meine Arbeit konzentrieren. Gebannt sah ich auf den Bildschirm, auf die Zahlen, Namen und persönlichen Informationen, die ich bereits übertragen hatte und seufzte schließlich. Das Lesen fiel mir schwer. Mein Blick wanderte auf die Uhr. Gerade hatte ich die zweite Stunde meines Arbeitstages begonnen.

Mit einem Husten stand ich auf, ging in die Küche, um mir einen Kaffee zu machen und strich mir mit beiden Händen fahrig durchs Gesicht. Ich fühlte mich schrecklich unwohl, mit einem unangenehmen Druck im Magen und hinter der Stirn. Mit einem Glas Wasser und meinem Kaffee setzte ich mich an den Küchentisch und nahm eine Schmerztablette. Die trotz Medikament stärker werdenden Schmerzen versuchten weiterhin, meinen nicht mehr ganz so eisernen Arbeitswillen in die Knie zu zwingen. Nach einer Dreiviertelstunde, einem heftigen Niesen und darauffolgenden, stechenden Schmerzen hinter der Stirn, hatten sie gewonnen.

Übelkeit kroch in mir hoch und ich meldete mich für diesen Freitag von der Arbeit ab. Nach einem Abstecher ins Bad legte ich mich umgehend in mein Bett. Zur Sicherheit stellte ich mir einen Eimer daneben. Binnen weniger Minuten war ich eingeschlafen und erwachte erst durch das Klingeln des Handys neben meinem Bett.

Träge griff ich danach und sah nach dem Namen des Anrufers. Mein Blick war durch einen Schleier getrübt und ich nahm das Gespräch fast blind an. Mein Kopf dröhnte und ich war geneigt, dem Störenfried ordentlich die Meinung zu geigen.

»Hey. Bist du nicht zu Hause?«, wurde ich gefragt und brauchte einen Moment, um die Worte zu verarbeiten.

»Doch. Im Bett. Migräne«, krächzte ich und hustete, ob des trockenen Halses, ehe ich mir, schmerzvoll stöhnend, den Kopf hielt. Sofort wurde mir wieder schlecht. »Hast du keinen Schlüssel?«, murrte ich und lauschte noch der leisen, etwas unsicheren Bestätigung, ehe ich einfach auflegte und mir die Decke über den Kopf zog. Es war zu hell, zu laut und mir war entsetzlich schlecht.

Das Öffnen der Tür hörte ich nur am Rande. Chris bewegte sich leise durch meine Wohnung und kam schließlich ins Schlafzimmer.

»Halt dir die Ohren zu«, flüsterte er und ich folgte. Gedämpft hörte ich das Rattern meiner Jalousie und schob die Decke von meinem Gesicht.

»Na«, begann er leise und setzte sich zu mir aufs Bett, hielt mir ein Glas Wasser und eine Tablette hin. Es war nicht das erste Mal, dass er mich bei einem Migräneanfall pflegte und es würde nicht das letzte Mal sein. Dabei hatte ich noch Glück. Mich suchte die Migräne nur ein- bis zweimal im Jahr für wenige Tage heim. Von anderen wusste ich, dass es sie viel öfter traf.

Ich nahm die Tablette und setzte mich langsam auf. Mit einem Schluck Wasser spülte ich sie hinter und legte mich wieder ins Bett. Chris sagte nichts, erhob sich und verließ den Raum. So leise es ihm möglich war, schloss er die Tür und ließ mir meine Ruhe.

Nach einer gefühlten Ewigkeit verließ ich mein Bett und schaute nach Chris. Dieser saß auf meiner Couch und blätterte durch ein Prospekt.

»Hey«, begann ich und er sah erst überrascht zu mir, dann zur Uhr.

»Ich dachte, du schläfst länger«, meinte er und legte dabei den Prospekt weg.

Ich schüttelte leicht mit dem Kopf und setzte mich zu ihm. Vielleicht etwas übertrieben leidend, lehnte ich meinen Kopf an seine Schulter und zog die Beine an. Sofort umfing mich ein warmer Arm und sanfte Lippen legten sich auf meinen Kopf.

»'Tschuldige, dass ich dich vorhin so angemault habe«, flüsterte ich und schloss noch einmal die Augen.

»Nicht so schlimm.«

Mehr sagte er nicht und ein wenig wurde ich von einem schlechten Gewissen durchzogen.

»Vielleicht solltest du dann morgen wirklich zu Hause bleiben. Auf eine Migräne noch was zu trinken, wäre sicher keine gute Idee.«

Still stimmte ich ihm zu und nickte. Andererseits war ich so weit, dass ich ihm diesen Wunsch erfüllen wollte.

»Lass uns das morgen entscheiden«, bestimmte ich und strich ihm sanft über den Bauch.

Die Kopfschmerzen vergingen langsam, als wir zusammen aßen und einen Film sahen. Das flaue Gefühl im Magen blieb.

Zwanzig

Weiche Fingerspitzen strichen über meiner Wirbelsäule und ein leises Seufzen kam über meine Lippen. Warme Lippen folgten und ich zog die Unterlippe zwischen die Zähne, als eine feuchte Zungenspitze den Weg zu meinem Nacken fand, der zärtlich liebkost wurde. Lange hatte ich keine solchen Träume mehr und wollte mich diesem daher nur allzu gern hingeben. Chris schwerer Körper rieb sich an mir und ließ heiße Schauer über meine Haut laufen.

Ich spürte, wie ich wach wurde und bedauerte, dass ich diesen Traum nicht zu Ende führen konnte. Leise schnaufte ich und öffnete meine Augen einen Spalt weit.

»Guten Morgen«, raunte es mit dunkler Stimme in mein Ohr und ich bekam eine Gänsehaut, als Chris meine Schulter küsste. Der Traum hatte mich empfindlich gemacht und ließ mich mit einer latenten Erregung zurück. Die zärtlichen Berührungen auf meiner Haut sorgten nicht gerade für Linderung.

Erneut küsste Chris meine Schulter, wanderte mit seinen Lippen allmählich zu meinem Haaransatz und strich mit der Zungenspitze über meine Ohrmuschel.

»Wie geht's meinem Morgenmuffel?«

Chris Stimme glich einem Schnurren und ich war geneigt, ihm zu unterstellen, dass er mich mit Absicht reizte. Ich flüsterte leise Flüche ins Kissen und rieb mich unauffällig an der Matratze. Die zarten Berührungen waren zu viel, um mich zu beruhigen und zu wenig, um den Job zu Ende zu bringen. Seine großen Hände wanderten über meinen Rücken und strichen über meinen Arm.

Unwillig, dieses Spiel weiterzutreiben, knurrte ich und sah Chris an. Dieser grinste und ließ zwei seiner Finger über mein Rückgrat laufen. Hauchzart und langsam. Dieses Spiel konnte ich auch.

Ich warf die Decke über mich und wanderte unter ihr zu Chris. Warmen Atem schickte ich langsam über die Haut seines Bauches, ehe ich federleichte Küsse daraufsetzte. Ein gedämpftes Seufzen drang an mein Ohr und ich spürte, wie Chris sich bequemer hinlegte. Es war mehrere Tage her, dass wir intim waren und ich musste zugeben, dass ich etwas aufgeregt war.

Zärtlich küsste ich die bebende Haut um den Nabel, ließ meine Zungenspitze nur kurz hineinstippen und ergötzte mich an den leisen Geräuschen, dem entspannten Körper. Quälend langsam zog ich meine Bahnen und stieß schließlich am Bund seiner Shorts an. Langsam schob ich sie tiefer, reizte die Haut der Leiste ausgiebig und genoss es, wie Chris sich unter mir wand.

Nur ein wenig nahm ich die Spitze der Erregung zwischen die Lippen. Chris vergrub seine Finger in der Decke und dem Laken. Ich ließ meine Zungenspitze an der empfindlichen Haut entlangstreichen, umfing den Schaft mit einer Hand und strich sanft auf und ab.

Binnen Augenblicken war sein Körper zum Zerreißen angespannt. Als er kam und ich etwas von ihm abließ, entspannte er sich langsam wieder. Eine Hand griff nach meinem Kopf, zog mich unter der Decke hervor und presste mich auf gierige Lippen. Ich löste mich kurz, nahm mir ein Taschentuch und säuberte meinen Mund, ehe ich mich wieder Chris zuwandte und er mich erneut küsste. Seine Zunge streichelte meine, wischte den letzten bitteren Geschmack aus meinen Gedanken.

Chris drehte uns, setzte sich auf und zog mich mit ihm in eine sitzende Position. Heiße und kalte Schauer durchfuhren mich. Mein Körper hatte noch nicht genug. Ich rieb mich an ihm, registrierte seine großen Hände nur allzu deutlich an meiner reizbaren Haut und ehe ich mich versah, spürte ich heiße Lust durch mich wallen, ließ mich tief auf Chris sinken, um ihm dann die Führung zu überlassen.

Mein Verstand verabschiedete sich und ließ mich in einem wundervollen Meer aus Gefühlen und Bewegungen zurück. Meine Küsse waren ein wenig unkoordiniert und meine Worte zusammenhangslos. Heißer Atem schlug mir entgegen, als Chris immer wieder leise Liebeserklärungen an mich richtete und ich presste mein Gesicht in seine Halsbeuge, als mein Körper sich anspannte und ich meinen Höhepunkt an seine Haut stöhnte.

Seine Arme hielten mich noch lange fest an den warmen Körper gepresst und auch ich war nicht gewillt, diese Nähe aufzugeben. Zärtlich strich ich mit meinen Fingerspitzen über seinen verschwitzten Rücken, wollte uns beiden ein wenig Ruhe bringen.

»Ich liebe dich«, raunte ich und küsste seine Schulter.

Als Antwort wurde ich nur noch enger an Chris herangezogen.

Schwerfällig lösten wir unsere Verbindung irgendwann auf und ich stieg aus dem Bett, um ins Bad zu gehen und heiß zu duschen. Durch das Rauschen des Wassers hörte ich Chris' Stimme irgendetwas von Kaffee sagen und Vorfreude stellte sich ein. Was gab es Schöneres, als frischen Kaffee mit dem Liebsten zu trinken, nachdem man fantastischen Sex hatte?

Ich stieg aus der Dusche und zog mich an, folgte dem Lockruf der Kaffeemaschine und löste Chris von seinem Posten ab. Er ging ins Bad und ich hörte die Dusche. Für den Bruchteil eines Momentes überlegte ich, warum wir nicht zusammen geduscht hatten, verwarf den Gedanken jedoch, bevor er sich in Form von neu aufwallender Lust manifestieren konnte.

Die Stunden verrannen wie Wasser und Chris begann, sich umzuziehen. Ich folgte seinem Beispiel und er sah mich überrascht an.

»Ich habe doch versprochen, mitzukommen«, murmelte ich und erntete einen dankbaren Blick und einen langen Kuss.

»Ich freue mich, dass du mitkommst. Ich muss dir meinen Chef endlich vorstellen.«

Nervös hielt ich seinen Arm fest und bedachte ihn mit einem ernsten Blick.

»Ich kenne dort niemanden ...«, fing ich an. Chris lächelte mich weich an. Seine gefächerten Finger gingen sanft durch mein Haar.

»Alle dort wissen, dass ich schwul bin. Und die, die es nicht wissen ...« Er zuckte gelangweilt mit der Schulter. »Du kannst eigentlich nichts tun, was mich blamieren könnte«, beruhigte er mich, küsste meine Stirn und sah mich erneut an. »Sauf einfach nicht zu viel!«, scherzte er noch.

Mit offenem Mund starrte ich ihn an. Chris verfiel in ein herzhaftes Lachen und wir gingen zusammen zu seinem Trabi. Das Knattern des Wagens ließ Vorfreude aufsteigen, und als wir an der gemieteten Lokalität ankamen, war ich ehrlich froh, hier zu sein.

»Chris!«, wurden wir von einem großen, schlanken Mann um die 50, mit kurzem, grauem Haar und randloser Brille empfangen. Laut Chris' Beschreibung seines Chefs, war er es, der uns begrüßte. Sein prüfender Blick glitt an mir herab und er reichte mir freundlich die Hand.

»Nicklas, das ist Christoph Bäumer. Christoph, das ist Nicklas Jansen, mein Chef«, stellte er mich vor und ich fühlte mich nicht wie auf einer Feier von Anwälten. Die hatte ich mir immer anders vorgestellt. Viel steifer.

»Es freut mich«, gab ich schlicht zu verstehen und Herr Jansen wies uns den Weg.

»Wir haben nachher noch genug Zeit zum Reden. Sucht euch einfach schon mal euren Platz und kommt in Ruhe an.«

Ich folgte Chris in die Menge und mein Herz machte einen Satz, als er nach meiner Hand griff. Wir suchten unseren Tisch und setzten uns. Sofort kam ein Kellner auf uns zu und reichte uns ein Glas Sekt. Unsicher sah ich mich um, doch jeder Gast hielt ein Glas in der Hand und ich wollte nicht unhöflich sein. Zur Beruhigung nippte ich an dem Sekt und versprach mir, mich den Rest des Abends daran festzuhalten.

»Und?«, fragte Chris recht kryptisch und ich sah mich noch einmal um.

»Alles sehr groß und viele Menschen«, gab ich zu verstehen und Chris nickte stolz.

Langsam glaubte ich zu verstehen, warum er mich dabeihaben wollte. Er wollte mich stolz seinen Kollegen präsentieren und mir seine Kollegen.

Ein Lächeln huschte über meine Lippen, als das Licht auf die kleine Bühne gerichtet wurde und Herr Jansen mit einem Mikrofon vortrat.

»Als ich ein kleiner Junge war, war ich alles andere als anwaltswürdig«, begann er und ein amüsiertes Raunen ging durch den Saal. »Ich musste zuerst studieren, weil mein Vater wollte, dass ich Richter wurde. Ich hingegen habe studiert, weil ich Anwalt werden wollte. Das habe ich meinem Vater aber nie gesagt und heute stehe ich hier und bin fast zu Tränen gerührt, wie viele von Ihnen mich auf dem langen Weg durch 25 Jahre Anwaltskanzlei Jansen und Schnuck begleitet haben. Leider kann Frau Schnuck heute nicht hier sein. Sie hat sich das Bein beim Tennis gebrochen.« Er nickte ehrlich betrübt und atmete einmal durch. »Nichtsdestotrotz wollen wir heute feiern, dass unsere Kanzlei 25 Jahre und ich damit umso älter geworden sind. Auf Sie!«

Er hob sein Glas und die Gäste erwiderten die Geste. Ich trank einen Schluck und sah Chris an, der sich hier sichtlich wohlfühlte. Musik erklang und die Menschen um uns herum verfielen wieder in ihre unterbrochenen Gespräche.

»Ich möchte mit dir tanzen«, flüsterte Chris zu mir und ich sah ihn erschrocken an.

Er griff meine Hand und stand auf.

»Was? Nein!«, stotterte ich, folgte Chris jedoch auf die Tanzfläche, zwischen die vielen anderen Paare, die sich bereits zur Musik drehten.

»Ich weiß, dass du tanzen kannst.«

Mehr sagte Chris nicht. Seine Hand umfing meine Taille und nahm meine Hand fest in seine. Vorsichtig zog er mich etwas an sich und wir begannen, unter leisem Protest meinerseits, zu tanzen.

»Wenn das jemand sieht«, murmelte ich eine Mahnung.

Chris schien ganz ruhig.

»Lass sie doch. Was kümmert es uns?« Er zuckte knapp mit den Schultern. »Es ist egal, was die anderen denken. Wir sind hier auf einer Party voller Anwälte. Keiner wird sich wagen, etwas zu sagen, das man gegen ihn verwenden kann.«

Ich starrte Chris an. Mir war ja bewusst, dass er keinerlei Probleme mit seiner Neigung hatte, aber wie konnte es ihm scheinbar so gleichgültig sein? Bedächtig beugte sich Chris zu meinem Ohr.

»Herr Jansen ist ein Experte für solche Streitfälle. Außerdem ist er selbst bisexuell und Frau Schnuck ist seit vier Jahren mit einer Frau in einer eingetragenen Lebensgemeinschaft.« Ich sah ihn überrascht an und er grinste. »Mach dir keinen Kopf. Genieß den Abend«, flüsterte er und mir wurde leichter ums Herz.

Der Abend neigte sich in die Nacht und wir genossen ein Fünf-Gänge-Menü, wie ich es mir in einem Luxusrestaurant vorstellte. Den Nachtisch musste ich Chris entgegenschieben, sonst, und da war ich mir ganz sicher, würde der Knopf meiner Hose seinen Dienst versagen und womöglich noch jemanden verletzen.

Und das auf einer Party voller Anwälte, dachte ich unheilvoll.

»Chris, endlich habe ich Zeit für euch!«, hörte ich die tiefe Stimme von Herrn Jansen, der sich zu uns an den Tisch setzte. Sein Blick suchte meinen.

»Gefällt es Ihnen?«, fragte er mich und ich nickte leicht.

»Es ist eine schöne Party, Herr Jansen«, meinte ich und lächelte. Herr Jansen nickte.

»Sie können mich ruhig Nicklas nennen«, meinte er und lächelte warm. »Wir sind hier schließlich auf einer Feier und nicht im Gerichtssaal.«

Chris schnaufte amüsiert.

»Nicklas, kannst du bitte mal kurz kommen?«, wurden wir unterbrochen und der Angesprochene nickte eifrig. Er verabschiedete sich knapp und entschuldigte sich, ehe er uns allein ließ.

»Komischer Kauz«, murmelte ich für mich.

»Als Anwalt ist er besser. Aber er bemüht sich wenigstens, die Steifigkeit aus solchen Feiern zu nehmen. Anwälte können furchtbar prüde und langweilig sein«, murmelte Chris und trank sein Glas aus.

Ich folgte seinem Beispiel. Es war für jeden das dritte und ich mahnte mich innerlich zur Abstinenz. Der Alkohol stieg mir bereits in den Kopf und ich wollte weder mich noch Chris blamieren. So bestellte ich, als der Kellner das nächste Mal zu uns kam, nur eine große Cola und versank in einem Gespräch mit Chris.

Im Laufe des Abends gesellte sich Konstantin mit seiner Frau zu uns und wir genossen die Zeit zusammen. Auch Nicklas kam noch ein paar Mal vorbei und allmählich wurde mir der Mann sympathisch.

Ich unterdrückte ein Gähnen, empfing jedoch Chris' Aufmerksamkeit.

»Wenn du müde bist, können wir gerne gehen«, meinte er und sah mich mit dem sanften Blick an, den ich so an ihm liebte. Ich jedoch schüttelte den Kopf.

»Ich bin schon groß und finde allein heim«, meinte ich. »Ich kann mir ein Taxi nehmen und du kannst hierbleiben. Ist schließlich deine Feier.«

Nachdenklich verzog Chris die Lippen, nickte dann aber.

»Ich bringe dich aber noch raus.«

Wir standen auf und gingen vor die Tür. Hier war es regelrecht still im Vergleich zum Inneren.

»Soll ich zu dir kommen, wenn ich verschwinde, oder soll ich anrufen?«, fragte er und ich lächelte ein wenig.

»Du hast dir vor Wochen meinen Schlüssel ausgeliehen. Behalt' ihn einfach und komm nach Hause, wenn du magst.«

Abrupt stoppte ich und sah Chris an, dessen Blick meinen erschrocken spiegelte. Was hatte ich gerade gesagt? Das beginnende Lächeln beruhigte mich nur mäßig.

»Dann komme ich nach Hause, wenn ich fertig bin«, flüsterte er sanft und küsste meine Stirn.

Ich schloss die Augen, genoss das Gefühl vollkommener Zufriedenheit und verabschiedete mich mit einem kurzen Kuss auf seine Lippen. Chris verschwand auf die Party und ich fuhr mit dem Taxi heim.

Mein Herz schlug kräftig an meine Rippen und ich fühlte mich wie ein Teenager. Albern und überglücklich. Mein Hirn spann die verrücktesten Ideen, wie die nächsten Wochen, Monate oder Jahre aussehen würden und ich hatte Probleme, einzuschlafen.

Den Morgen verschlief ich und wurde erst durch das Vibrieren meines Handys wach. Erstaunt sah ich auf die vielen Nachrichten von Chris. Es war ungewöhnlich, dass er so viel schrieb. Kurz überlegte ich, ob es schon einmal vorgekommen war und endete bei einem feucht-fröhlichen Geburtstag. Über zwanzig Nachrichten hatten mich in der Nacht erreicht. Meist nur einzelne Sätze oder Bilder. So ging ich auch jetzt davon aus, dass seine Redseligkeit dem Alkohol geschuldet war und las mir die Nachrichten chronologisch durch.

00:23: Daniel ist hier. Kannst du das glauben? Was ausgerechnet der hier macht? Angeblich wurde er von irgendwem eingeladen. Kann ich fast gar nicht glauben.

00:46: Jetzt hat er mich auch noch angequatscht, das eifersüchtige Stück! Er hat mich regelrecht angegraben. Aber da hat er keine Chance mehr ;-)

01:39: Der Chef tanzt! :-D Ich mache dir ein Video.

01:52: Der Chef hat sich böse aufs Parkett gelegt. Jetzt muss er nach Hause. Hoffentlich ist es nichts Ernstes.

*02:29: Ich glaube, ich habe einen zu viel. Ich lass mich heimfahren. Bis
gleich! *Kuss**

*10:03: *.jpeg*

Ich öffnete das Bild und stockte. Mein Blick weitete sich und ich
konnte spüren, wie mir die Farbe aus dem Gesicht wich. Mir war mit
einem Mal ganz anders.

Chris lag nackt in einem fremden Bett. Seine Haare waren
zerwühlt, an seinem Hals prangte ein dunkler Fleck. Neben ihm lag
Daniel, der dieses Selfie offensichtlich mit Chris' Handy gemacht
hatte. Ich ließ das Telefon fallen und starrte auf meine zitternden
Finger.

Wie konnte ich nur so dumm sein? So naiv?, fragte ich mich selbst, zog
die Beine an den Körper und vergrub mein Gesicht in den
verschränkten Armen. Ich war betrogen worden.

Einundzwanzig

Es war bereits wieder dunkel, als ich mich aus dem Bett erheben konnte. Dabei fühlte ich mich unendlich schwer, träge. Meine Augen fühlten sich trocken an und das Blinzeln tat weh. Wie eigentlich alles in meinem Körper. Meine Muskeln schienen nicht mehr als Pudding zu sein und meine Füße begannen unangenehm zu kribbeln, als ich endlich aufrecht stand.

Langsam schlurfte ich in die Küche und sah mich um. Ich musste etwas trinken und doch konnte ich mich nicht richtig orientieren. Erneut stieg tiefe Trauer in mir auf, griff nach meinem Herzen, aber es kamen keine Tränen mehr. Nachlässig wischte ich mir durch das Gesicht, wollte mich konzentrieren. Essen. Trinken. Ich musste etwas zu mir nehmen.

Entschlossen öffnete ich den Kühlschrank und mein Blick heftete sich auf eine Frischhaltedose mit einem Zettel daran. Ich erkannte Chris' Schrift sofort. Mit zitternden Fingern nahm ich den Zettel an mich.

Wenn es dir besser geht. Ich liebe dich!

Ich ließ mich auf den Stuhl hinter mir sinken, schluchzte lautlos. Das war falsch. Irgendetwas daran fühlte sich entsetzlich falsch an. Wie konnte er nur mit Daniel ins Bett steigen? Andererseits hatte er mal etwas für ihn empfunden. Irgendwann. Früher. Es fühlte sich an, als wäre es eine Ewigkeit her gewesen, dass wir in unserer Lieblingskneipe saßen und er mir seinen neuen Typen vorgestellt hatte.

Einmal atmete ich tief durch und wagte einen Blick in die Dose. Nudeln mit Chris' selbstgemachter Tomatensauce befanden sich darin. Vorsichtig roch ich daran, schloss genießend die Augen. Chris war ein hervorragender Koch. Er hatte es nie gelernt, aber hatte ein echtes Talent für Lebensmittel.

Ich machte mir das Essen in der Mikrowelle warm, trank in der Zwischenzeit ein Glas Wasser. Und noch eins. Und noch eins. Vielleicht sollte ich auf etwas Stärkeres umsteigen? Ich schob das Essen auf einen Teller, setzte mich mit einem weiteren Wasser an den Tisch und begann, zu essen.

Bereits nach wenigen Bissen schob ich das Essen unwillig über den Teller, von einer auf die andere Seite. Mir war der Appetit vergangen.

Wie konnte er mir das antun? Wut stieg bitter in mir auf und ich nagte an meiner Unterlippe. Wie konnte er nur von Liebe reden und mich dann so schäbig betrügen? Eine solch dreiste Lüge hatte ich nun wirklich nicht verdient.

Ich stand auf, ging ins Schlafzimmer, griff mir das Telefon und wählte seine Nummer. Meine Stimme würde zittern, das war mir schon jetzt klar, aber ich musste ihm einfach die Meinung sagen, meiner angestauten Wut, meiner Verzweiflung Luft machen. Eine schnöde, emotionslose Textnachricht würde für diesen Zweck bei Weitem nicht ausreichen. Es klingelte einige Male, ehe Chris' müde Stimme sich meldete.

»Du mieser Arsch!«, rief ich haltlos. »Wie kannst du so was machen? Auch noch mit ihm? Ich dachte wirklich, du meinst es ernst mit mir. Verlogene Ratte!«

Ich schimpfte mich in Rage, benutzte wüste Flüche und derbe Beschimpfungen und biss mir abrupt auf die Zunge, um Chris nicht sofort zum Teufel zu schicken.

»Christoph?«, wurde ich müde gefragt. Er klang desorientiert und ich hörte, wie er sich schwerfällig aufrichtete. »Was erzählst du da? Was habe ich denn gemacht? Ich weiß, ich bin gestern nicht wie versprochen zu dir gekommen, aber ...«

»Stell dich nicht dumm!«, knurrte ich und schnaufte wütend. »Das Bild war ja wohl mehr als eindeutig.« Meine Stimme begann zu zittern und ich ließ mich vor dem Bett auf den Boden sinken. Eine Träne suchte sich ihren Weg über meine Wange, als mich die Enttäuschung über das Bild aus der Nachricht überrollte. »Wie konntest du mir das antun?«, fragte ich leiser, wischte mir rüde über die Wange. Ich wollte nicht schon wieder weinen. Ich wollte wüten und Chris anschreien.

»Ich war gestern echt betrunken, Christoph. Du musst mir helfen, bitte. Was hat dich so verärgert? Habe ich dir Blödsinn geschrieben?«

Hart biss ich auf meine Lippe. Diese unschuldige Tour schmerzte mich nur noch mehr.

»Tu doch nicht so!«, knurrte ich verletzt. »Ich meine deine Nacht mit Daniel … Hat es wenigstens Spaß gemacht?«

Fiese Beleidigungen lagen mir auf der Zunge. Ein Teil in mir wollte Chris verletzen. Er sollte den Schmerz empfinden, den ich in diesem Moment empfand. Der andere Teil ließ mich verstummen.

»Was erzählst du da?« Chris schien ehrlich irritiert. Ich konnte hören, wie er auf seinem Handy herumtippte und dann scharf die Luft einzog. Offenbar hatte er das Bild gefunden. »Dieser miese …«, rief er und lautes Knacken ging durch den Hörer.

Ich hörte Schritte und eine Tür anschlagen. Wilde Flüche gingen an meinem Ohr vorbei. Flüche voller Wut und Hass. Erneut knackte es, dann hörte ich Chris wieder deutlich.

»So war das nicht!«, verteidigte er sich einfallslos. »Ich habe nicht mit ihm geschlafen … glaube ich.« Chris lief unruhig auf und ab, das konnte ich hören. »Diese kleine, eifersüchtige Ratte!«, knurrte er und ich schnaufte.

»Dazu gehören immer zwei«, murmelte ich matt. Mir fehlte die Kraft, mir seine Ausreden anzuhören und ein dicker Kloß bildete sich in meinem Hals, drängte Tränen in meine Augen. »Meld' dich bei mir, wenn dir die Details wieder eingefallen sind. Vielleicht kannst du mir dann sagen, warum du so einen Scheiß machst!?«

Damit legte ich auf. Das Handy glitt aus meiner Hand, kam leise auf dem Boden auf und blieb dort liegen. Mir rannen die Tränen übers Gesicht und ich hatte nicht gewollt, dass Chris es hörte.

Das Display wurde hell und nach einigem Blinzeln erkannte ich Chris' Namen. Die Mailbox würde ihn darüber informieren, dass ich kein Interesse an einem Gespräch mit ihm hatte.

Immer wieder versuchte Chris, mich anzurufen. Mittlerweile hatte ich aufgehört mitzuzählen. So penetrant kannte ich ihn gar nicht. Unzählige Nachrichten waren angekommen und gerade wurde das Display wieder hell. Allein seinen Namen zu lesen, tat weh. Dann wurde der kleine Bildschirm dunkel und das Handy schwieg. Mein Blick suchte meinen Wecker. Nach zwei Stunden hatte Chris endlich aufgegeben. Ich schnaufte. Nach nur zwei Stunden hatte er mich aufgegeben.

Wütend kickte ich das Telefon mit dem Fuß von mir. Es rutschte knapp einen Meter über das Laminat und blieb dort beleidigt liegen. Ich stand auf, ging ins Bad und unter die Dusche. Ich wollte das schreckliche Gefühl von meiner Haut waschen, wollte Chris von mir waschen. Ihn und all die Gefühle in mir. Anschließend zog ich mir etwas Bequemes an. Mit einem Blick in den Spiegel stockte ich. Es war Chris' Shirt. Das, was er mir auf mein Seminar mitgegeben hatte, damit ich besser schlafen konnte.

Ein schweres Band schloss sich um meine Brust und ich griff an den Kragen, um ihn über meine Nasenspitze zu stülpen und den einzigartigen Geruch tief in meine Lungen zu ziehen, der zwischen den Fasern auf mich wartete. Unentschlossen suchte mein Blick mein Handy. Dunkel lag es auf dem Laminat und schwieg mich an.

Unsicher setzte ich einen Fuß vor den anderen, näherte mich dem Telefon und hockte mich davor. Mit zitternden Fingern griff ich danach und mein Blick verschwamm, als ich die über 30 neuen Nachrichten öffnete. Chris schrieb, dass nichts zwischen ihm und Daniel war. Er schrieb, wie sehr er mich liebte und flehte mich an, ihm zu glauben. Mitleid griff nach meinem Herzen, je mehr verzweifelte Nachrichten ich las, doch ich wollte hart bleiben, wollte nicht zu leicht zu überreden sein. Ein »Tut mir leid!«, war schnell geschrieben und ich war nicht geneigt, vorschnell zu vergeben. Nicht ihm.

Die Nacht ging in den Morgen über. Ich fühlte mich hundeelend, hatte kaum eine Stunde geschlafen und zu viel getrauert. Müde schaltete ich den Computer an und setzte mich an meine Arbeit. Es fühlte sich stupide an und gab mir Raum, um in meinen trüben Gedanken zu versinken. Als mein Telefon klingelte, zuckte ich zusammen und sah skeptisch auf das Display. Basti. Erleichtert ging ich ran.

»Gott sei Dank, du bist es!«, entfuhr es mir und ich erntete irritierte Stille.

»Was ist los?«, wollte er wissen und ich seufzte.

Basti war nach Chris mein bester Freund und ich wusste spätestens seit dem Seminar, dass ich mich ihm anvertrauen konnte.

»Chris ist ein Arsch!«, platzte es mit bebender Stimme aus mir heraus und ich erzählte ihm alles. Die nächsten Minuten waren gefüllt mit Schluchzen und verletztem Stolz.

»Gott! Christoph. Das hätte ich nicht von ihm gedacht. Das tut mir so leid für dich. Ach Mensch. Kann ich dir irgendwie helfen?«

Schneid mir einfach den schmerzenden Klumpen aus der Brust!, dachte ich theatralisch, lehnte dann aber dankend ab.

»Da kannst du nicht viel machen«, murmelte ich und rieb mir über die Stirn und seufzte. »Nicht einmal ich kann da was machen. Danke dir, dass du mir zugehört hast.«

Ich verabschiedete mich und legte auf, um weiter meiner Arbeit nachzugehen und mich irgendwie abzulenken.

Vielleicht ist es genau das, was ich verdiene, ging es mir durch den Kopf. *Immerhin habe auch ich betrogen.*

Mein nächster Griff ging zum Telefon und ich wählte eine Nummer, die ich schon lange nicht mehr benutzt hatte.

»Ja?«, wurde das Gespräch angenommen und ich atmete lautlos durch.

»Hallo, James«, begann ich und entschuldigte mich in aller Form bei ihm. Für den Betrug, den Fausthieb und die unfairen Worte. Nun verstand ich, wie es ihm mit mir gegangen war und ich fand, ich war ihm eine ehrliche Entschuldigung schuldig.

Vierzig Minuten vergingen, bis ich all das mit James geklärt hatte, was ich schon vor Wochen hätte klären sollen. Er konnte mir nicht vergeben, noch nicht und es war für mich in Ordnung. Ich hatte alles gesagt und wir legten mit einer höflichen Verabschiedung auf. Ich stand auf und ging in die Küche. Ich brauchte jetzt einen Kaffee, außerdem wollte ich mich etwas bewegen. Wortlos schaltete ich die Kaffeemaschine an, als es an der Tür klingelte. Leise murrte ich und ging, als es ein zweites Mal klingelte, zur Tür, betätigte die Gegensprechanlage und hörte … Rauschen.

Genervt verdrehte ich die Augen und öffnete die Tür. Womöglich musste auch zum sechzehnten Mal ein Techniker kommen und sein Glück mit dieser Anlage versuchen. Im Türrahmen erwartete ich den unbekannten Besuch.

»Christoph.« Mir stockte der Atem, als Chris auf der Treppe auftauchte und mich unsicher ansah. Mein Körper war steif und ich spürte, wie mein Herz hart in meinem Hals pulsierte. »Bitte. Lass es mich dir erklären.« Er kam auf mich zu, als wäre ich ein scheues Reh, das er auf keinen Fall vertreiben wollte. Seine Worte waren sanft und bittend und für einen Moment glaubte ich, dass er seinen Kopf etwas zwischen den Schultern hatte. »Bitte«, raunte es nahe an meinem Ohr. »Bitte.«

Warme Finger strichen zärtlich über meine Schultern und Oberarme. Verzeihende Blicke kreuzten meine. Langsam schob Chris mich in die Wohnung zurück und ich hörte die Tür in weiter Ferne in ihr Schloss fallen, ehe ich zu mir kam. Mit einem Schritt zurück wischte ich mir seine Hände von den Schultern und starrte ihn an. In meinem Kopf tobten laute Stimmen. Stimmen voller Verwirrung, Wut und verletztem Stolz.

»Was willst du hier?«, hörte ich mich zischend fragen und trat noch einen Schritt zurück.

»Du wolltest, dass ich komme, wenn ich mich erinnere«, gab Chris leise von sich und steckte seine Hände in die Taschen seiner Jeans. »Ich erinnere mich.«

»Und?«, wollte ich wissen und stockte sofort.

Wollte ich das wirklich wissen? Wollte ich wissen, was passiert war? Wie Chris mit Daniel im Bett gelandet war und wie sie die Nacht zusammen verbracht hatten? *Nein!,* schrie alles in mir, doch ich nickte.

»Daniel war auf der Party«, begann Chris und wirkte fast jugendlich schüchtern dabei.

»Das weiß ich!«, knurrte ich und ballte bewusst meine Hände zu Fäusten, um meine Wut im Zaum zu halten. Ich musste mich zurückhalten.

»Ich weiß, dass ich zu viele Drinks hatte und mich tierisch geärgert habe, dass ich nicht mit dir mitgekommen bin. Daniel hing mir den ganzen Abend auf der Pelle. Es hat richtig genervt. Laut einem Kollegen war ich nach meinem letzten Cocktail halb weggetreten und Daniel hat mich einfach mitgenommen. Eigentlich wollte der Kollege mich fahren.« Er lehnte sich mit dem Rücken an die Tür und sah mich verzeihend an. »Danach habe ich einen absoluten Filmriss. Aber glaub mir: Ich habe nicht mit ihm geschlafen. Ganz sicher!«

»Woher willst du das so genau wissen, wenn du dich nicht erinnern kannst?«, wollte ich wissen, verschränkte die Arme vor der Brust und trat einen Schritt zurück.

»Ich war heute Morgen beim Arzt. Einen Bluttest kann ich erst in ein paar Wochen machen, aber laut körperlicher Untersuchung hatte ich höchstwahrscheinlich keinen Sex.«

Chris wurde immer leiser, verschluckte die letzten Worte fast und wand sich unter meinem Blick. Es war ihm ganz offensichtlich unangenehm. Es dauerte ein paar Augenblicke, bis seine Worte vollständig bei mir angekommen waren.

»Beim Arzt?«, echote ich und löste meine Haltung etwas auf. Erst jetzt wurde mir die Tragweite dieser Nacht bewusst.

»Wenn ich wirklich so blöd war und solch einen Mist gemacht habe, möchte ich wenigstens wissen, wie tief ich in der Scheiße sitze. Ich muss wissen, ob ich mir vielleicht was eingefangen habe. Zwar ist der Arzt sich relativ sicher, dass nichts gelaufen ist, aber ich will ein klares Ergebnis auf einem Stück Papier.«

Kalte Schauer liefen mir über den Rücken. Je länger Chris erzählte, desto mehr Variationen der Nacht huschten durch meinen Kopf, an die ich vorher nicht einen Gedanken verschwendet hatte. Bittere Galle stieg mir sauer auf und mit nur zwei Schritten war ich bei Chris.

Zweiundzwanzig

Fest schlang ich meine Arme um seinen Nacken. Unter meinen Fingerspitzen spürte ich die starren Schultern, die sich nur langsam lockerten. Ganz offensichtlich hatte Chris mit einer anderen Reaktion gerechnet. Ich, ehrlich gesagt, auch.

Seine Arme schlangen sich um mich und immer wieder flüsterte er mir leise Entschuldigungen ins Ohr, beteuerte, wie sehr er diesen Abend bereute. In meiner Brust schmerzten diese Worte und ich erinnerte mich daran, wann er sich zuletzt so an mich klammerte, weinte und die Welt verfluchte. Es war der Tag nach Joels Trennung.

»Es ist längst nicht alles vergeben und vergessen, aber ich lasse dich jetzt nicht fallen. Ich lasse dich jetzt nicht allein«, versprach ich und meinte jedes Wort genau so, wie ich es sagte.

Das leise »Danke!«, und der feste Zug an meiner Taille, bestätigten mir, dass ich mich richtig entschieden hatte. Vorerst zumindest. »Ich weiß, es ist dreist, dich so etwas zu fragen, aber darf ich hierbleiben? Ich will nicht in meiner Wohnung sein. Ich will nicht allein sein.«

Seine Worte ließen mich schwer seufzen. Natürlich wollte ich ihn hier haben. Natürlich wollte ich seinem Wunsch nachkommen und ihn umsorgen, doch ein kleiner Teil in mir rebellierte.

»Denkst du, dass das gut ist?«, fragte ich deshalb und löste mich langsam von Chris, sah ihm in die Augen. Verwaschenes Braun empfing mich und sein Blick begann nervös zwischen meinen Augen hin und her zu huschen.

»Ich schwöre, ich fasse dich nicht an, bis ich weiß, was los ist. Ich gehe dir nicht auf den Nerv und ich schlafe auf der Couch. Wenn du arbeitest, werde ich nicht da sein. Mein Chef wollte mir die Woche freigeben, deswegen, aber ich werde mit ihm reden, dass ich ab morgen wieder arbeiten komme. Du wirst mich also gar nicht bemerken. Nur bitte, bitte schick mich nicht nach Hause.«

Für einen langen Moment musste ich nachdenken.

»Also gut. Die Couch gehört dir«, hörte ich mich sagen und löste mich gänzlich, um ihm das Bettzeug aus dem Schlafzimmer herauszusuchen. Den Widerwillen, der mir den Hals eng machte, schluckte ich hinter.

»Hier bitte«, meinte ich und legte ein Kissen, Decke und ein Laken auf das Sofa, dann zog ich mich an meinen Schreibtisch zurück.

Ich konnte Chris' Blick auf meiner Haut spüren und wusste, dass wenn ich ihn jetzt ansah, ich all meine verbliebenen Vorsätze, wütend über den vermeintlichen Betrug zu sein, über Bord werfen würde.

Erneut hörte ich ein leises »Danke«, und dann war Ruhe.

Chris hielt sich an seine Versprechen. Er kümmerte sich um ein Mittagessen, stellte mir stumm einen Teller auf den Schreibtisch und hielt sich sonst auf der Couch auf. Erst gegen Abend sprach er mich an.

»Das Abendessen ist fertig.«

Seine Stimme klang schüchtern und als ich aufblickte, sah ich in unsichere Augen.

»Danke«, meinte ich und warf einen Blick auf die Uhr.

Es war bereits nach acht. Ich fuhr den PC runter und gesellte mich langsam zu Chris in die Küche. Auf mich wartete ein frischer Teller Nudeln mit seiner Tomatensauce. Ein Kloß bildete sich in meinem Hals, doch ich setzte mich und begann tapfer, zu essen. Einige Zeit hielt ich meinen Blick aufs Essen, dann sah ich auf, um Chris zu beobachten. Gedankenverloren schob er sein Essen über den Teller, und auch meine Gedanken begannen in fernen Bahnen zu kreisen. Die Luft schien mit einem Mal unerträglich dick zu werden und schwer auf mir zu lasten. Das Atmen wurde mir schwer. Ich wollte nur noch weg.

Mit einem Ruck schob ich den Teller von mir und stand auf.

»Ich brauche frische Luft«, hörte ich mich selber sagen und mit wenigen Schritten war ich an der Wohnungstür, zog Schuhe an und griff nach meinem Schlüssel. Nur einen Moment später schlug die Tür hinter mir zu und ich stieg die Treppe hinunter.

Auf dem Fußweg angekommen atmete ich tief durch und ging die Straße runter, auf der die ersten Lichter angeschaltet wurden, spazierte gedankenverloren zwischen den Häusern entlang und hing meinen Gedanken nach. Chris' Anblick schmerzte in meiner Brust und immer wieder stolperte ich über die Gedanken: *Was hat Daniel getan? Was, wenn er Chris' Zustand einfach ausgenutzt hatte?* Über zwei Stunden lief ich durch unsere Stadt. Auf dem Platz vorm Standesamt ließ ich mich auf einer Bank nieder und sah auf den trockenen Springbrunnen. Morgen würde er wieder sprudeln. Das Seufzen, das mir über die Lippen kam, klang schwer in meinen Ohren. Ein Teil in mir wollte Chris so gern glauben, diese ganze Situation als schlechten Scherz markieren und einfach an dem Punkt weitermachen, an dem ich noch glücklich war und über eine gemeinsame Zukunft nachgedacht habe.

Langsam erhob ich mich. Der Wind frischte auf und mir wurde kühl. Träge setzte ich einen Fuß vor den anderen und lief nach Hause. Vor der Haustür sah ich an der Fassade entlang und wusste nicht, was ich hoffen sollte. Vielleicht, dass Chris doch noch gegangen war? Oder dass er noch in meiner Wohnung herumlief?

Als ich meine Wohnungstür aufschloss, lag der Flur in Dunkelheit und augenblicklich erfasste mich eine Spur von Enttäuschung. Stumm musste ich gestehen, dass ich mir ein anderes Ergebnis gewünscht hatte.

Leises Rascheln drang an mein Ohr und ich sah vorsichtig ins Wohnzimmer. Auf meiner Couch bewegte sich etwas. Neugierig ging ich auf das Geräusch zu und erkannte Chris, der sich erneut im Schlaf umdrehte. Ich hatte gar nicht gewusst, wie unruhig sein Schlaf war. Vorsichtig streckte ich meine Finger nach ihm aus.

Das Bedürfnis, seine Haut zu berühren, schien in diesem Moment übermächtig zu sein. Sein Anblick lockte mich. Das Haar war zerwühlt, sein Atem ging ruhig und selbst in diesem Halbdunkel erkannte ich den blauen Fleck an seinem Hals. Ich zog meine Finger zurück und verließ das Wohnzimmer so leise, wie ich es betreten hatte. Mit einem Umweg über die Dusche ging ich ins Schlafzimmer und legte mich in mein Bett, zog unwirsch die Decke über meinen Körper und zwang mich in den Schlaf.

Der nächste Morgen war noch jung, als ich die Tür zu meiner Wohnung zuschlagen hörte. Zwar war ich schon ein paar Minuten wach, aber ich wollte Chris partout nicht über den Weg laufen. Ihn jetzt zu sehen, hätte mich nur unnötig aufgewühlt, und das an einem Tag, an dem ich in die Firma musste.

Ich wartete noch etwas, dann stand ich auf und ging in die Küche. Auf dem Tisch wartete schon eine Tasse Kaffee.

Guten Morgen, stand auf dem Zettel, den Chris an die Tasse geklebt hatte. Rüde nahm ich den Zettel in die Hand, warf ihn in den Papiermüll und trank den Kaffee. Ich wollte einfach nicht mit ihm kommunizieren, auch nicht über solch blöde Zettelchen.

Mein nächster Weg führte mich zu meinem Arbeitsplatz. Ich sortierte meine Unterlagen, zog mich dann an und machte mich auf den Weg zur Firma. Auch dort wollte ich mich an das Credo »Schnell rein, schnell raus« halten und erledigte meine Arbeit in Rekordzeit. Zeit für ein Gespräch unter Kollegen blieb nicht und ich machte mich auf den Weg nach Hause, wo ich mich in meine Arbeit vergrub und erst mit einem Schreck aufsah, als ich einen Schlüssel im Schloss hörte. Mein Blick huschte auf die Uhr und für den Bruchteil einer Sekunde überlegte ich, fluchtartig ins Schlafzimmer zu laufen.

Wütend über mich selbst, schnaufte ich. Wer war ich denn, dass ich mich in meiner eigenen Wohnung aus der Ruhe bringen ließ? Noch immer hatte ich die Option, Chris vor die Tür zu setzen, wenn er mir zu nahe trat.

»Ich bin wieder da«, kam es leise von ihm und er verzog sich sofort auf die Couch.

Mein vorangegangener Gedanke wirkte auf mich mit einem Mal schrecklich herzlos.

»Hey«, brachte ich leise hervor. Langsam stand ich auf und machte mich auf den Weg in die Küche. »Hast du Hunger?«

Chris' leise Zustimmung folgte mir und ich machte uns eine Kleinigkeit zu Essen.

Während des Essens stieg erneut der Druck in mir. Ich konnte es nur schwer ertragen, Chris so nahe zu sein, und ging eine Runde spazieren, nachdem ich den letzten Bissen hinuntergeschluckt hatte.

Die Tage reihten sich aneinander und langsam entstand so etwas wie Normalität. Es war in Ordnung, dass Chris hier war, auch wenn mich seine Nähe beim Abendessen fast schon störte. Nachts jedoch vermisste ich seine Wärme.

Mehr als eine Woche wohnte Chris nun auf meiner Couch, ging nur nach Hause, um seine Post zu holen. Die Couch war sein Reich, in das ich mich nicht hineinwagte. Wenn wir fernsahen, saß ich auf meinem Bürostuhl und er auf dem Polster. Morgens hatte ich, wie immer, eine kleine Nachricht an meiner Kaffeetasse kleben und abends aßen wir zusammen, sonst gingen wir uns überwiegend aus dem Weg. Etwas, das mir von Tag zu Tag schwerer fiel. Ich liebte Chris und wollte ihm nahe sein. Mein betrogenes Ego hingegen mahnte mich zur Vorsicht.

»Das Essen ist fertig«, hörte ich Chris rufen und kam in die Küche.

Chris' Stimme hatte in den letzten Tagen wieder zu ihrer alten Form gefunden und auch die Unsicherheit war größtenteils aus seinem Blick und seinen Handlungen gewichen. Das merkte ich besonders an Tagen wie diesem Freitag, an dem wir uns lange im selben Raum aufhielten.

»Guten Appetit«, wünschte ich, begann zu essen und musste feststellen, wie praktisch ein eigener Koch war.

Mein Stapel an unerledigten Sachen war noch nie so klein gewesen. Ein Schmunzeln huschte über meine Lippen.

»Du kannst ja lächeln.« Irritiert blickte ich auf und sah in Chris' Gesicht. »Und du siehst mich seit Tagen wieder an.«

Angespannt schluckte ich den Bissen hinunter, den ich gerade im Mund hatte, dann erhob ich mich und verließ die Wohnung. Es fühlte sich für mich wie eine Flucht an.

Dreiundzwanzig

Die ersten Meter waren noch zügig. Ich wollte Abstand zwischen mich und Chris bringen, dann wurde ich langsamer. Tief atmete ich durch und steckte die Hände tief in die Hosentaschen. Tränen wollten sich in meinen Augen sammeln, doch ich blinzelte sie weg, atmete gegen das feste Band an, das sich um meine Brust zu schlingen schien. Kreuz und quer führte mich mein Weg durch die Stadt. Ich beobachtete die Blätter, wie sie zu Boden fielen und dort darauf warteten, von einem Igel oder anderen Tieren als Quartier für den Winterschlaf genutzt zu werden.

Mein Kopf begann zu dröhnen und am liebsten hätte ich meinem ganzen Frust lautstark Luft gemacht. Stattdessen ging ich zum Ententeich und ließ mich dort auf einer Bank nieder. Und beobachtete eine alte Dame, die Enten fütterte, ehe ich mich erhob und weiterlief. Der Wind frischte auf und sorgte für eine unangenehme Gänsehaut auf meinen Armen und ich ging heim. Chris war noch wach, saß auf der Couch und sah, in eine Decke gewickelt, einen Film.

Sein Anblick schmerzte in meiner Brust, dennoch ging ich auf ihn zu, setzte mich still neben ihn und ließ den Film auf mich einströmen. Ich verstand kein Wort und keine Handlung, denn mein ganzes Denken war auf den Mann gerichtet, der angespannt neben mir saß und mir wohl ähnlich viel Aufmerksamkeit zukommen ließ.

»Was passiert mit uns, wenn du wirklich mit ihm im Bett warst?«, stellte ich die Frage, die mir seit seinem Auftauchen durch den Kopf ging.

Dabei war meine Stimme so leise, dass ich hoffte, Chris hätte mich einfach überhört, doch ich wurde enttäuscht. Er schaltete den Fernseher aus und lehnte sich im Polster zurück.

»Ich weiß nicht, was du dann tun willst. Ich werde versuchen, dich davon zu überzeugen, dass ich es verdammt noch mal ernst mit dir meine.« Er klang müde und fast war ich der Meinung, etwas wie Verbitterung zu hören. »Natürlich hoffe ich, dass du mir irgendwann vergibst und wir weiterhin zusammen sein können. Aber meine Erfahrung zeigt mir, dass es nach einem Betrug so gut wie immer in einer endgültigen Trennung endet.« Plötzlich drehte er sich zu mir um und sah mich ernst an. »Ich weiß, dass da nichts gelaufen ist. Ich habe ganz sicher nicht mit ihm geschlafen. Davon bin ich überzeugt, auch wenn ich mich an einen Großteil der Nacht einfach nicht mehr erinnern kann.«

Mein Blick suchte seinen.

»Wie kannst du dir da so verdammt sicher sein?«, wollte ich wissen und spürte, wie mein Hals immer enger wurde.

Enttäuschung und Trauer krochen in meiner Brust empor und nur zu gern hätte ich mich in eine seiner warmen Umarmungen und unter die Decke geflüchtet.

»Ich bin davon überzeugt, weil man in meinem Blut Reste eines Betäubungsmittels gefunden hat.«

Entsetzt sah ich ihn an, fragte mich, warum er mir so etwas verschwiegen hatte.

»Warum …?«

Er schüttelte nur den Kopf.

»Was hätte das an der Tatsache geändert?« Mit einem ernsten Blick sah er mich an. »Mein Chef kümmert sich um die Anzeige und das ganze Drumherum. Ich kann nur dasitzen und zusehen und hoffen, dass keiner dieser blöden Bluttests positiv ausfällt«, presste er hervor und rieb sich angestrengt die Stirn. »Nimm es mir bitte nicht übel, aber ich will jetzt nicht weiter darüber nachdenken. Ich möchte gerade nur noch schlafen.«

Ich nickte und erhob mich langsam. Mit einem leisen »Nacht«, kehrte ich ihm den Rücken zu und beschloss, ebenfalls ins Bett zu gehen. Im Schlafzimmer zog ich mich aus und legte mich ins Bett, kuschelte mich bis über die Schultern in die Decke und schloss die Augen.

Aber an Schlaf war nicht zu denken. Meine Gedanken tobten und ich überlegte krampfhaft, wie ich mich wohl verhalten hätte, wenn ich diese Information früher gehabt hätte. Sicher, es hätte nichts an der

Tatsache geändert, da hatte Chris vollkommen recht. Doch wenn ich ganz ehrlich zu mir war, dann hätte ich ihn nicht so auf Abstand gehalten, hätte seine Verfehlung vielleicht sogar bereits vergeben. Ein Druck hinter der Stirn machte sich bemerkbar und drohte mit Kopfschmerzen. Energisch schüttelte ich den Kopf und zwang mich, wie so oft in den letzten Wochen, in den Schlaf.

~ * ~

Der nächste Morgen weckte mich mit dem Duft von frischen Brötchen und ich ging, mir die Augen reibend, in die Küche. Der Anblick des gedeckten Tisches weckte die Lebensgeister in mir. Die Brötchen dampften in ihrem Korb. Die Eier waren in ein Tuch eingeschlagen und frischer Kaffee stand bereit. Innerlich richtete ich zärtliche Gedanken an Chris und es fühlte sich so viel besser an, als ihm noch immer zu grollen.

Leise setzte ich mich an den Tisch und fand an meiner Kaffeetasse einen neuen Zettel.

Guten Morgen! Heute lasse ich dich in Ruhe. Du brauchst sicher eine Pause von mir. Ich bin heute bei Konstantin und hoffe, dass ich heute Abend noch mal nach Hause kommen darf.

Noch einmal versuchte ich, den Zettel zu lesen, doch mein Blick blieb an dem letzten Satz hängen. Er wollte nach Hause kommen. Ich stützte meine Ellen auf den Tisch und vergrub mein Gesicht in den Handflächen. Einige Male atmete ich tief durch und gestand mir schließlich ein, dass ich Chris noch immer liebte.

Ich wusste, ich würde ihn nicht gehen lassen, selbst wenn er mit Daniel geschlafen hatte. Unsere Beziehung würde nie wieder sein, wie sie davor war, und mit absoluter Sicherheit würde ich in der nächsten Zeit entsetzlich eifersüchtig und misstrauisch sein. Doch ich konnte mir ein Leben ohne Chris nicht mehr vorstellen, und diese Erkenntnis schmerzte mich.

Nach dem Frühstück kümmerte ich mich um meinen Haushalt. Staubsaugen, Wäsche waschen. Nach einem kleinen Mittagessen nahm ich mir Zeit für eine ausgiebige Dusche und eine Rasur, dann zog ich mich an und nahm mir meinen Wohnungsschlüssel. Während ich die Treppe hinunterlief, schrieb ich Chris, dass er heute Nacht wieder auf der Couch schlafen konnte, und verließ das Haus.

In den letzten Tagen hatte ich mir den täglichen Spaziergang so sehr angewöhnt, dass ich nicht mehr darauf verzichten wollte. Mein Weg führte mich durch die Hinterhöfe, in denen Familien ihren gemeinsamen Samstag auf den diversen Klettergerüsten verbrachten, unter den bunter werdenden Bäumen ihre Decken ausbreiteten und sich mit Nachbarn und Freunden trafen. Weiter lief ich in Richtung Innenstadt und kam an einem kleinen, schmalen Fachwerkhaus vorbei. Ich mochte dieses Gebäude schon immer und gab mich gerne der Fantasie hin, wie es wohl wäre, auf diesen drei Etagen zu wohnen. Vor Jahren stand es für ein paar Wochen leer und ein Zettel mit dem Grundriss und den Daten des Hauses hing im Fenster. Seitdem flogen meine Gedanken zu der träumerischen Illusion, wie mein Leben in diesem Haus wohl wäre.

Auch heute blieb ich für ein paar Minuten stehen und versank in diesem Tagtraum, denn in der Realität konnte ich mir ein solches Schmuckstück nicht leisten, auch wenn die Raten für einen Mietkauf verführerisch waren.

Mein Handy gab einen Ton von sich und zeigte eine erleichterte Antwort von Chris. Mit einem Blick auf die Uhrzeit entschied ich, dass ich allmählich zurückgehen sollte, und machte mich auf den Heimweg. Dabei überlegte ich hin und her, wie ich heute Abend mit Chris umgehen wollte. Einerseits wollte ich so gern mit ihm etwas Zeit verbringen, vielleicht auch noch ein paar Informationen erfragen. Andererseits fühlte sich dieser Wunsch seltsam deplatziert an, hatte ich doch die letzten Tage großzügigen Abstand zu Chris gehalten.

Mein Heimweg führte mich in der ersten Dämmerung über die Bahnschienen. Leise schnaufend sah ich auf den Boden, kickte einen kleinen Stein eine Weile vor mir her, ehe ich wieder aufsah, um nicht gegen einen entgegenkommenden Fußgänger zu laufen. Ich stockte, als ich bemerkte, wo ich war. Auf der gegenüberliegenden Seite stand Chris' Haus und davor …

»Daniel«, rutschte es über meine Lippen und ich blieb wie angewurzelt stehen, sah ihm zu, wie er vor dem kleinen Holztor stand, nervös über sein Hemd strich und schließlich die Klingel betätigte.

Unangenehm laut dröhnte das Geräusch zu mir herüber. Eine Gänsehaut überzog meine Arme, mein Puls schnellte in die Höhe und ich ging über die Straße. Die Neugier trieb mich zu Daniel, obwohl ich nur zu gern einen weiten Bogen um diesen Mann gemacht hätte.

»Was machst du denn hier?«, fragte ich und bemühte mich um eine neutral klingende Stimme. Daniel drehte sich erschrocken zu mir um und brauchte einen Moment, bis er mir antwortete.

»Was geht es dich an?«, fragte er harsch und ein kleiner, brennender Punkt in meinem Magen war geneigt, mich gänzlich auf Chris' Seite zu stellen und Daniel eins reinzuwürgen.

»Chris ist nicht da«, bemerkte ich und beobachtete, wie er mich mit einer Mischung aus Verachtung und Misstrauen musterte.

»Woher willst du das wissen? Stalkst du ihn?«

Seine Stimme wurde zunehmend drohender und ich musste mir ein überlegenes Schmunzeln verkneifen. Ich wusste nicht, woher dieses Gefühl kam, doch je länger ich hier mit Daniel stand, desto mehr war ich der Meinung, dass sowohl Chris als auch mir übel mitgespielt worden war.

»Er ist bei mir.«

Mehr wollte ich nicht sagen, ich wollte wissen, wie Daniel auf diese Aussage reagierte.

Grob packte er mich mit beiden Händen am Kragen meines Shirts, drehte es mit den Fäusten ein, zog mich an sich heran und schob mir so seine geballten Hände unters Kinn. Dabei trat er so nahe an mich heran, dass ich seinen Atem riechen konnte. Nur schwer konnte ich widerstehen, mein Gesicht zu verziehen. Den Geruch von Cranberry konnte ich noch nie leiden.

»Findest du es nicht etwas dreist, ihn noch zu dir zu zitieren? Seine Wahl ist ja wohl eindeutig, nicht?«, fragte er und ich zog meinen Kopf zurück.

»Er stand plötzlich vor meiner Tür. Er hat mir alles erklärt und nun ist er bei mir«, meinte ich, gegen den Druck an meinem Kinn vorbei. Dass dies nur die halbe Wahrheit war, wusste wohl nur ich, denn Daniel ließ mich abrupt los und sah mich wütend an. »Warum hast du das gemacht? Was sollte dir das alles bringen?«, wollte ich wissen und strich mein Shirt glatt.

Daniel trat einen Schritt zurück und musterte mich kritisch.

»Du bist zu gutgläubig. Du glaubst seinen Worten mehr, als dem offensichtlichen Bild?«

Seine Stimme vibrierte und ich fühlte mich sicher, wie lange nicht mehr.

»Du hast ihn betäubt und dann dieses Bild gemacht. Was bist du nur für ein Typ?« Meine ganze Wut auf Chris und die Situation legte ich in meine Stimme und knirschte leicht mit den Zähnen. »Was sollte dir das bringen? Sollten Chris und ich auseinanderrennen, nur wegen eines Fotos? Sollte ich mich trennen, nur weil du mir prophezeit hast, ich wäre nur eine weitere Kerbe?«, fragte ich und schnaufte, rieb mir die Stirn. »Denkst du wirklich, er wäre zu dir zurückgekommen?«

»Du kennst doch den Spruch. ›Der Feind meines Feindes ist mein Freund‹. Tja. Hier ist es sozusagen andersrum. Du willst der Freund meines Freundes sein und damit bist du mein Feind!«, knirschte er wütend hervor. »Du bist mir ein Dorn im Auge. Du hast mit ihm geschlafen, als ich mit ihm zusammen war. Er hat mich deinetwegen betrogen, weil du ihn um den Finger gewickelt hast. Ich wollte, dass es dir genauso geht. Du solltest wissen, was das für ein Gefühl ist und was er für ein untreues Stück ist.«

Wut stieg in mir auf. Ebenso wie der Wunsch, ihr körperlich Luft zu machen. Doch ich trat einen großzügigen Schritt zurück und drehte mich mit einem mitleidigen Blick um.

»Du musst nicht auf ihn warten.«

Sollte er von mir denken, was er wollte. Er war für mich nicht mehr von Bedeutung. Zwar hörte ich die Beschimpfungen, die er mir nachrief, ignorierte sie jedoch.

Ich ging nach Hause. Als ich den Schlüssel im Schloss drehte, begann ich zu hoffen, dass Chris wirklich wiedergekommen war. Leise trat ich in die dunkle Wohnung und ein drückendes Gefühl kam über mich. Ich ging ins Wohnzimmer. Die Bewegung auf der Couch ließ mich kurz innehalten, mich der Gestalt danach nur vorsichtig nähern. Mein Herz schlug mir bis zum Hals und meine Finger begannen zu zittern, als ich nach Chris Schulter griff, sie sanft streichelte. Müde öffnete er die Augen, rieb über sie und setzte sich etwas auf.

»Ist was passiert?«, wollte er schlaftrunken wissen und ich ging vor dem Möbelstück in die Hocke.

»Tut mir leid, dass ich an dir gezweifelt habe. Dass ich an uns gezweifelt habe«, murmelte ich, verschränkte die Arme auf der Decke über seinen Beinen und legte meine Stirn darauf. »Es war eine Inszenierung von Daniel. Er wollte uns auseinandertreiben.«

Ich schloss die Augen und harrte der Dinge, die kamen. Sanfte Finger strichen mir durch das Haar, kraulten meinen Nacken und strichen mir zwischen den Schulterblättern entlang. Es fühlte sich unendlich gut an, so liebevoll berührt zu werden.

»Ich hatte Angst, Christoph. Richtige Angst, dass ich wirklich etwas getan habe, was dich von mir wegtreibt. Und ich bin mir noch immer unsicher«, gab er leise von sich und ich stand auf.

Den verwirrten Gesichtsausdruck von Chris erkannte ich trotz der Dunkelheit, die hier herrschte, und griff mit einem Lächeln nach seiner Hand.

»Komm mit ins Bett. Wir sollten schlafen. Morgen ist noch genug Zeit, um alles zu erzählen«, flüsterte ich sanft und ein Ruck ging durch seinen Körper. Eilig, wenn auch unsicher, stand Chris auf und griff nach meiner Hand. Zusammen gingen wir ins Schlafzimmer. Ich zog mich aus und legte mich ins Bett.

Chris stand noch immer am Bettrahmen und ich hob, leicht amüsiert über den Anblick, die Decke einladend an. Vorsichtig legte er sich zu mir und ich deckte uns zu. Wie immer lag hier nur ein Kissen, das wir uns teilen mussten. Ich schnaufte erheitert und legte meine Arme um seinen Nacken, kuschelte mich eng an ihn und hielt ihn fest. Pure Erleichterung strömte durch meinen Körper, ließ mich leicht fühlen. Leicht und sicher.

»Ich liebe dich!«, flüsterte ich an seine Brust.

Zwei starke Arme drängten sich um meinen Brustkorb und zogen mich bestimmt an Chris heran.

»Ich liebe dich auch. Nur dich!«

Wie gut sich das anhörte. Mit diesen Worten im Ohr fiel ich in einen ruhigen, traumlosen Schlaf, der erst am nächsten Vormittag endete. Ich spürte Chris' Wärme in meinem Rücken, seinen Arm auf meiner Taille und öffnete langsam die Augen. Vorsichtig griff ich nach seiner Hand, wollte Chris auf keinen Fall wecken.

»Guten Morgen, Träumer«, raunte es hinter mir und ich spürte seinen Atem in meinem Nacken.

Wohlige Schauer gingen durch mich und ich schmiegte mich enger an ihn, spielte mit seinen Fingern, streichelte sie und verschränkte unsere Finger. Sanft küsste Chris meinen Nacken.

»Weißt du …«, begann er leise und streichelte mit dem Daumen über meine Hand. »Nach Joel habe ich keinem mehr gesagt, dass ich ihn lieben würde und es war die Wahrheit. Aber dich, Christoph, liebe ich! Mehr, als du vielleicht vermutest. Und daran hat sich in den letzten zehn Jahren nichts geändert.«

Langsam drehte ich mich etwas, um Chris ansehen zu können, und strich ihm sanft über die Wange.

»Wirklich?«, fragte ich und Chris nickte.

Meine Gedanken huschten zu dem letzten Gespräch, das wir über dieses Thema geführt hatten und ich erinnerte mich an diesen einen schmerzenden Gedanken.

»Wir hätten schon seit zehn Jahren zusammen sein können«, sann ich und Chris schnippte mir leicht an die Stirn, um meine Aufmerksamkeit auf ihn zu lenken.

Sein Lächeln nahm mich ein.

»Mach dir darüber keine Gedanken. Lass uns einfach die nächsten zehn Jahre zusammen sein. Und die danach und so weiter. Und wenn wir mit 90 zusammen im Altersheim sitzen, können wir gerne darüber diskutieren, ob wir nun sechzig oder siebzig Jahre zusammen sind«, sagte er und ich griff nach seinen Wangen, zog ihn zu mir und küsste ihn fest auf die Lippen.

Fast sehnsüchtig küsste Chris zurück und wir verfielen in eine wilde Knutscherei. Es war albern. Und so schön. Meine Finger strichen über seine Haut, seine großen Hände drängten sich über meinen Rücken. Ich genoss jeden Moment.

Gefächerte Finger gingen durch mein Haar, griffen hinein und zogen meinen Kopf sanft und doch bestimmt in den Nacken, ehe sich warme Lippen hauchzart auf meine Kehle legten. Es ließ mich angetan seufzen. Ich sah auf Chris hinab, als die Finger mich freigaben und sein Blick war dieser eine, den ich bis jetzt nicht verstand. Siedend heiße Schauer rannen über meinen Rücken, als die Erkenntnis in mich einschlug wie ein Blitz. Liebe lag in diesem Blick. Bedingungslose, heißblütige Liebe, die mir für einen Augenblick den

Atem raubte und ich hoffte, dass er mich von nun an jeden Tag so ansah.

Schnaufend schob ich die letzte Kiste in den Flur und wischte mir den Schweiß von der Stirn. Vor dem Fenster meiner Wohnung schien die Sonne gnadenlos auf die Erde herab und bescherte uns einen Sommer mit über dreißig Grad.

»Wer war noch mal auf die blöde Idee gekommen, im Hochsommer umzuziehen?«, fragte ich und stützte mich auf den Karton.

»Du!«, wurde ich angesprochen und sah zu Chris, der sich nun ebenfalls auf die Kiste stützte und mich frech angrinste. Mein Blick huschte über das eng anliegende Achselshirt und die nur knielange Jeans.

»War 'ne gute Idee, oder?«, spottete ich und fand mich Sekunden später in einem sanften Kuss wieder.

»Nehmt euch ein Zimmer!«, kam es keuchend von Konstantin, der eine weitere Kiste in den Flur stellte.

»Wir haben grade kein Zimmer«, schnurrte es an meinen Lippen und ich konnte mir ein leises Lachen nicht verkneifen. Dennoch löste ich mich von Chris und holte auch die letzte Kiste aus dem Schlafzimmer. Heike ging an mir vorbei und begann, den Boden zu kehren und zu wischen und ich war ehrlich froh, dass wir nicht noch streichen mussten.

»Das war die letzte. Jetzt muss alles nur noch runter und dann sind wir hier fertig«, erklärte ich und Konstantin schnaufte erleichtert, ließ sich auf den Boden sinken und trank gierige Schlucke aus seiner Wasserflasche. Die dunklen Ränder unter seinen Achseln zeugten von seiner Anstrengung und ich war ihm ehrlich dankbar.

»So hatte ich das damals nicht gemeint, als ich sagte, dass ich dir jederzeit helfe, wenn du mich brauchst.« Er schnaufte und Chris klopfte ihm kameradschaftlich auf die Schulter. Ich griff mir eine Kiste und trug sie die vier Etagen meines Wohnhauses herunter. Dabei wanderten meine Gedanken zum letzten Herbst, als Chris von Daniel betäubt wurde und dieser ein Foto gefaket hatte, um uns auseinanderzubringen. Zwar kam er, weil er noch nie auffällig geworden war, mit einer Geldstrafe davon, doch blieb in mir noch immer etwas Wut übrig, wenn ich daran dachte, wie sehr wir beide in dieser Zeit gelitten hatten. Das bange Warten auf die Ergebnisse der diversen Bluttests und die Ungewissheit über die Geschehnisse der Nacht.

In der Anhörung hatte Daniel zugegeben, dass nichts passiert war. Lediglich den Knutschfleck hatte er Chris gesetzt, um das Bild authentischer wirken zu lassen. Dies bewiesen auch die Bluttests. Alle negativ.

Ich schüttelte den Gedanken ab und stellte die Kiste auf die Ladefläche des Transporters. Chris' Vater, Günther, schob sie nach hinten und sah mich dann an.

»Wissen deine Eltern jetzt Bescheid?«, fragte er und ich schüttelte den Kopf. Günther seufzte, stieg aus dem Transporter und setzte sich auf die Ladefläche.

»Ich schicke ihnen eine Postkarte mit meiner neuen Adresse«, murmelte ich.

Väterlich mahnend sah er mich an und legte mir eine Hand an den Arm.

»Sie sind deine Eltern. Auch wenn sie es nicht verstehen und dir mit weniger Liebe begegnen, als du verdient hast, sei du der Klügere. Zeig Größe und ruf sie wenigstens an«, sagte er und ich musste lächeln.

Mit Heike und Günther hatte ich die Schwiegereltern in spe, die ich mir immer gewünscht hatte. Sie hatten mich aufgenommen und Heike redete ständig von ihren zwei Jungs.

»Okay«, war alles, was ich sagte und zog mein Handy aus der Tasche.

Ich musste jetzt anrufen, sonst würde mich ganz sicher der Mut verlassen. Ich wählte die Nummer und lauschte dem Rufton.

»Hallo?«, hörte ich die Stimme meines Vaters und atmete durch. Jetzt wurde es ernst.

»Hallo, Papa«, begann ich. »Ich wollte dir und Mama Bescheid sagen, dass ich umziehe und bald eine neue Adresse habe.«

Es fühlte sich fremd an, so mit ihm zu reden, aber in den letzten Jahren waren wir immer mehr dazu übergegangen, nur noch postalisch oder über SMS Informationen auszutauschen.

»Du ziehst um?«, fragte er und ich schluckte trocken.

»Ja. Ich ziehe mit meinem Freund zusammen«, meinte ich und hörte selbst, wie ich immer leiser wurde.

Das darauffolgende Schweigen zog an meinen Nerven und ich war schon gewillt, einfach aufzulegen.

»Mit wem?«, hörte ich durch den Hörer.

»Mit Chris. Wir sind seit fast einem Jahr zusammen.«

Meine Stimme war unruhig. Ich war nervös und strich mir über den Nacken. Ich schämte mich nicht für die Beziehung mit Chris, doch die Reaktion meiner Familie ließ immer wieder kalte Schauer über meinen Rücken laufen.

»Aha«, kam es nur von meinem Vater. »Ich sage deiner Mutter Bescheid und du gibst uns dann mal deine neue Adresse.«

»Gut«, meinte ich und war überrascht, wie enttäuscht ich über diese Abwicklung war. Dabei war es nicht die erste dieser Art.

Nach einer knappen Verabschiedung legte mein Vater auf und ich sah auf das helle Display. Ein paar Minuten verstrichen, ehe ich den Kopf schüttelte und mich wieder meiner eigentlichen Aufgabe widmete – Kisten schleppen.

~ * ~

Zwei Stunden später waren all meine Habseligkeiten verstaut und ich schloss die Tür des Wagens, der sich sogleich in Bewegung setzte und die wenigen hundert Meter zu unserem neuen Zuhause zurücklegte. Das kleine, schmale Haus in der Innenstadt, gegenüber der Burg, das mir seit jeher schon gefallen hatte. Achtzig Quadratmeter auf drei Etagen, mit Terrasse, die an einen kleinen Garten grenzte. Ein Mandant von Nicklas war ausgezogen und Nicklas hatte Chris gleich Bescheid gegeben.

Etwas verlegen war er an diesem Abend zu mir gekommen und hatte das Angebot unterbreitet, zusammenzuziehen, das kleine Haus anzumieten, und nun war der Tag des Umzuges gekommen.

Ich wartete auf Heike und fuhr sie mit meinem kleinen Franzosen zum Haus. Dort angekommen, räumten Günther, Konstantin und Chris bereits die ersten Kisten aus. Heike stieg aus dem Wagen, ging zu Chris und nahm ihn mit sich in den Garten. Nur Minuten später konnte ich den typischen Geruch von angefeuerter Holzkohle wahrnehmen.

Eilig räumten wir zu dritt den Transporter leer, den Günther mit Konstantin zur Station zurückfuhr.

»Das riecht gut«, meinte ich, als ich auf die Terrasse trat.

Chris hatte das erste Stück Fleisch auf den Rost gelegt und legte nun Bratwürste nach. Er sah mich an und musterte meine verschwitzte Gestalt.

»Du hast noch Zeit zum Duschen«, meinte er und scheuchte mich mit einer Handbewegung wieder ins Haus. Nur zu gern nahm ich das Angebot an und lief durch unser neues Nest. Vom Garten kam ich in die Küche und von dort in das Wohnzimmer, das die ganze untere Etage einnahm und vom Flur nur durch freigelegte Balken des Fachwerkes getrennt war. Langsam stieg ich die Holztreppe hinauf, die ganz leise Geräusche von sich gab und kam in die erste Etage, in der wir unser Schlafzimmer geplant hatten. Daneben befand sich das Hauptbad mit Wanne und Dusche. Unter dem Dach befand sich ein großer Raum mit freiliegendem Fachwerk und einem kleinen Bad mit Dusche, der sich regelrecht als Gäste- und Arbeitszimmer angeboten hatte. Chris hatte mich verflucht und verwünscht, als wir zusammen meinen massiven Schreibtisch die Treppen hinauftragen mussten, doch nun stand er unter den Fenstern in der Dachschräge und sah aus, als hätte er hier schon immer hingehört. Müde zog ich mir die schmutzige Kleidung vom Leib und stellte mich unter die Brause. Schon morgen, das versprach ich mir, würde hier mein Regenschauerduschkopf hängen und dann wäre auch genug Wasser für zwei da. Meine Gedanken verfingen sich in zärtlichen Fantasien, als bekannte Hände über meine Seiten auf meinen Bauch wanderten und ein sanfter Kuss sich in meinen Nacken setzte.

»Na, mein Träumer, wo warst du gerade?«, fragte Chris mich leise und schmiegte seinen Körper an meinen.

»Genau hier«, antwortete ich und lehnte mich in die Umarmung.

»Papa hat den Grill an sich gerissen und mich geschickt, um dich zu holen, bevor du Schwimmhäute bildest.« Seine Stimme, so nahe an meinem Ohr, verschaffte mir eine wohlige Gänsehaut. »Wollen wir sie noch etwas warten lassen?«, schnurrte es und ich musste lachen, ehe ich mich in seinen Armen drehte und ihn sanft auf die Lippen küsste.

»Lass uns das aufheben. Wenn alle weg sind, haben wir genug Zeit, unser Nest einzuweihen.« In Chris' Augen blitze der Schalk und ich beeilte mich, mich zu waschen und aus der Dusche zu steigen, ehe ich es mir noch anders überlegen konnte. Ich ging ins Schlafzimmer rüber und zog mir frische Sachen an. Chris folgte mir und versuchte, mich noch einmal zu locken, doch auch dieses Mal blieb ich stark.

Später, dachte ich mir. *Später und dann die ganze Nacht.*

Ich stieg die Treppe hinunter, nahm noch ein paar Teller aus der Küche mit in den Garten und gesellte mich zu Konstantin an den Tisch. Auch Chris kam zu uns und Günther trug Steaks, Würste und gegrilltes Gemüse auf. Heike zog die Folie von ihren Salaten und wir begannen zu essen. Morgen würden wir noch die letzten Kisten aus Chris' Wohnung holen. Das schafften wir aber auch allein und mit unseren Autos. Dann könnten wir unser gemeinsames Nest genießen.

Der Abend war alt, als Chris' Eltern und Konstantin sich verabschiedeten. Chris und ich standen im Türrahmen und sahen ihnen noch nach, bis sie um die nächste Ecke verschwunden waren.

»Sieh mal«, forderte Chris meine Aufmerksamkeit und ich folgte seiner Deutung. Ein kleines Holzschild mit zwei Schwalben hing über der Klingel mit unseren Nachnamen. Darauf stand in geschwungener Schrift: Willkommen.

»Papa hat es angebracht, bevor er den Transporter weggeschafft hat. Eine kleine Überraschung zum Einzug.« Fest umarmte ich Chris. Nun war alles gut und konnte die nächsten Jahrzehnte so bleiben. Noch immer war es mir unangenehm, meine Neigung offen zu zeigen oder mit jemandem über meine Sexualität reden zu müssen, doch mit Chris an meiner Seite würde es einfacher werden. Und ein wenig gespannt war ich ja schon, was meine Kollegen sagen würden, wenn sie am Montag erfuhren, dass ich mit meinem Liebsten zusammengezogen war.

Ende

Bonus 1

Das Kennenlernen aus Chris' Sicht

Das leise Murren neben mir weckte mich. Müde drehte ich mich zu Joel und öffnete meine Augen. Ich liebte den Anblick, den er früh am Morgen bot. Verirrte Haare in seinem Gesicht, kleine Fältchen vom Kissen auf der Haut und diese vom Schlaf verklärten Augen. Er war ein Langschläfer, und das mochte ich sehr an ihm.

»Guten Morgen«, flüsterte ich und strich ihm eine Strähne seiner langen, dunklen Haare aus der Stirn.

Er murrte leise und erhob sich aus seinem Bett. Sein Weg führte ihn ins Bad, meiner, nachdem ich mich angezogen hatte, in die Küche. Freundlich grüßte ich Joels Mutter, die mir einen Kaffee hinstellte und mir ausschweifend und sehr wortreich erklärte, wie froh sie war, dass ihr Sohn einen so höflichen Freund hatte.

Verlegen lächelte ich. Ich mochte ihren Akzent, doch auch für mich war es noch zu früh für so viel geballte Frauenpower. Also lächelte ich nur tapfer weiter.

»Wir können«, meinte Joel, als er aus dem Bad kam. Ich hatte in der Zwischenzeit im unteren Bad geduscht und mich fertig angezogen. Wortlos nickte ich, legte einen Arm um ihn und küsste seine Haare, die, wie immer, nach einem Hauch von Patschuli dufteten.

»Ich bin ja gespannt, wie Toms neue Freundin wohl ist«, meinte Joel und griff nach meiner Hand, verschränkte unsere Finger ineinander und wir gingen los, als ich den Rucksack mit unseren Badesachen geschultert hatte.

Die Sonne schien auf uns herab und lockte zum Badengehen. Doch zuerst sollte unser Freundeskreis Toms *besonderen Menschen,* wie er sie nannte, kennenlernen. Immer wieder hatte er von ihr geredet und kam nun ganz aufgeregt auf uns zu. Ich lehnte mich mit Joel an ein Geländer und beobachtete, wie Tom das Mädchen ansah, das aus dem kleinen Park auf ihn zuging.

»Das ist Christoph, mein Bruder«, sagte sie und deutete auf den Jungen an ihrer Seite. Schlagartig hielt ich die Luft an und glaubte, dass mein Herz einfach ein paar Takte aussetzte. Im Bruchteil einer Sekunde waren mir zwei Dinge absolut klar: Der Junge war definitiv schwul und er war eine potenzielle Gefahr. Erst das Johlen der anderen holte mich aus meinem Schreck zurück und ich versteckte meine Bedenken hinter einem Grinsen.

»Eh, Chris! Da ist dein guter Zwilling!«, spottete Tom und ich versuchte, gelassen zu bleiben.

Ich musterte den Blonden und legte dann den Arm um Joel, zog ihn zu mir und küsste ihn. Vielleicht mehr als Demonstration, dass wir zusammengehörten.

Erneut tönte lautes Rufen durch die Gruppe und ich löste mich von meinem Freund, damit wir endlich zum Schwimmbad gehen konnten. Dabei konnte ich es nicht verhindern, dass ich Christoph immer wieder über meine Schulter beobachtete. Er schien sich extrem unwohl zu fühlen und vergrub seine Hände tief in den Taschen seiner Hose und ich entschied, mich mit Joel zurückfallen zu lassen.

»Mach dir keine Sorgen. Wir sagen es keinem«, begann ich ganz leise, als ich neben ihm ging.

Sein erschrockener Blick sagte mir bereits mehr, als seine nächste Frage je in der Lage gewesen wäre.

»Was sagt ihr keinem? Dass ich dem Heavy Metal-Typen da vorne nicht einen Zentimeter über den Weg traue?«, knurrte er und ich musste herzhaft über diese Ablenkungstaktik lachen.

»Das kann ich sogar verstehen. Keiner traut Tom weiter, als er spucken kann. Und glaub mir, das ist nicht sehr weit«, schob ich nach und nun lachte auch er.

Ein Geräusch, das mein Herz schneller schlagen ließ. Unwillig über dieses Gefühl zog ich Joel enger an mich. Er war mein Partner, ihm gehörte mein Herz.

»Nein, im Ernst. Du hast dich noch nicht geoutet, oder?«
Schneller als ich denken konnte, waren mir diese Worte über die
Lippen gefallen und Christoph sah mich fast schon schockiert an.

»Woher …?«
Seine Stimme zitterte und er sah sich fast hektisch nach dem Rest
der Gruppe um.

»Sagen wir mal, man erkennt sich untereinander«, meinte Joel und
stellte sich Christoph vor.

Eine Geste, die mir auf unerklärliche Weise Unwohlsein
verschaffte. Krampfhaft hielt ich mich an meiner gelassenen Mimik
fest.

»Aber ihr sagt es keinem, oder?«, fragte Christoph.

Ich legte meinen Arm um Joel, zog ihn an mich und küsste sein
weiches Haar. Christoph schien es peinlich zu sein und Genugtuung
stellte sich in mir ein. Alles in mir schrie danach, dass dieser Junge
sich von uns fernhalten sollte, und doch war da ein kleiner, glühender
Punkt, der mir Bildfetzen von Fantasien in den Kopf pflanzte.
Fantasien, die eine einsame Gasse, Christoph, mich und
leidenschaftliche Küsse beinhalteten. Das durfte nicht sein.

»Keinem. Es sollte deine Entscheidung sein, wann du wem etwas
über dich preisgibst«, murmelte ich und schloss die Augen, um mich
zu beruhigen.

Schweigend liefen wir weiter zum Bad, bezahlten den Eintritt und
suchten uns einen schattigen Platz, an dem wir unsere Decken
ausbreiten konnten. Mein Blick hing weiter auf Christoph und ich
versuchte, mir Argwohn einzureden.

»Alles okay?«, wurde ich von Joel gefragt, der mir sanft seine Hand
auf die Schulter legte und mich besorgt ansah.

»Keine Ahnung«, murrte ich, und beobachtete, wie Christoph sein
Shirt auszog und der Gruppe träge zum Wasser folgte.

Langsam beruhigte sich mein Herzschlag wieder. Joel griff nach
meinen Wangen und küsste mich begierig, was ich nur zu gern
erwiderte.

»Geh schon!«, flüsterte er und lächelte. »Wenn du dich mit ihm
anfreundest, wird dein Misstrauen schon verschwinden. Und ich
verspreche dir, dass ich mich von ihm nicht angraben lasse.«

Ich musste schmunzeln. Joel kannte mich gut. Ich hatte Sorge,
dass Christoph sich zwischen uns drängte, jedoch war es nicht die

Befürchtung, dass er mir Joel wegnehmen könnte. Dennoch nickte ich und folgte der Gruppe ins kühle Nass.

Die Stunden vergingen und die Gruppe teilte sich allmählich. Tom war mit seiner neuen Freundin beschäftigt, die ich bis jetzt als sehr sympathisch empfand. Basti und die anderen Jungs trieben sich an der Pommesbude herum und versuchten ihr Glück bei den Mädels, die sich ein Eis kaufen wollten. Joel war im Schatten des Baumes über seinem Buch eingeschlafen und ich hatte mir mit Christoph einen Platz im flachen Teil des Nichtschwimmerbeckens gesucht.

Seine grünen Augen hielten mich gefangen und ich lauschte seiner Stimme gebannt. Ich verstand mich selbst nicht, doch ich genoss die Zeit, in der Christoph mir von sich, seiner Schwester Hanna und all den interessanten Belanglosigkeiten erzählte. Das Wasser tropfte dann und wann von den Spitzen seiner Haare, fiel auf die ganz leicht gebräunte Haut und rann über sie ins Wasser. Ich musste mich zusammennehmen, meine Finger nicht den Spuren des Wassers folgen zu lassen. Wo war nur mein Argwohn, wenn ich ihn am nötigsten brauchte?

»Schatz?«, erklang Joels Stimme und ich sah neugierig und etwas überrascht auf. Joel kniete sich hin und beugte sich zu mir. Automatisch schob ich mich weiter aus dem Wasser, um ihn zu küssen. »Die wollen das Bad zumachen. Kommt ihr raus?«

Es war nur ein Flüstern, doch es verschaffte mir Gänsehaut. Schnell stieg ich aus dem Wasser. Ein Teil in mir wollte einfach von Christoph weg. Ein anderer Teil wollte nur nicht, dass Joel etwas bemerkte.

Die Zeit verstrich und Christoph wurde zu einem immer wichtigeren Teil der Gruppe. Und für mich. Über Jahre versuchte ich, dieses sehnsüchtige Gefühl abzuschütteln, mich nur auf Joel zu konzentrieren. Ich liebte ihn, hatte Pläne mit ihm, und immer wieder tauchte Christoph auf und ließ mich zweifeln. Am Ende kostete er mich meine Beziehung zu Joel.

Ich war am Boden zerstört, als Joel mich entsetzt ansah, mich von sich schob und sich anzog. Unter wilden Flüchen und Tränen warf er mir meine Kleidung zu und jagte mich, noch halb nackt, aus dem Haus.

Ich erlebte alles nur wie einen Film. Es schien so unwirklich. Und plötzlich war Christoph da, setzte sich neben mich auf den Bordstein und sah mir schweigend beim stillen Wüten und Trauern zu. Ich hasste ihn dafür und gleichzeitig wollte ich mich ihm in die Arme werfen, ihm alles gestehen, doch er legte mir nur freundschaftlich die Hand auf die Schulter und erzählte etwas von bestem Freund.

Meine Welt zerbrach in tausend kleine Scherben. Ich hasste und liebte ihn mit solch einer Leidenschaft, dass ich nicht von ihm wegkam.

Zusammen wurden wir älter und irgendwann verschwand mein Hass, zurück blieb nur noch brennende Leidenschaft, die irgendwie, durch irgendwen, gestillt werden musste. Ich begann mich in Clubs und Bars herumzutreiben, traute mich jedoch nicht, meine Finger nach Christoph auszustrecken. Er war mein bester Freund, mein Haltepunkt in dieser Welt geworden. Alles, wirklich alles hätte ich getan, damit ich weiter seine Nähe genießen durfte und ich begann den Moment zu fürchten, in dem er bemerkte, was ich für ihn fühlte, und mich von sich stieß.

Also stürzte ich mich in belanglose Affären. Es hatte zwei Jahre Abstinenz bedurft, um zu begreifen, dass das, was in meiner Brust brannte, Liebe war. Echte Liebe. Dann musste dieses unbändige Gefühl ein Ventil bekommen.

Er pflegte mich gesund, wenn ich krank im Bett lag, ich kümmerte mich um ihn, wenn er sich mit einer Migräne herumschlug. Wir trösteten uns gegenseitig, wenn wir Rückschläge erlebten, und feierten zusammen, wenn etwas Gutes geschah. Und von Tag zu Tag wurde das Gefühl in mir stärker. Und plötzlich hatte Christoph einen Freund. Einen, der mehr an seinem Körper als an seinem Herzen interessiert war. Der Schock saß tief und ich wusste, dass ich an einem Scheideweg stand und nicht ich bestimmte, wohin die Reise ging.

Mein Telefon klingelte mitten in der Nacht und schon beim ersten Wort des Anrufers war ich hellwach. Ich kannte Christoph lange genug, um zu wissen, dass er auf der Suche nach Hilfe war. Er klang entsetzlich und ich überlegte. Es war nicht meine Art, mich in fremde Beziehungen einzumischen, doch das am Telefon war Christoph, mein bester Freund, der Mann, den ich insgeheim liebte.

Wenn ich ehrlich war, war mir seine Beziehung völlig egal. Wenn er glücklich war, war für mich auch alles gut. Zumindest redete ich mir das mit aller Macht ein. Aber er wirkte nicht glücklich.

Ich überredete ihn, am nächsten Abend vorbeizukommen und wir legten auf. Die restliche Nacht war an Schlaf nicht mehr zu denken. Meine Gedanken kreisten um Christoph und um seine unglückliche Stimme. Mit den ersten Sonnenstrahlen stand ich auf und stieg unter die Dusche. Dann machte ich mir Kaffee und sah neugierig auf mein Telefon. Daniel wollte sich unbedingt mit mir treffen, doch ich lehnte jedes Angebot ab, so verführerisch es auch klang. Eine Erklärung gab ich nicht. Es ging ihn nichts an, aber Christoph war mir einfach wichtiger.

Der Tag verging, der Abend rückte näher und mit ihm die Nervosität. Lange war ich nicht mehr so aufgeregt gewesen. Das letzte Mal war es an einem Geburtstag, an dem wir zusammen unseren Lieblingsfilm gesehen und ihn betrunken selbst synchronisiert hatten. In seinem Rausch hatte Christoph sich an meine Schulter gelehnt und ich hatte meinen Arm um ihn gelegt, ihn eng an mich gezogen und mich der Idee hingegeben, dass er für mich ähnlich empfinden konnte. Den Kuss, den ich ihm in einem Impuls begierig auf die Lippen gedrückt hatte, hatte er zum Glück wieder vergessen.

Nervös strich ich mir mit den Fingerkuppen über die Lippen, glaubte, noch immer seinen Geschmack daran zu finden, und erneut wallte Sehnsucht in meiner Brust auf. Erst das Klingeln an der Tür holte mich zurück und ich machte die Tür auf. Christoph flachste herum und ich stieg nur allzu gern darauf ein. Wir aßen zusammen Pizza und das Bier löste meine Muskeln und unsere Zungen.

»Also ... Was ist los?«, fragte ich. »Es geht um James, oder?«

Christoph wand sich unter meinem Blick und ich nickte, sah ihn weiterhin an. Mein Herz zog sich zusammen, als ich über meine nächsten Worte nachdachte.

»Es geht um den Sex.«

Christoph nickte und mein Hals wurde eng, mein Herz schwer. Sollte er sich wirklich diesem Vollidioten hingeben wollen? Wollte er sein Herz an diesen Typen vergeuden? Ich mahnte mich zur Ruhe.

»Es ist nur ...«, begann er und wirkte unendlich hilflos. »Ich möchte gern, weiß aber nicht wie. Das klingt albern für einen Sechsundzwanzigjährigen, oder?«

Amüsiert lachte er über sich selbst und ich war ehrlich fassungslos. Dennoch. Er war zu mir gekommen, um Hilfe zu erbitten, und ich wollte ihn glücklich sehen.

»So etwas dachte ich mir schon«, sagte ich und griff in meine Hosentasche. »Nimm auf alle Fälle ein Kondom und viel Gleitcreme. Das macht es am Anfang wesentlich leichter«, erklärte ich und bemühte mich, so wenig Emotionen wie möglich in meine Stimme zu legen. »Weißt du schon, was dir lieber ist?«

Christoph schien verlegen.

»Ich habe sogar schon darüber nachgedacht, ob es nicht besser wäre, mit einem Freund zu … na ja, üben.«

Stumm starrte ich ihn an. Mein Kopf wollte sich mit Gedanken überschlagen und meine Gefühle für ihn schwappten hoffnungslos, wie gewaltige Wellen, über mich hinweg.

»Üben?«, fragte ich nach, wollte ganz sichergehen, mich nicht verhört zu haben, und der sehnsüchtige Teil in mir machte sich selbstständig. Mein Herz raste.

»Vergiss das einfach. Das ist 'ne blöde Idee«, haspelte er und stand auf.

Jetzt oder nie!

»Hast du denn einen solchen Freund?«, fragte ich und stand auf, folgte ihm, verbot mir nur mit äußerster Anstrengung, sanft über seine Arme zu streicheln. »Hast du jemanden, dem du so sehr vertraust, dass du mit ihm schlafen könntest, ohne die Freundschaft zu ruinieren?«

Christoph drehte sich zu mir um, sah mich mit einem Blick an, der mir den Atem nehmen wollte. Meine Nerven waren zum Zerreißen gespannt und ich wollte nichts mehr, als diesen wunderbaren Menschen vor mir zu küssen.

»Dann nimm mich!«, sagte ich und musste lächeln. Ich fühlte mich befreit, konnte ihn endlich so locken, wie ich es immer gewollt hatte.

»Wenn du dich schon mit jemandem ausprobieren willst, dann doch lieber mit jemandem, der diskret sein kann und auf den du dich verlassen kannst, wenn es ernst wird.« Mein Herz raste. Mit jeder Sekunde mehr, die Christoph zu überlegen schien. »Was kann schon groß passieren?«, fragte ich.

»Was passieren kann?«, fragte er mit einem Zittern in der Stimme, das mir die letzte Selbstbeherrschung raubte. »Unsere Freundschaft könnte daran zerbrechen. Wir könnten in einen ernsten Konflikt ...« Mehr wollte ich nicht hören. Ich zog Christoph an mich und presste ihm meine Lippen auf. So zärtlich ich konnte, küsste ich ihn und ein Feuerwerk brach in meiner Brust aus, als sich seine Arme um mich schlangen und er den Kuss erwiderte. Der sehnsüchtig vermisste Geschmack seiner Lippen vernebelte meinen Verstand. Ich wollte ihn. Alles von ihm. Jetzt und hier.

Meine Hand wanderte in seinen Nacken, meine Finger griffen in seine Haare, meine Zähne nagten sanft an seiner Unterlippe. Es war wie ein Rausch und für einen Augenblick war ich zufrieden mit dem Gedanken, den Rest der Nacht hier mit ihm zu stehen und ihn zu küssen. Seine freche Zungenspitze wischte diesen Gedanken jedoch gleich wieder beiseite. Nur ein wenig löste ich mich von ihm.

»War es gut bis jetzt?«, wollte ich wissen und seine provokante Antwort ließ mich spielerisch lächeln. Es heizte mein Temperament an, doch Christophs Souveränität verschwand aus seinem Blick.

Zärtlich fuhr ich ihm durch das lange, blonde Haar, flüsterte beschwichtigende, beruhigende Worte und legte meine Hand an seine Wange. Ich wollte nicht, dass er etwas gegen seinen Willen tat.

»Ich will schon«, murmelte er und ich lächelte.

»Dann lass dich fallen. Ich passe auf dich auf. Wir müssen uns nichts beweisen«, raunte ich und ließ meine Finger über seinen Hals und seine Schultern gleiten.

Es war ein wunderbares Gefühl, ihm so nahe sein zu können und in mir entstand die Idee, dass er derjenige sein könnte, der die vielen Splitter in meiner Brust wieder zusammenfügen konnte. Ich wollte, dass er es war, der mich heilte. Ich liebte ihn schon so lange.

Wir streichelten uns und ich schwor mir, ihn alles ausprobieren zu lassen, ihm jeden seiner Wünsche zu erfüllen. Auch wenn er nicht mit mir schlafen wollte, von mir würde er keinen Tadel hören. Er öffnete mein Hemd und ich konnte nicht anders, als mich in seinem verträumten Blick zu verlieren und meine Finger unter sein Shirt zu schieben.

Sein gieriger Kuss ließ mich lautlos seufzen. Es war perfekt und ich zog ihm das Shirt aus, um ihn gleich wieder zu küssen. Die Sehnsucht in mir wollte gehört werden, ich wollte, dass er spürte, was ich für ihn empfand, auch wenn es nur für diese eine Nacht war. In dieser Nacht sollte er nur mir und ich wollte nur ihm gehören, wollte mich der Fantasie hingeben, dass es immer so sein konnte. Ich wollte mit ihm zusammen sein. Diese eine Nacht würde meine Ewigkeit werden.

Bonus 2

Nervös lief ich im Flur auf und ab. Mein Blick huschte immer wieder auf die schwarzen Zeiger an der Uhr, die sich unaufhörlich weiterbewegten. Wie konnten sie mir nur so etwas antun? Konnten sie nicht einfach stehen bleiben und das Unvermeidbare verhindern? Es war noch keine drei Minuten her, dass ich mir von meiner Schwester am Telefon hatte Mut machen lassen. Und nun?

»Sie werden Einsicht zeigen, wenn sie sehen, wie glücklich du bist«, hatte sie gesagt und mir geraten, ihre spitzen Bemerkungen zu ignorieren.

»Zur Not hast du immer noch Chris an deiner Seite«, meinte sie zum Ende hin und doch … Mir war bange.

Nervös kaute ich an meinem Daumennagel und bedachte Chris mit einem langen Blick, als er die Treppe herunterkam. Er kam zu mir und fasste mit beiden Händen meine Schultern.

»Es wird alles gut gehen«, flüsterte er, doch mein Verstand wollte ihm nicht glauben.

»Warum noch mal haben wir sie zum Kaffee eingeladen?«, wollte ich wissen und hoffte, dieses Treffen noch irgendwie kippen zu können.

»Weil ich mich ihnen vorstellen möchte. Das gehört sich so, wenn wir schon zusammenleben.«

Ich kam nicht dazu, darauf etwas zu erwidern, denn es klingelte an der Tür. Einmal atmete ich tief durch, dann öffnete ich und versuchte mich an einem Lächeln.

»Mama, Papa«, meinte ich und bat sie mit einer Geste ins Haus. Der Herbstwind wehte kühl herein.

»Guten Tag und willkommen«, hörte ich Chris sagen und sah ihn aus dem Augenwinkel neben mich treten. Höflich nahm er meinen Eltern die Jacken ab und bat sie, im Wohnzimmer Platz zu nehmen.

»Das geht ganz sicher schief«, zischte ich besorgt zu ihm und erntete einen sanften Kuss auf die Stirn.

»Lass es uns einfach versuchen. Gib ihnen eine Chance.«

Ich schluckte trocken und sah, wie Chris sich ihnen mit einem Lächeln auf den Lippen vorstellte.

»Ich hole Kaffee«, meinte ich und verschwand in der Küche, wo ich mich auf die Arbeitsplatte stützte und meine Augen schloss, um tief durchzuatmen.

~ * ~

»Mama, Papa. Ich muss euch etwas sagen«, waren damals meine ersten Worte gewesen, als ich zu ihnen ins Wohnzimmer getreten war. Ihre Aufmerksamkeit hatte mich nur noch nervöser werden lassen.

»Was ist denn los, Schatz? Ist etwas passiert?«, wollte meine Mutter wissen und ein mattes Lächeln huschte über meine Lippen. Meine Schwester tätschelte mir sanft die Schulter und wollte mir so Mut machen.

»Ich …«, begann ich und nagte an meiner Unterlippe.

Meine Mutter schob besorgt die Brauen zusammen und mein Vater setzte sich aufrecht im Sessel hin. Bis hierhin war ich immer ihr lieber Sohn gewesen, hatte gute Noten in der Schule und war meiner Schwester ein guter Bruder. Die Angst, dass sich alles ändern würde, schnürte mir die Brust zu. Ich hatte keine Ahnung, wie ich es ihnen sagen sollte.

»Ich bin schwul.«

So knapp wie möglich presste ich es zwischen meinen Zähnen hervor und konnte sehen, wie die Information in die Köpfe meiner Eltern sackte. Meine Mutter war die Erste, die reagierte und unschlüssig zu meinem Vater sah. Wollte sie sich etwa bei ihm versichern, wie sie darauf zu reagieren hatte?

Ein dicker Kloß drängte sich in meinen Hals. Was hatte ich auch erwartet? Dass meine Mutter mir jauchzend um den Hals fiel? Dass mein Vater mir auf die Schulter klopfte? Vielleicht ein wenig, ja. Zumindest nicht diese entsetzten Gesichter.

»Das ist ein Scherz, oder?«, hörte ich die tonlose Stimme meines Vaters und ich schüttelte verzeihend den Kopf.

Ich fühlte mich schuldig und der skeptisch musternde Blick meines Vaters ließ mich auch noch unangenehm nackt fühlen.

»Woher willst du das denn wissen?«, fragte meine Mutter nun und fast war ich ihr für ihr Interesse dankbar.

»Ich fühle mich zu einem Jungen hingezogen«, gab ich wahrheitsgemäß zu und spürte das leichte Lächeln auf meinen Lippen.

»Das ist sicher nur so eine Phase. Glaub mir, Kind! Das vergeht wieder«, sagte mein Vater mit Nachdruck in der Stimme und ich hatte das Gefühl, man hätte mich geschlagen.

»Ich gehe in mein Zimmer«, war alles, was ich daraufhin noch hatte sagen können.

Meine Schwester folgte mir und tröstete mich, während ich in ihren Armen weinte. Acht Wochen später war die Stimmung in unserer Familie so angespannt, dass ich, unter dem Vorwand der Lehre, auszog. Danach wurde der Kontakt immer sporadischer. Hin und wieder hatte ich das Gefühl, dass meine Mutter mir etwas sagen wollte, doch sie hielt sich immer zurück, meinem Vater zuliebe.

~ * ~

»Kommst du mit dem Kaffee zurecht?«, holte mich ein spöttischer Unterton aus meinen Erinnerungen und ich sah Chris an. Nur Sekunden später war er bei mir und hielt mich in einer engen Umarmung gefangen. »Du bist nicht allein. Ich liebe dich!«, gab er mir zu verstehen und ich schlang meine Arme um ihn. Seine Nähe und Wärme taten mir gut.

»Aber ich will auch, dass meine Eltern mich lieben«, flüsterte ich voller Schmerz.

Chris schob mich etwas von sich und sah mir fest in die Augen. »Sie lieben dich. Da bin ich sicher. Vielleicht sollten wir ihnen einfach zeigen, dass unsere Beziehung nicht anders ist als ihre. Komm mit ins Wohnzimmer, setz dich neben mich und zusammen versuchen wir, den Nachmittag zu genießen, okay?«

Leicht nickte ich. Seine Worte machten mir Mut.

»Und ihr wohnt jetzt zusammen?«, fragte mein Vater und sah uns durchdringend an.

Chris lächelte charmant und nickte.

»Als WG?«, wollte meine Mutter wissen.

Chris griff nach meiner Hand, verschränkte unsere Finger und küsste meinen Handrücken.

»Nein. Wir sind ein Paar und leben zusammen«, erklärte Chris und sah mich sanft an.

Ich hingegen hatte das Gefühl, mein Herz würde mir aus der Brust springen. Ich war hin- und hergerissen. Überwältigt von dem Gefühl der Zugehörigkeit und der Angst, meine Eltern würden einfach aufstehen und gehen.

»Und wer spielt das Mädchen bei euch?«

Entsetzt sah ich meinen Vater an, und auch meine Mutter starrte ihren Mann an.

Chris räusperte sich und gab sich so Zeit, sich zu fangen.

»Keiner!« Nun starrten wir alle zu Chris, der sein Lächeln verloren und einen deutlich schärferen Ton angeschlagen hatte. »Ich bin mit Ihrem Sohn zusammen, weil ich ihn liebe. Als den Mann, der er ist. Hätte ich irgendein Interesse an Frauen, wäre ich nicht schwul«, meinte er und mir wurde heiß und kalt.

Fast unbemerkt schlich sich ein stolzes Lächeln auf meine Lippen und ich streichelte seine Hand mit meinem Daumen.

»Christoph«, hörte ich meinen Vater und sah ihn an. Stolz erfüllte meine Brust.

»Mir geht es genauso.« Es war ein Flüstern und ich unterdrückte ein erleichtertes Seufzen. »Das ist keine Phase. Ich will mein Leben mit Chris teilen, wie du deins mit Mama.«

Über mich selbst erstaunt, wanderte mein Blick zu meiner Mutter, die mich mit zusammengepressten Lippen ansah.

»Bist du glücklich?«, fragte sie plötzlich und erntete ein harsches »Anna!«, von ihrem Mann.

Ein kurzer Blick von ihr genügte, um meinen Vater ruhigzustellen. Ich nickte verlegen.

»Ich bin glücklich mit Chris. Aber ...« Ich schüttelte den Kopf, sah erst zu Chris, dann wieder zu meiner Mutter. »Wirklich glücklich wäre ich, wenn ich mir sicher sein könnte, dass ihr mich auch noch liebt und mich nicht verstoßt, weil ich so bin, wie ich bin.«

Es war mir schwergefallen, das zu sagen. Chris löste seine Finger aus meinen, legte einen Arm um mich und küsste meine Haare. Beruhigende und stolze Worte drangen an mein Ohr.

»Was ist mit Enkelkindern?«, japste mein Vater aufgebracht und ich spürte, wie Chris ihn ansah.

»Wir können welche adoptieren«, meinte er und ich war mir sicher, dass er verschmitzt grinste.

»Was? Anna!«

Die Stimme meines Vaters drohte sich zu überschlagen, doch sie tätschelte nachlässig sein Knie.

»Ich habe zwei Kinder großgezogen. Wenn mir nur eins davon Enkel beschert, ist das völlig in Ordnung«, meinte sie und mein Vater schnappte nach Luft, erhob sich und ging durch die Küche auf die Terrasse, wo er sich eine Zigarette anzündete und aufgeregt auf und ab lief. Ich hingegen löste mich von Chris und sah meine Mutter irritiert an.

»Warum macht es dir scheinbar nichts mehr aus, dass ich mit einem Mann zusammen bin?«, wollte ich wissen und meine Mutter presste erneut die Lippen aufeinander.

»Du hast mir nie den Eindruck gemacht, dass du mit dieser Entscheidung glücklich bist. Ich dachte, du sagst das nur, um gegen deinen Vater zu rebellieren, weil du weißt, wie schwer es ihm fällt, das zu akzeptieren.«

Ich schluckte kräftig. So hatte ich das noch nicht gesehen.

»Ich wollte nie einen von euch verärgern. Ich hatte gehofft, mich euch anvertrauen zu können. Damals hatte ich Liebeskummer und es war meine kleine Schwester Hanna, die mich dazu überredet hatte, mich wenigstens meiner Familie zu offenbaren.«

Mein Blick wanderte zu Chris und ich begann, es eher ihm zu erzählen, als meiner Mutter.

»Wegen wem hattest du denn Liebeskummer?«, wollte er wissen und ich kratzte mir verlegen den Hinterkopf.

»Wegen dir«, flüsterte ich.

Starke Arme schlangen sich um mich, zogen mich fest an den warmen Körper neben mir und ein Kuss wurde auf meine Stirn gesetzt. Ein Lächeln huschte über meine Lippen.

»Das ist alles Vergangenheit«, murmelte ich und erhob mich langsam. »Vielleicht sollte ich noch mal mit Papa reden?«, fragte ich eher, als dass ich selbst davon überzeugt war.

Meine Mutter schüttelte den Kopf.

»Du, als sein Kind, wirst gerade auf taube Ohren stoßen«, meinte sie, als es erneut an der Tür klingelte.

Ich erhob mich und öffnete. Heike stand vor mir, umarmte mich und trat mit einem breiten Lächeln ein.

»Ach Jungs, ihr glaubt ja nicht, was für ein Wind draußen ist«, sagte sie und drückte die Tür in ihr Schloss zurück, ehe sie mich stehen ließ und zu Chris ging, der sich erhoben hatte.

»Mama«, fing er an, bekam von Heike einen Kuss auf die Wange, ehe sie die Jacke auszog und sich meiner Mutter vorstellte.

»Hallo. Mein Name ist Heike. Ihr Sohn ist so ein lieber, aber das wissen Sie ja selbst«, plapperte sie und zwinkerte mir zu.

»Heike, was machst du hier?«, wollte ich wissen und sie strich mir über die Wange.

»Ich wollte dich unterstützen, Schatz. Immerhin habe ich auch einen schwulen Sohn.«

Hitze schoss in meine Wangen.

»Ich weiß«, murmelte ich und deutete auf den Garten. »Wenn du auf der Terrasse anfangen möchtest?«

Heike schien sich richtig darüber zu freuen und machte sich auf den Weg auf die Terrasse, wo sie auf meinen Vater traf. Mein Blick wanderte zu meiner Mutter, die sich erhob und zu mir kam. Skepsis wallte in mir auf und ich bemühte mich, meinen Kopf nicht zu auffällig zurückzuziehen.

»Ich weiß nicht, ob ich mich jemals dran gewöhnen werde. Ich weiß auch nicht, ob der Wunsch in mir, mal Enkelkinder von dir zu bekommen, je weggeht. Aber wenn du glücklich bist, soll es mir recht sein«, flüsterte sie und versuchte sich an einem Lächeln.

Energisch schlang ich meine Arme um sie und drückte sie fest an mich.

»Das ist mehr, als ich erwartet habe. Ich hab dich lieb«, murmelte ich und meinte jedes Wort genau so.

Auch meine Mutter umarmte mich und löste sich dann von mir.

»Nun werde ich versuchen, deinen Vater vor dem ersten Herzinfarkt zu bewahren«, lachte sie und sah zu Chris. »Deine Mama ist recht … ambitioniert.«

Chris nickte verlegen und meine Mutter verließ uns.

»Bist du glücklich?«, fragte Chris und ich sah ihn an, nickte schnell und küsste ihn dann voller Gefühl.

Meine Hände strichen über den weichen Dreitagebart und Chris zog mich an sich, streichelte meine Unterlippe mit seiner Zungenspitze und ich ging nur allzu gerne auf den Kuss ein.

»Es ist wirklich wahr«, hörte ich meinen Vater und zuckte zurück.

Er sah mich mit einem Blick an, den ich nicht deuten konnte.

»Papa«, fing ich an, doch er hob seine Hand. Eine Geste, die mir einen Stich in die Brust versetzte.

»Gib mir Zeit«, sagte er und ging zur Garderobe, griff seine Jacke und verließ das Haus. Meine Mutter kam zu mir, strich mir sanft über den Arm und sah mich verzeihend an.

»Irgendwann kann er es akzeptieren. Ich hab dich lieb«, flüsterte sie und folgte ihrem Mann. Die Tür schlug zu und ich löste mich von Chris, ließ mich in den Sessel gleiten und seufzte. Der Kuchen war nicht angerührt. Der Kaffee dafür alle. Mein Kopf zog eine seltsame Parallele zwischen dem Gedeck und mir. Ich hatte einen kleinen Erfolg bei meiner Mutter, doch hatte ich auch das Gefühl, bei meinem Vater völlig gescheitert zu sein.

»Ich mache uns neuen Kaffee«, flüsterte Heike und verließ die Küche. Chris hockte sich vor mich und lächelte mich an.

»Jetzt musst du geduldig sein«, raunte er und ich wusste, er hatte recht. Vielleicht würde ihn meine Mutter weich bekommen, denn scheinbar hatte sie mehr Einfluss auf ihn, als ich dachte. Ein Lächeln huschte über meine Lippen, als Heike mir eine Tasse Kaffee hinstellte und sich uns gegenüber auf das Sofa setzte.

»Wenn alles scheitert, habe ich immer noch euch«, ließ ich verlauten und wusste, wenn ich heute etwas erreicht hatte, dann war es eine große Portion Selbstbewusstsein.

Ende

Über die Autorin

Florence wurde im November 1986 in Bernau b. Berlin geboren. Nach etlichen Umzügen fand sie ihren Lebensmittelpunkt in Leipzig.

Bevor sie sich Florence Juares nannte, schrieb sie unter dem Pseudonym Lea Marie Cruse Bücher für verschiedene Verlage. Diese und neue Werke veröffentlicht sie nun im Selfpublish unter ihrem neuen Pseudonym. Die Idee dafür kam ihr im Urlaub auf der Trauminsel Kuba.

Mehr von Florence Juares:

Nachdem sein Vater bei einem Erdrutsch verschwand, macht der sechsjährige David sich auf die Suche nach ihm. Als er kurz darauf mit einer Bisswunde gefunden wird, glaubt ihm niemand, was er in dem Erdloch gesehen hat und Jahre später, in einem Urlaub mit seiner Mutter auf der Trauminsel Kuba, scheint alles vergessen. Bis plötzlich auch Davids Mutter spurlos verschwindet. Erneut begibt sich David auf die Suche und trifft dabei auf den mysteriösen Nael Luna Fernandez, der ein dunkles Geheimnis hat. David ahnt, dass er sich von diesem Mann fernhalten sollte, doch eine unbekannte Kraft zieht ihn unweigerlich zu Nael.

Mystische Gayromance mit Herz in exotischer Kulisse